KB058890

"샤르위나 씨의 머리카락은, 엄청 반들반들하고 곱네요."
이리스
샤르위나
"피부도 엄청 매끈해요!"
에스메랄다

"오오, 이거 제법 괜찮……
아니아니, 이건 너무 짧지
않으냐…….
음,
이 몸의 미모는
정말이지 한계를 모르겠구나!"

현자의 제자를 자칭한 현자
18
류센 히로츠구 저자
후지 초코 일러스트
정대식 옮김
"……이 변태 같으니!"
She professed herself pupil of the wise man.
story by hirotsugu ryusen, illustration by fuzichoco

"저렇게
기쁘게 웃는
이리스를 본 게
얼마 만인지 몰라!"

아르마는 그렇게 말을 잇더니
미라의 등에
그대로 등을 기대었다.
마치 지금까지,
그리고 앞으로도 신뢰할
것임을 나타내듯이.

아르마

미라

현자의 제자를
She professed herself
pupil of the wise man.
자칭하는 현자
18

〈1〉

쾌청한 하늘 아래. 니르바나의 수도 라트나트라야는 오늘도 투기 대회로 인한 열기에 휩싸여 있었다.

본선 진출이 걸린 예선전임에도 이미 관객들은 잔뜩 흥분해 있었다. 그리고 그러한 열기는 투기장 주변으로도 전파되어 많은 노점과 이벤트 회장이 사람들의 환호성으로 넘쳐났다.

지금의 니르바나는 대륙에서 가장 떠들썩하고 활기로 가득한 곳이라 해도 과언이 아닐 거다.

하지만 같은 니르바나 황국 안에서도 그와 대조적이라 할 만큼 조용하고 숨 막히는 분위기가 감도는 장소가 있었다.

그곳은 왕성에 자리한 회의실이다.

"그럼, 어쩔까?"

그렇게 말한 것은 여왕인 아르마였다. 그리고 그녀가 둘러본 이들 중에는 미라도 있었다.

여러 가지 작전 덕분에 미라 일행은 악의 조직 '이라 무에르테'의 멤버를 체포하는 데 성공했다. 지금은 심문을 대략 마치고 회의실에 모인 참이었다.

카구라의 자백술을 통해 '이라 무에르테'의 최고 간부로 판명된 갈로바라는 이름의 침입자. 그를 통해 막대한 정보를 얻는 데는 성공했다.

"이번에 얻은 정보를 어떻게 활용할지가 문제다만, 우선은 나머지 두 명을 잡아들이는 게 우선일 테지."

'이라 무에르테'에 관한 많은 정보를 얻어낸 지금, 그 지배하에 있는 조직의 적발, 각국에 잠입 중인 공작원 검거 등, 다음으로 취할 수 있는 조치가 단숨에 늘어났다.

그중에서도 나머지 최고 간부 두 명의 신병을 확보하는 것이 우선 아니겠냐고 미라는 말한 것이다.

갈로바에게서 이름을 알아낸 최고 간부는 세 사람이다. 그중 한 명은 라스트라다가 변장한 괴도 퍼지다이스의 활약으로 이미 감옥에 있었다.

따라서 신병을 구속할 필요가 있는 것은 둘이다. 무녀 이리스에게 저질스러운 앙갚음을 하고 있는 유그스트와 힐베란즈 도적단을 이끄는 이그나츠다.

"저도 그렇게 생각합니다. 그 네 명을 통솔했다는 보스도 신경은 쓰이지만, 우선은 이쪽의 움직임을 알아채기 전에 나머지 두 명을 마무리하는 게 좋겠습니다."

미라의 제안에 노인이 동의했다. 그는 이래저래 미라의 언동에 휘둘리고 있었지만 이번에는 그런 이유가 아닌 듯했다.

갈로바에게서 캐낸 '이라 무에르테'의 보스에 관한 정보에는 아직 불분명한 부분이 많다. 진정한 보스가 있다는 본거지는 바다 어딘가에 있다는 수준이었기 때문이다. 그리고 다른 최고 간부들도 비슷한 수준의 정보만 알 것이라고 한다.

최고 간부를 모두 붙잡아 봐야 그 우두머리에는 다다를 수 없는 것이다.

하지만 갈로바를 더욱 깊이 심문하자 몇 가지 단서를 얻을 수 있었다. 진정한 보스에 다가설 수 있을지도 모르는 희박한 가능성이 존재했던 것이다.

그리고 그 가능성은 갈로바 일행이 진정한 보스를 완전히 신뢰하지 않았기에 생겨난 것이었다.

갈로바에게서 캐낸 정보에 따르면 아무래도 진정한 보스에게는 갈로바 일행과 다른 목적이 있었던 모양이다. 때때로 벌이가 되지 않는 지시를 내리고 많은 장기말들을 헛되이 소비했다고 한다.

그런 점들이 최고 간부들의 마음속에 불신감을 싹트게 했다. 그래서 여차하면 본거지를 습격해서 모든 것을 빼앗을 계획을 세운 것이다.

그 때문에 네 사람은 비밀리에 본거지의 장소를 특정하기 위한 술구를 준비했다고 한다.

다만 상대가 알아채지 못하도록, 그리고 서로가 앞서 나가지 못하게 견제하기 위해 그 술구는 네 개가 모여야 기능하게끔 되어 있다는 듯했다.

다시 말해서 어차피 최고 간부 네 명을 전부 붙잡아야 진정한 보스에 도달할 수 있는 것이다.

"나도 그게 제일일 거라 생각해. 붙잡아서 카구라 씨한테 술구를 숨긴 장소를 알아내달라고 하면 되니까."

그렇기에 최고 간부를 체포하는 것이 우선이라고 에스메랄다도 고개를 끄덕이며 말했다. 진정한 보스도 신경이 쓰이기는 하지만 현 시점에서는 뾰족한 방법이 없다는 걸 알기에 그렇게 말한 것이다.

본거지를 찾으려 한들 그곳은 광대한 망망대해 어딘가에 있다. 심지어 방향조차 모르는 탓에 무턱대고 찾은들 발견할 가능성은 절망적으로 낮다.

갈로바 일행이 준비했다는 술구에 희망을 거는 것이 지금으로서는 최선이라 할 수 있는 것이다.

"뭐, 그 방법밖에 없겠지."

카구라 역시 그 말에 동의했다. 그것이 '이라 무에르테'를 공략할 마지막 열쇠라고.

이렇게 모두의 뜻이 일치함을 확인한 후, 다음 주제로 넘어갔다.

"그러면 우선 갈로바와 트루리 공작이 보관하고 있던 술구를 회수할까 하는데."

범죄 조직 '이라 무에르테'의 본거지를 발견하기 위한 열쇠라 할 수 있는 술구를 입수하는 데 있어, 아르마는 우선 공략이 끝난 두 사람이 가지고 있던 걸 어떻게 할지 모두에게 물었다.

갈로바가 보관하고 있던 것의 소재는 이미 판명된 상태였다. 카구라가 술식으로 모조리 다 자백시켰기 때문이다.

"하나는 제가 휘익~ 날아가서 회수해올게요. 피스케를 보내면 금방이니까요."

갈로바가 소유하고 있던 술구는 자신이 회수하겠다고 카구라가 나섰다.

갈로바의 은신처는 니르바나 동쪽에 자리한 섬들 중 하나였다.

정확한 위치도 특정해냈으니 피스케의 속도라면 당일치기로 다녀올 수 있을 거다.

"고마워, 카구라. 그러면 그쪽은 맡길게."

이렇게 갈로바에 관한 사안은 금방 정리되었다.

다음으로 회수하고 싶은 것은 트루리 공작이 지닌 술구였지만 이쪽은 다소 일이 복잡해질 듯했다.

우선 숨겨둔 술구의 행방을 아는 트루리 공작은 현재 감옥에 있다. 나아가 그의 재산 일체는 그림다트가 관리하고 있는 상태다.

따라서 이쪽은 피스케를 보내 냉큼 회수해올 수가 없는 상황인 것이다.

"고지식한 나라지만…… 응, 이쪽은 내가 어떻게든 하는 수밖에 없겠네에."

아르마는 쓴웃음을 지은 채 한숨을 내쉬며 그림다트에 교섭해 보겠다고 말했다.

또렷한 이유가 있기는 하지만 그럼에도 그쪽 나라의 공작의 사유 재산을 내놓으라는 내용의 교섭이다. 심지어 그 유명한 범죄 조직 '이라 무에르테'와 관련된 물건을 말이다.

그 건에 관계하게 해달라는 답변이 올 게 뻔했다. 이를 괴멸시킨다면 자국의 공작이 저지른 불상사들을 조금은 무마할 수 있을 거라 생각할 것이기 때문이다.

아르마는 '끝내겠다'고 약속하지는 않고 '되도록 빨리 교섭을 끝내고 싶다'는 희망 섞인 말을 내뱉으며 트루리 공작에 관한 건을 책임지기로 했다.

"아직 잡아들이지 못한 두 명은, 우선 제압부터 해야겠지."

다음으로 화제에 오른 것은 신병부터 확보해야 하는 두 사람이었다. 이그나츠와 유그스트다.

그중에서도 특히 문제인 것은 이그나츠 쪽이었다.

"군단 규모의 도적단이 상대라 일반적인 도적단 토벌처럼 일을 진행할 수 없습니다. 이걸 어떻게 공략해야 할지……."

노인은 일이 또 복잡해졌다는 듯이 눈살을 찌푸리며 그렇게 말했다.

수천 명 규모의 대도적단. 이를 공략하려면 상응하는 전력뿐 아니라 주변 지역으로 패주할 도적이 흩어지지 않도록 배려할 필요도 있었다.

중요한 것은 머릿수다. 도적단을 도망시키지 않을 만큼의 병력을 갖추지 않으면 이그나츠를 잡아들인다 해도 뒤처리가 엄청나게 번거로워질 거다.

머릿수 문제는 미라의 '군세'를 동원하면 해결될 것으로 보였지만 노인이 덧붙여 말했다. 자신과 미라가 공략에 나선다면 이그나츠를 체포할 수는 있겠지만 완전한 승리는 어려울 것이라고.

도적단의 규모와 요새의 규모, 해당 지형으로 미루어 '군세'라 해도 완전히는 커버하지 못할 것이라고.

"그렇다면 이렇게 하는 건 어떨까?"

일동이 어떻게 할까 고민하던 중, 에스메랄다가 그렇게 입을 열었다. 놀랍게도 도적단을 섬멸할 만큼의 전력과 완전히 봉쇄할 만큼의 병력을 구할 방도가 있다고.

그 방법이 무엇이냐고 묻자 그녀는 아틀란티스 왕국의 힘을 빌리자고 답했다.

에스메랄다의 말에 따르면 이전에 다른 일로 아틀란티스에 힘을 빌려준 적이 있다는 모양이다.

그 답례로 요청하면 아틀란티스 왕국에서 '이름 없는 사십팔장군'을 다섯 명 파견해주기로 밀약을 맺었다는 것이다.

"그리고 아틀란티스의 장군이 다섯 명이나 현장에 나선다고 하면, 주변국들도 동원할 수 있지 않을까?"

아틀란티스의 장군이 움직인다. 그것은 다른 나라들이 움직이고도 남을 요인이 될 거라고 에스메랄다는 말했다.

개중에서도 특히 도적단을 어떻게든 하고 싶어도 군사력이 부족한 주변 소국들을 중점적으로 노리자고도 했다.

그러한 나라들에서 병력을 모으면 주변을 포위할 만큼의 머릿수는 갖춰진다.

지금의 상태로는 아무리 머릿수를 모아도 전력이 부족할 테지만, 아틀란티스의 장군이 거기 추가되면 승산은 100퍼센트가 될 거다. 게다가 병사들의 상대는 격전지에서 겨우 목숨을 부지해서 도망쳐온 잔당들이다.

지금까지 도적단에게 큰돈을 지불할 수밖에 없었던 소국들이라면 분명 이 이야기에 관심을 보일 거라고 에스메랄다는 말을 이었다.

"호오, 그거 좋은 수로구나."

승산이 있는 수준이 아니라 현재 상황에서는 최선의 방안이라 생각되어 미라는 그 발언을 지지했다.

"그 녀석들이 나온다면 어떻게든 될 것 같군요."

노인 역시 동의했다.

그럴 만도 한 것이 아틀란티스의 장군은, 어지간한 일로는 타국의 문제에 개입하지 않는다는 불문율이 있었기 때문이다.

그것은 '이름 없는 사십팔장군'이라는 간판이 그만큼 무겁고 강대한 영향력을 지녔기 때문이다. 더불어 아틀란티스 왕국은 최근 30년 동안 평화를 위해 공헌해 왔고, 그 덕에 장군들은 정의의 사도라는 인상이 굳건히 자리를 잡았다.

그런 장군들이 드디어 도적단을 토벌하기 위해 움직인다고 하면 주변의 여러나라들은 분명 큰 영향을 받을 것이다.

그렇게 되면 문제를 해결하기 위해, 타국에 뒤처지지 않기 위해 여러 나라에서 병사들을 파견할 거다. 오히려 그때 출병하지 않는 나라는 체면을 구기게 될 거다.

실현되면 힐베란즈 도적단이 괴멸되는 것은 시간문제일 계획이다.

"좋아, 그렇게 해보자!"

아르마까지 동의하여 이그나츠 쪽은 에스메랄다가 제안한 방법으로 대응하는 것으로 결정이 났다.

그렇게 세 가지의 방침이 정해졌다. 남은 것은 변태라 해도 과언이 아닌 '암로(暗路)의 지배자, 유그스트 그라딘'뿐이다.

"그러면 마지막 한 명 말인데——."

아르마가 의제를 제시하려던 참에 조용히 손을 든 이가 있었다.

"——이 몸이 가마. 이리스의 몫까지 흠씬 두들겨 패줘야 속이 후련할 것 같아서 말이다."

미라가 입후보한 것이다.

유그스트는 무녀의 능력에 대한 대항책으로 이리스를 남성공포증으로 만든 것도 모자라, 지금도 지독한 짓을 계속하고 있다. 녀석에게는 따끔한 벌이 필요할 것이라는 생각에 미라는 아주 의욕이 넘쳤다.

"응응, 아주 제대로 혼쭐을 내줘야지!"

미라의 말에 아르마가 반색하며 동의했다. 하지만 지금의 미라에게는 중요한 임무가 있었다.

그렇다, 이리스를 호위하는 것이다.

"하지만 그렇게 하면 당분간 이곳을 떠나야 할 텐데. 이리스 쪽은 괜찮은 거야?"

이리스는 철벽의 요새 안에 있다 해도 과언이 아니었다. 하지만 만일의 사태란 게 일어날지도 모르는 일이다.

실제로 암살자인 갈로바 일행이 왕성 깊숙한 곳에 위치한 특별 감옥에까지 침입했었다. 심지어 그곳에서 표적인 요그의 입을 막는 데까지 성공했더랬다.

또한 갈로바에게 물어보니 특별한 독벌을 사용했다는 듯했다.

표적인 요그의 냄새를 기억하게 하고서 날려 보내자 독벌이 철창살을 통과해 무구정령에게도 들키지 않고 임무를 완수한 것이다.

그와 같은 암살자가 또 오지 않으리라는 보장이 없다. 그래서 미라가 마지막 방벽으로 붙어 있었던 것이다.

"그거라면 걱정할 것 없다. 이 몸이 있는 여기 있는 지금도 단원 1호와 기사들이 잘 보호하고 있으니. 더불어 유그스트를 잡으러 갈 때는 샤르위나를 두고 가마. 책을 좋아하는데 최근에는 만화에도 빠진 듯해서 말이다. 분명 이리스와도 이야기가 통할 게야."

걱정하는 아르마에게 미라는 전혀 문제없다고 자신만만하게 답했다.

현재 이리스의 방은 이 나라에서 가장 안전한 장소인 동시에 악당에게는 가장 위험한 장소라고.

"우와, 무시무시하군…… 그나저나 기사들을 두고 오다니, 그래도 되는 거야? 그걸 말하는 거잖아, 무구정령. 생긴 게 그렇다 보니 이리스의 남성공포증이 반응을 보일 것 같은데……."

노인이 걱정스러운 투로 말했다. 거기에는 불안뿐 아니라 이유 모를 희망 같은 것도 섞여 있는 듯했다. 무구정령이 괜찮다면, 비슷한 갑옷을 입고 호위 병력 속에 숨어들 수 있지 않을까 생각한 듯한 눈치였다.

하지만 그건 이루어지지 않을 희망이었다.

"음, 그건 문제없다. 감옥에 배치한 것과 마찬가지로 스텔스 상태로 대기시켜 두었으니 말이야. 애초에 이리스는 잿빛 기사가 있다는 사실조차 모를 게다. 그 방은 이미 이 몸이 며칠 자리를 비운다 해도 문제가 없을 만큼 철통같은 방어 체제가 구축되어 있다."

이리스의 방 이곳저곳에 배치해둔 잿빛 기사 호위병. 그들은 겉모습에서 느껴지는 위압감이 상당한 데다 매우 듬직한 체구를 지녔다. 노인의 말대로 남성공포증의 증세가 나타날 우려가 충분히 있었다.

그래서 스텔스 상태로 배치한 것이다. 현재 그 존재를 아는 것은 미라와 단원 1호뿐이다.

"역시 할배야. 믿고 맡기길 잘했어."

생각했던 대로 완벽한 일처리라고 칭찬한 후, 아르마는 그렇기에 유그스트를 미라에게 맡기겠다고 말을 이었다.

이리스와 함께 시간을 보낸 미라이기에 유그스트에 대한 원한도 맡길 수 있겠다고 판단한 것이다.

그렇게 일단 술구를 입수하기까지의 기본 방침이 정해졌다.

거기까지 회의를 하고 나자 어느샌가 어둑어둑한 밤이 되어 있었다.

2

저녁 식사 시간이 지난 지 오래라 이날의 회의는 거기서 끝났다. 작전 실행일을 비롯한 상세 내용은 각국과의 조율이 끝나면 다시 정하기로 하고 우선 다 같이 이리스의 방으로 향했다.

그러던 도중, 아르마는 카구라에게 이리스에 관해 이야기했다. 그 능력에 관해서. 따라서 기밀 정보를 이리스의 앞에서 입 밖에 내서는 안 된다는 말과 함께.

"번거로운 능력이네. 아무튼 알겠어. 조심할게."

정보에 따라서는 누출을 막기 위해 유그스트에게 능력을 사용하는 걸 제한해야만 한다. 그렇게 되면 이쪽 역시 정보를 얻지 못하는 것은 물론이고 수상한 움직임을 보이지 않나 감시할 수도 없게 된다.

갈로바를 잡아들였으니 그 사실은 금방 전해질 거다. 그렇다면 분명 유그스트도 움직임을 보일 터다. 그걸 확인하지 못하게 되는 것은 그야말로 심각한 손해라 할 수 있었다.

따라서 카구라뿐 아니라 그 사실을 다 같이 재확인하고서 고갯짓을 주고받았다.

이윽고 미라 일행은 커다란 금속제 문 앞에 도착했다. 문을 열고 들어가려던 순간, 한 명이 일행과 거리를 두었다.

노인이다.

"아니, 그렇게 노려본들 달리 방법이 없지 않으냐."

남자의 출입이 금지된 무녀의 방. 노인은 그곳의 문밖에서 원망스러운 눈빛을 보내왔다. 그에 반해 미라는 아주 보란 듯이 문을 통과했다.

또한 오는 도중 여러 가지 사정을 전해 들은 카구라는 노인을 놀리는 미라의 모습을 옆에서 지켜보며 어이가 없다는 듯이 한숨을 내쉬었다.

그런 짓을 하며 정원을 지나 계단을 오른다. 거실에 들어서자 이리스가 단원 1호와 사이좋게 TV를 보고 있었다. 아주 푹 빠졌는지 미라 일행이 온 것도 못 알아챈 듯했다.

그런 가운데에서도 단원 1호는 재깍 알아챘지만, 그곳에 늘어선 면면들을 보자마자 뱀 앞에 선 개구리처럼 뻣뻣하게 굳어버렸다.

"자아, 이리스, 같이 저녁 먹자."

아르마가 정신없이 TV를 쳐다보는 이리스를 보고 늘 있는 일이라며 미소를 띤 채 말을 붙였다.

"우와아, 어서오세요~!"

그제야 알아채고 뒤를 돌아본 이리스는 그곳에 네 사람이나 있다는 사실에 놀란 후, 만면에 꽃이 피어난 듯한 미소를 지어 보였다.

하지만 그 직후. 이리스가 더더욱 놀랄 일이 일어났다.

그 원인은 카구라였다. 눈으로 좇기도 어려운 속도로 달려들었기 때문이다. ――단원 1호에게.

"아앙, 단원 1호군~! 오랜만이야~!"

"니야~! 단장님~! 카구라 누님이 함께였으면 미리 좀 알려주십시오냥~!"

고양이라면 사족을 못 쓰는 카구라 앞에 있는 단원 1호의 존재는 그야말로 고양이 앞에 놓인 생선이나 다름없었다.

너무도 격렬한 카구라의 애정표현에 옴짝달싹도 못하게 된 상태로도 단원 1호는 [헬프!]라고 적힌 팻말을 흔들며 구조를 요청했다.

하지만 미라 일행은 아무도 움직이지 않았다. 저렇게 된 카구라는 아무도 못 말린다는 사실을—— 저렇게 된 카구라를 말려서는 안 된다는 사실을 잘 알기 때문이다.

"저, 저기……."

그런 가운데, 이리스가 과감하게도 카구라에게 말을 붙였다. 그러더니 카구라를 향해 똑바로 "만나서 반갑습니다, 이리스라고 해요!"라고, 아주 기운 찬 목소리로 인사를 했다.

"어? 아, 그게…… 우즈메, 라고 해요."

너무도 순수한, 그리고 무구한 미소 때문인지. 자신의 욕망을 마음껏 발산하던 카구라는 당황한 눈치였다. 그녀는 잠시 멍하니 있다가 뒤늦게 체면치레를 하려는 듯이 단원 1호를 놓아주고 자기소개를 했다.

하지만 그 말을 들은 이리스는 잠시 생각하듯 조용히 있더니 천천히 고개를 갸웃하며 말했다.

"우즈메 씨, 라고요? 하지만 아까 단원 1호씨는 카구라 누님이라고 한 것 같은데……."

그렇다, 이리스는 놓치지 않았던 것이다. 단원 1호가 무심코 외친 한 마디를. 그 도중에 나온 카구라라는 이름을.

"아……."

생각지 못한 일로 이름이 들통났다. 심지어 상황은 거기서 끝이 아니었다.

"카구라 씨…… 어디서 들어본 적이……."

이리스는 그 이름을 들어본 적이 있다며 생각하기 시작한다. 그리고 다음 순간, 매우 놀란 동시에 기대로 가득한 얼굴로 그 이름을 입 밖에 냈다.

"혹시! 그 아홉 현자의 일원인 카구라 씨인가요?!"

그렇다, 이리스는 단원 1호의 한 마디를 통해 의문의 소녀의 정체가 '칠성의 카구라'라는 사실을 알아채고 만 것이다.

아홉 현자의 존재는 아직 공식으로 발표되지 않았다. 하지만 그건 언젠가 알려질 일이다. 이리스에게 알려지기는 했지만 그녀 역시 나라의 중역이다. 주의해야 한다는 것은 알 것이다.

하지만 문제는 따로 있었다. 이 상태로 이리스가 능력을 사용하면 아홉 현자의 일원인 카구라가 니르바나에 협력하고 있다는 사실이 유그스트에게 전해질 거다.

"아~ 그게……."

카구라는 난처한 얼굴로 돌아보았다. 그러자 아르마와 에스메랄다도 복잡한 표정을 지었다.

카구라에 관한 사안은 현재 국가 기밀로 취급되고 있다. 더불어 아홉 현자 수준의 전력이 추가되었다는 사실이 알려지면 '이라 무에르테'는 더욱 경계의 수위를 높일 것이다.

경우에 따라서는 니르바나와 알카이트가 전쟁 준비를 진행 중이라거나 아홉 현자와 십이사도가 뭔가를 꾸미고 있다는 좋지 못한 소문까지 날지 모르는 일이다.

그리고 좋지 못한 소문은 불어나기 일쑤다. 그렇게 되면 주변 국가들이 의심을 품어 '이라 무에르테'와 맞서기 위한 전력을 움직이는 데 차질이 생길 우려가 있다.

아홉 현자라는 칭호는 지금의 세계에서 그만큼의 무게를 지니고 있었다.

그 사실을 잘 아는 아르마와 에스메랄다는 여러 가지 영향을 고려하며 고민에 빠졌다. 이리스에게 뭐라 답을 해주어야 할까.

"아……."

이리스 역시 그 분위기를 통해 알아챈 눈치다. 이건 자신이 알아서는 안 되는, 무녀로서의 힘을 지닌 자가 알아서는 안 되는 비밀이라는 사실을.

아홉 현자 카구라. 전설로 일컬어지기까지 하는 영웅일지도 모른다는 기대감으로 가득한 표정을 짓고 있던 이리스가 풀이 죽어서 어깨를 축 늘어뜨렸다.

그런 가운데, 그 사실을 서슴없이 입 밖에 낸 이가 있었다.

"음, 그 말이 맞다. 다름이 아니라 여기 있는 이 자가 바로 그 아홉 현자 중 일원인 '칠성의 카구라' 본인이다!"

너무도 당당하게 비밀을 모조리 털어놓은 것은 바로 미라였다.

"잠깐……?! 할── 미라?!"

카구라가 당황한 듯 돌아보았다. 또한 아르마와 에스메랄다도 '어쩌려고 그래?!'라는 표정으로 미라를 바라보았다.

그 비밀을 지켜야 할 입장임에도 미라는 이리스에게 그것을 털어놓고 만 것이다. 하지만 거기에는 확고한 의지가 담겨 있었다.

"가장 큰 문제는 유그스트의 동향을 앞으로 파악할 수 없게 되리라는 것뿐이 아니냐. 그렇다면 파악하고 있는 지금 잡아들이면 그만이다. 그렇게 하면 더는 능력을 사용하지 않아도 될 터이니 말이야."

유그스트가 지배하는 막대한 암흑 통상로. 그것은 화물뿐 아니라 사람도 운반하는 것이라, 여차하면 도주로로 사용할 수 있었다.

무엇보다도 중요한 그것을 유그스트가 아직 숨기고 있을 가능성은 높다. 갈로바를 붙잡은 지금, 가장 경계해야 할 점은 바로 그것이었다.

하지만 카구라의 존재가 알려지면 그것은 곧장 상대가 파고들 빈틈이 될 수 있다.

그렇기에 미라는 제안한 것이다. 유그스트의 위치가 판명된 지금, 오늘 밤에라도 출발해서 빠르게 일을 끝내버리면 그만이라고.

"오히려 체포해버리면 카구라의 술식으로 뭐든 다 자백시킬 수 있지 않으냐. 그러하니 더는 그리 신경 쓰지 않아도 된다."

추가로 카구라가 지닌 자백술에 관한 것까지 밝혀버린 후, 미라는 이리스에게 다정한 미소를 보냈다.

이리스가 엿볼 것을 전제로 유그스트가 고안한 수많은 대항책. 그것은 무구한 소녀가 남성공포증에 빠질 정도로 징그러운 것들이었다.

그럼에도 이리스가 그만두지 않은 것은 그녀 역시 가슴속에 정의감을 품고 있었기 때문이다.

미라는 그런 이리스에게 이제 괜찮다며 미소를 지어 보였다. 더 이상 능력을 사용할 필요가 없다고. 그 고통은 오늘로 끝이라고.

"네?! 그런, 건가요?"

이리스는 놀란 듯한, 그리고 당황한 듯한 반응을 보였다.

하지만 그럴 만도 했다. 능력을 사용하기 시작하고서부터 지금까지 그런 중요한 이야기는 이리스가 듣지 못하도록 해왔고, 이리스 역시 그러한 이야기를 듣지 않도록 노력해 왔기 때문이다.

들어도 되는 걸까, 알아도 되는 걸까, 하는 마음에 이리스는 불안한 표정을 지었다.

"——그래그래, 신경 쓰지 않아도 돼. 오늘 있잖아, '이라 무에르테'의 최고 간부 중 한 명인 갈로바라는 남자를 잡았어. 카구라가 그 녀석한테 많은 정보를 캐냈어. 다른 간부들의 위치 같은 것들 말이야!"

미라에 이어 그렇게 말한 것은 아르마였다. 이리스에게 이 이상의 괴로움을 안겨주지 않기 위해, 더는 마음고생을 하지 않게 하려는 미라의 의도에 말을 보태어 동의를 표한 것이다.

지금까지는 결코 이리스 앞에서 말하지 않았던 '이라 무에르테'

에 관한 정보를 당당하게 입밖에 냈다.

"……그렇게 된 거야. 지금까지 고생 많았어, 이리스. 뒷일은 우리한테 맡겨. 완벽하게 괴멸시킬 테니까."

에스메랄다 역시 같은 마음인 모양인지. 어머니와도 같은 온화한 미소를 머금은 채 자신만만하게 말했다.

이렇게 세 사람은 이리스가 카구라의 정체를 알아챈 것도 전혀 문제가 아니라는 듯이 행동했다.

그러자 이리스 역시 그런 세 사람을 보고 이젠 괜찮다는 사실을 이해한 눈치였다.

"알겠어요!"

다 함께 노력한 덕분에 '이라 무에르테'를 공략할 실마리를 잡았다. 그 공로자 중 한 명인 이리스는 세 사람의 말에 크게 기뻐했다.

그리고 "아주 혼쭐을 내주고 오마"라는 미라의 한 마디에 진지하기 그지없는 얼굴로 "아주 따끔한 맛을 보여주세요"라고 답했다.

더는 능력을 사용하지 않아도 된다는 말을 이리스에게 한 후, 저녁 식사 시간을 가졌다.

아르마가 준비한, 어쩐지 가정적인 느낌을 풍기는 요리들이 테이블에 차려졌다. 얼핏 보면 일반 가정의 식탁에 가까운 메뉴들이다.

하지만 그것들은 모두 여왕이 준비한 음식이다보니. 사용된 식재료부터 차원이 달랐다. 100그램에 일만 리프는 할 최고급 소고기로 만든 고기감자조림과 같은 메뉴들이었다.

따라서 이 날의 식탁 역시 각별했고, 어느 것 할 것 없이 일품이었다.

그래서인지 미라는 오늘도 행복한 얼굴로 음식들을 배불리 먹어치웠다.

평소와 같은 저녁 식사다. 하지만 동시에 평소와 다른 점이 있었다.

그것은 이 장소에 아홉 현자의 일원인 카구라가 있다는 것이다.

"멋져요~!"

이리스는 신이 나서 그렇게 외쳤다. 카구라의 정체를 알게 된 이리스는 말도 못 하게 흥분해서 계속 들뜬 투로 말을 쏟아냈다.

독서를 좋아했기에 이리스는 당연히 독파했던 것이다. '아홉 현자 이야기' 시리즈를 전부.

알카이트 왕국의 영웅인 동시에 이야기의 주인공이기도 한 아홉 현자는 아이들에게 매우 인기가 있었다.

이리스 역시 마찬가지라 어릴 적에 푹 빠져 있었다고 한다. 책에 실려 있던 에피소드는 어디까지가 실제로 있었던 일이고, 어디부터가 각색된 것인지를 꼬치꼬치 캐묻거나, 이 던전은 어땠는지, 그때 손에 넣은 보물은 결국 어떻게 했는지까지, 궁금한 것들을 생각나는 대로 물었다.

저렇게까지 자세히 알고 있는 게 용하다며 미라 일행이 놀랄 만큼의 지식이었다. 그런 이리스는 팬인 동시에 진실을 추구하는 기자처럼 보였다.

"——그런고로 곧장 펑펑 써대서, 한 달도 안 가서 바닥났어."

아홉 현자들이 입수한 보물은 가볍게 억 단위를 넘었다. 하지만 그것도 잠시뿐. 대부분의 인원이 곧장 탕진해 버렸다고 카구라는 먼눈을 하고 쓴웃음을 지은 채 말했다.

유용하게 사용하기도, 돈 낭비를 하기도 했던—— 돈 낭비를 한 적이 더 많았던 것 같은 당시를 추억하는 듯한 얼굴로.

"굉장해요~! 하지만 그래서 그렇게 연구가 발전한 거군요!"

실패는 성공의 어머니다. 술식을 완성하기 위해, 국가의 발전을 위해 아홉 현자들은 자산을 쏟아부었다. 이리스는 그 정열에 감명을 받고 흥분했다.

이리스가 가슴속에 품고 있던 이야깃거리는 바닥날 줄을 몰라서, 이날의 저녁 식사는 평소에 비해 오랫동안 이어졌다.

⟨3⟩

이런저런 이야기를 하다 보니 저녁 식사 시간이 지났다.

에스메랄다는 아직 할 일이 남았다며 내일 보자는 말과 함께 일터로 돌아갔다. 대륙 최대 규모의 제전이 개최 중이다 보니 에스메랄다가 통괄하는 구호반은 밤낮없이 바빴던 것이다.

카구라는 '이라 무에르테'와의 종반전이라 할 수 있는 현재의 상황을 내버려 둘 수는 없으니 당분간 이곳에 남겠다고 해서, 지금은 아르마가 준비한 방에서 쉬는 중이다.

그리고 진정한 보스가 있는 장소를 특정할 수 있는 술구를 입수하기 위해 피스케를 갈로바의 거점으로 날려 보내고 있을 거다.

내일 중에는 첫 번째 조각이 손에 들어올 것이다.

아르마는 '이라 무에르테'의 괴멸을 목표로 협력국에게 협조를 구하기 위한 긴급 국제회의 중이다.

조금 전에 이야기한 '이름 없는 사십팔장군'의 파견과 주변국들에 대한 출병 요청, 트루리 공작의 술구 양도 여부를 두고 교섭을 하고 있는 것이다.

또한 유그스트에 관한 건으로 건넬 것이 있다기에 미라는 출발 전에 일단 아르마가 있는 곳에 들를 예정이다.

그렇게 모두가 각자 할 수 있는 일을 수행하는 가운데, 미라 역시 준비를 시작했다.

거실에는 로자리오 소환진 두 개가 떠올라 있었다.

이리스는 단원 1호를 불러냈을 때도 그랬듯이, 대체 무슨 일이 시작되는 걸까 하는 기대를 부풀리고 있다.

그런 가운데 미라는 그 말을 자아냈다.

『하늘 달리는 처녀에게 묻노라. 전장에서 승리를 이끄는 자의 이름은 무엇인가.』

『물음에 답하나이다. 그 이름은 샤르위나. 수많은 전술을 펼쳐 보이겠노라고.』

어디선가 목소리가 들려왔다. 그와 동시에 로자리오 소환진이 눈부신 빛을 뿜어냈다.

『나에게로 오라.』

【소환술 : 발키리】

그 말과 동시에 마법진이 유달리 밝게 빛난 직후, 한 명의 전쟁의 처녀가 그 자리에 가볍게 내려섰다.

반듯한 외모에 지성이 넘치는 눈빛을 지닌 그녀는 모든 책을 사랑하는 발키리 일곱 자매의 넷째, 샤르위나였다.

하지만 지금까지 개별적으로 소환된 일이 적었던 탓인지 어쩐지 긴장한 듯한 표정이었다.

"후우…… 좋아! 소환에 응해 대령했습——."

"——발키리님이에요~!"

샤르위나는 제일 중요한 순간이라는 듯이 기합을 넣고, 무릎 꿇은 채 인사의 말을 하려고 했지만 난생 처음 발키리의 모습을 본 이리스가 결국 참을 수가 없다는 듯이 소리쳤다. 아주 환한 미소를 띤 채로.

"어~…… 그게……."

그늘이라고는 하나도 없는, 기대 섞인 눈빛을 보내오기에 샤르위나는 당황스러운 얼굴로 미라를 바라보았다. 이게 대체 무슨 상황이냐는 뜻을 담아서.

"어흠, 아~ 샤르위나여. 이쪽은 니르바나의 무녀, 이리스다. 그리고 이리스여. 이 자는 보다시피 발키리인 샤르위나다."

다소 흥분한 이리스를 달래는 듯한 투로 일단 그렇게 이리스를 샤르위나에게 소개한 후, 미라는 이어서 고개를 돌려 샤르위나도 이리스에게 소개했다.

"만나서 반가워요, 샤르위나 씨! 이리스예요~!"

"아, 그게, 샤르위나입니다."

눈부신 미소를 띤 채 이리스가 샤르위나의 손을 잡았다.

한편 샤르위나는 아직 당황한 눈치이기는 했지만 이리스의 순수함을 느낀 것인지 살며시 미소를 지은 채 답했다.

"그래, 샤르위나. 그대를 부른 것은 다름이 아니라. 이리스를 호위해달라고 부탁하고 싶어서이다."

미라는 다시금 그렇게 설명했다. 단독으로 소환한 이유는 여기 있는 이리스를 보호해주었으면 하기 때문이라고.

"호위, 말씀이신가요? ……하지만 주인님. 그게 목적이라면 알피나 언니에게 맡기는 편이 낫지 않을까요?"

미라의 요청이 무엇인지를 파악한 샤르위나는 잠시 생각한 후, 그렇게 진언했다. 호위라면 누구보다도 공방에 능한 알피나가 적임자가 아니겠냐고.

실제로 발키리 일곱 자매의 장녀인 알피나는 자매 중에서 최강이다. 그러니 누구보다도 확실하게 호위 대상을 지켜낼 수 있을 거다.

하지만 이번에는 상황이 다소 특수하다보니 미라도 생각을 조금 달리 할 수밖에 없었다.

"음, 호위만이 목적이라면 그럴지도 모르지. 허나 이번 일의 적임자는 바로 그대다."

그렇게 답한 후, 미라는 그대로 이리스에게 시선을 옮겼다. 그리고 "이리스도 책을 무척 좋아해서 말이다. 분명 말이 통할 것 같거든"이라고 말을 이었다.

미라가 알피나가 아니라 샤르위나를 선택한 것은 두 사람의 상성을 고려한 결과였던 것이다.

"어머, 그러신가요, 이리스 님!"

"샤르위나 씨도요?!"

미라의 한 마디를 계기로 두 사람의 눈빛이 확 바뀌었다.

샤르위나는 훈련과 주인밖에 모르는 장녀를 필두로 책과는 거의 담을 쌓은 자매들 사이에서 생활하고 있었다. 그나마 자매 중에서 샤르위나를 제외하고 유일하게 책을 읽는 것은 셋째인 플로디나였지만 그녀가 읽는 것은 요리책뿐이었다.

책의 내용에 관해, 그리고 거기에 적힌 장대한 이야기에 관해 샤르위나가 마음을 터놓고 이야기할 수 있는 상대는 없었다.

때문에 그녀는 동지를 애타게 찾고 있었다.

이리스 역시 비슷했다.

신변의 안전을 위해 무녀 이리스는 이 특별한 방에서 생활하고 있다. 밖에 나갈 수는 없지만 이곳에는 마도 TV가 있다. 나아가 이리스가 아주 좋아하는 책도 잔뜩 있었다. 몇 시간이든, 며칠이든 읽을 수 있을 만큼 많은 책이.

하지만 그녀 역시 그 즐거움을 공유할 상대가 없었다.

아르마와 에스메랄다는 다소 말이 통하지만 책을, 거기 적힌 내용을 진심으로 사랑한다고 보기는 어려웠다. 말하자면 독서에 대한 열의가 다른 것이다.

이리스에게는 진심으로 사랑하는 책에 관해 이야기할 상대가 없었다.

그런 두 사람이 이곳에서 만난 것이다.

"저기…… '한밤의 도서관'은, 읽으셨나요?"

이리스가 조심스럽게 눈치를 살피듯이, 동시에 기대 섞인 투로 물었다. 분명 책의 제목일 거다. 그것도 이리스가 특히 좋아하는 책의 제목이리라.

당연히 읽은 적이 없는 미라는 샤르위나의 반응에 주목했다.

"네에, 프림 르바란 선생님의 한밤의 시리즈 중 역사적인 첫 번째 작품이죠. 당연히 읽었죠! 이야기가 단숨에 반전되는 그 중반부는, 지금도 한 글자도 빠짐없이 기억한답니다!"

상상했던 것 이상의 반응이었다.

이리스가 언급한 책의 제목은…… 특히 이런 상황에서 처음 입 밖에 내는 제목은 독서가로서의 자기소개와도 같은 성격을 띠기 마련이다.

그 제목에 포함된 여러 가지 요소. 그를 통해 알 수 있는 취향. 어떠한 책을 좋아하고 어떻게 느꼈는지. 독서가로서의 성향이 집약되는 것이 바로 가장 먼저 입 밖에 내는 책의 제목인 것이다.

샤르위나는 이리스가 언급한 책의 제목을 통해 그것을 알아냈다. 아니, 알아낸 듯 보였다. 동시에 이리스와는 말이 통할 것 같다고 느낀 눈치였다.

"와아! 저도예요! 그 장면은 잊으려야 잊을 수가 없으니까요!"

샤르위나에 대한 이리스의 반응 역시 그야말로 눈이 부실 정도였다.

겨우 서로를 이해할 수 있는 사람을 만났다, 드디어 좋아하는 것에 관해 마음껏 이야기할 수 있는 사람을 만났다. 애타게 바라왔던 일이 이루어지자 감정이 폭발했는지, 이리스의 입에서는 애정 어린 말이 쉴 새 없이 쏟아져 나왔다.

또한 샤르위나도 같은 열의로 그 말에 답하고 있었다.

두 사람은 서로를 시험하듯, 그리고 확인하듯 말을 나누며 서로의 거리를 좁혀 나갔다.

그리고 '밤은 밝고, 다시 다음 밤이 시작된다'는 말을 동시에 하고서 미소를 주고받은 후, 마치 서로의 건투를 칭송하듯 손을 맞잡았다.

마치 평범한 친구가 아니라 맹우(盟友)가 된 듯 보이는 광경이었다.

"저기저기, 샤르위나 씨는, 또 어떤 책을 읽고 있나요?!"

미라의 존재는 아예 잊은 듯이 이리스는 샤르위나에게 착 달라

붙어서 물었다.

"글쎄요…… 역시, 그게…… 최근에는 연애물이 많은 것 같아요. 특히 미이로 링 선생님의 저서는, 그 투명한 표현이 너무도 마음에 들더라고요."

발할라에는 이리스와 같은 존재가 없어서인지, 샤르위나 역시 때는 지금이라는 듯이 말을 쏟아냈다.

"이해해요~! 그 반짝반짝 빛나는 듯한 분위기, 저도 좋아해요~!"

"그렇죠?! 그래서 선생님의 책은 전부 다 좋아하지만, '노오란 하늘'은 어째서인지 어정쩡하게 끝난 것 같은 느낌이 들어서 신경이 쓰이더라고요."

"네? 그거라면 속편인 '푸르른 유성군'을 읽으면…… 아직 안 읽으셨나요?"

"네? 속편이 있었나요?! 우으…… 발할라는 유통이 잘 안 돼서, 우연히 출입구 근처를 지나는 행상인에게 사들이는 수밖에 없거든요. 설마 속편이 나왔을 줄이야……!"

결말이 어중간했던 이야기에는 속편이 있었다. 그 사실을 알게 된 샤르위나는 그것도 몰랐다는 사실에 좌절함과 동시에 새로운 소식을 듣고 기뻐했다.

"아, 그렇다면 위층에 서고가 있으니 보시겠어요? 그밖에도 책은 잔뜩 있어요~!"

이리스가 그렇게 제안한 직후, 샤르위나는 더없이 환한 미소를 띤 채 "안내해주세요!"라고 곧장 답했다.

"그러면, 샤르위나여. 이리스를 잘 부탁하마. 아아, 그리고 독서는 적당히 하거라. 그리고 이리스여, 샤르위나를 잘 부탁하마. 책만 보면 밤샘을 하는 아이라 말이다."

유그스트가 거점으로 삼고 있는 미디트리아 환락가로 출발하기 전. 미라는 서고라는 말에 낚여 목적을 잊은 듯한 샤르위나에게 못을 박아둠과 동시에 이리스에게도 샤르위나를 잘 돌봐달라고 부탁했다.

호위라는 역할을 맡기는 동시에 두 사람이 친구가 되었으면 하는 마음에서 소환하기는 했지만, 샤르위나가 예상했던 것보다 훨씬 들뜬 듯 보였기 때문이다.

마치 길을 떠나며 잔뜩 들뜬 아이를 친척에게 맡기는 것만 같은 상황이었다.

"맡겨만 주세요!"

"알겠어요~."

그렇게 답한 샤르위나와 이리스에게 "그럼 다녀오마"라고 말한 후, 미라는 걸음을 옮겼다. 그렇게 두 사람의 대답을 등진 채 나아가다가, 중간에 뒤로 돌아 손을 흔들려 했다.

도저히 기다릴 수가 없었는지, 두 사람은 서고가 있는 위층으로 달려가는 중이었다.

미라는 허탈하게 오른손을 내리고 달려나갔다.

미디트리아는 아크 대륙의 남부에 있다. 위치상 니르바나에서

서쪽으로 한참을 가야 하는 곳이다.

일단 아르마의 방에 들러 의미심장한 상자와 서류를 건네받은 후 밤늦게 니르바나를 떠난 미라는 현재 하늘 위에 있었다.

가루다가 끄는 왜건 안에서 미라는 어떻게 해서 유그스트를 붙잡을지 작전을 짜는 중이다.

상대는 대륙 최대의 범죄 조직으로 알려진 '이라 무에르테'다. 그 최고 간부쯤 되면 상당한 실력을 지니고 있을 거다.

더불어 과거에는 키메라 클로젠과도 관계가 있었다고 들었다. 갈로바가 정령폭탄을 가지고 있었던 것으로 미루어 볼 때, 유그스트도 뭐든 비장의 카드 같은 것을 소지하고 있을 가능성이 크다.

"도시에서 정령폭탄을 사용하면 큰일이니 말이지——."

정령폭탄이나 정령무구. 그도 아니면 다른 무언가. 어찌 되었건 금지된 술구까지 동원하는 녀석들이다. 방심해선 안 된다. 도시의 주민들을 방패로 삼는 비열한 짓도 서슴없이 할 것이다.

그러한 여러 가지 요소를 고려하며 미라는 몇 가지 작전을 짜 나갔다.

그렇게 시간이 흘러 다음 날 아침. 작전을 생각하다가 잠들고 만 미라는 느릿느릿 일어나 잠에 취한 눈으로 창밖을 바라보았다.

그곳에는 아침 해를 받아 반짝이는 초원이 펼쳐져 있었다.

"오오…… 눈부신 아침이로구나."

멍한 머리를 깨우는 상쾌한 아침 풍경이다. 상쾌한 녹음과 맑고 푸르른 하늘, 그리고 저 멀리에 도시의 윤곽도 보였다. 목적지인 미디트리아다.

역시 가루다다. 하룻밤 만에 니르바나의 수도에서 이곳까지 날아오다니.

심지어 왜건은 목적한 도시가 보이면서도 눈에 띄지 않을 장소에 착륙해 있었다. 정말이지 세심한 배려가 아닐 수 없다.

왜건에서 나가자 가루다가 바짝 붙어서 대기하고 있었다. 그대로 불침번 노릇도 해준 모양이다.

"수고 많았다, 가루다여. 덕분에 푹 쉬었구나. 정말 고맙다."

아침까지 잠을 잔 덕분에 기력이 넘쳤다. 그리고 표적이 있을 터인 목적지가 코앞이다. 그야말로 만반에 태세가 갖춰졌다고 할 수 있었다. 미라는 가루다를 토닥이며 한참 동안 노고를 치하했다. 그리고 감사의 마음을 담아 쟁여두었던 고기들을 가루다에게 주었다.

"음음, 그래, 맛있느냐. 그것참 다행이구나."

미라가 직접 먹여주어서인지 가루다는 매우 기쁜 눈치였다. 더불어 상당히 질이 좋은 고기라서 그런지 아주 신이 나서 먹어치웠다. 십여 킬로그램은 되었던 고기가 눈 깜짝할 새에 가루다의 뱃속으로 사라졌다.

그렇게 만족한 듯 보이는 가루다를 송환한 후, 미라는 아침 준비를 해서 자신도 아침 식사를 하기 시작했다.

아이템 박스에서 꺼낸 음식은 레스토랑에서 포장 주문했던 몽글몽글 오므라이스였다.

"젊은 몸 덕분에 아침부터 든든하게 챙겨먹는군그래."

일어난지 얼마 되지도 않았건만 양이 많은 오므라이스를 낼름

먹어치울 수 있었다. 미라는 젊음의 기운이 넘치는 몸에 감탄하며 식후 디저트로 마텔 특제 과일도 하나 먹었다.

아침부터 든든히 먹은 데다 과일 부스트 효과까지 얻었다. 이 모든 것은 이제부터 시작할 거물 체포 작전에 대비하기 위한 것이다.

"그럼, 누가 알아채기라도 하면 성가셔질 터이니."

정령여왕이 왔다는 소문이 도시에 퍼지게 해서는 안 된다. 그렇게 생각한 미라는 곧장 왜건 안에 들어가 변장을 시작했다.

유그스트는 정령여왕이 무녀를 호위하기 위해 니르바나에 있다고 알고 있다.

그 정령여왕이 위치를 벗어나면서까지 이 도시에 찾아왔다. 갈로바를 잡아들였다는 사실이 전해졌다면 분명 그 이유를 곧장 알아챌 것이다.

그렇기에 변장을 하려는 거다.

미라는 매지컬 나이츠의 홍보 담당인 테레사가 해주었을 때를 떠올리며 머리를 검게 물들여 나갔다. 그리고 그때 산 옷으로 갈아입었다.

이로써 평범하게 귀여운 마을 소녀가 될 수 있을 거다……라고 생각했건만, 아무리 해도 테레사가 한 것처럼 잘되지 않아서 다소 얼룩덜룩한 검은머리가 되고 말았다.

얼핏 보면 어쩐지 날라리 같은 인상이다.

"뭐어, 그거다. 이것도 나름의 패션인 게다. 음."

거울로 완성도를 확인한 미라는 혼자서 그런 변명을 중얼거렸다.

어쨌든 정령여왕이라는 것을 한눈에 알아챌 사람은 없을 정도의 완성도는 되었다. 이로써 준비는 끝났다.

도구를 정리하고 왜건을 수납한 후, 곧장 그대로 미디트리아로 향했다.

4

"생각했던 것보다 커다란 도시로군그래……."

미디트리아에 도착하고서 세 시간이 지난 후. 유그스트에 관한 정보를 수집할 겸 상황을 살피고자 도시를 한 바퀴 돌아본 미라는 작은 카페 한구석에서 휴식을 취하고 있었다.

도시의 넓이는 대충 3제곱킬로미터 정도. 그 면적 안에 많은 건물이 빼곡하게 자리하고 있다. 게다가 인구밀도도 상당해서 몹시 북적거리는 도시라 할 수 있었다.

게다가 유그스트가 있는 곳은 이 도시의 환락가라고 했는데, 여기서 한 가지 문제가 발생했다.

미디트리아는 상당히 특수한 도시라, 무려 전체의 70퍼센트 정도가 환락가였던 것이다.

도시에 있는 음식점 중 90퍼센트 가량은 주로 술을 파는 주점과 바, 펍(pub)이고, 레스토랑이나 지금 있는 카페 등은 그야말로 한줌밖에 되지 않았다.

그밖에도 카바레나 호스트 클럽, 러브호텔에 쇼 극장 등도 여기저기 보였다.

심지어는 윤락업소까지 당당하게 늘어서 있었는데, 대로에는 창부며 남창으로 보이는 이들의 모습도 제법 있었다.

잡화 등을 취급하는 가게에서는 디저트나 담배와 같은 기호품을 주로 진열해 놨다. 하지만 경우에 따라서는 금지품으로 지정되지는 않았지만 수상쩍은 약물류까지 당당하게 진열해두었다.
또한 무엇보다도 이 도시의 중심에는 유달리 커다란 카지노 시설이 떡하니 자리하고 있었다. 도시에 있는 어느 건물보다도 넓고 높은 건조물이다.
마치 왕성 같다고 해도 과언이 아닐 정도의 규모다.
미라가 느낀 이 미디트리아의 인상을 말하자면. 오락에 특화되었고 경박하며, 화려하면서도 물건이 없다는 것이었다.
사람에 따라서는 꿈만 같은 도시로 보일지도 모른다. 하지만 그런 동시에 엄격한 현실을 내포한, 욕망이 소용돌이치는 어른의 도시다.
그것이 미디트리아라는 도시였던 것이다.
(그럼 어떻게 조사를 해야 할까.)
아직 정오에 가까운 시간임에도 불구하고 미디트리아의 대로에는 밤의 분위기가 감돌고 있다. 그런 거리를 창문으로 바라보며 미라는 어떻게 이곳에서 유그스트를 찾아낼지 생각했다.
갈로바에게 캐낸 정보에 따르면, 그는 미디트리아의 환락가를 본거지로 삼고 있다고 한다. 상세한 위치는 그도 알지 못했기에 여기서부터는 이 넓은 환락가를 뒤져보는 수밖에 없는 것이다.
그런데 설마 도시의 태반이 환락가였을 줄이야. 예상치 못한 일이라는 생각에 미라는 파라다이스 오레를 마시며 한숨을 내쉬었다.
(눈으로…… 찾는 건 아무리 그래도 무리일 테지.)
플레이어 출신자만이 지닌 눈을 이용해 도시에 있는 자들을 닥치는 대로 **조사**해 나가는 방법도 있다. 하지만 그러려면 얼굴이 보이는 거리까지 다가가야만 했고, 무엇보다도 대상 인수가 너무 많아 현실적인 방법이라 보기는 어려웠다.

(게다가 워즈랑베르의 힘을 빌릴 수 없다는 것도 난점이로군.)

정적의 정령 워즈랑베르는 조사 등을 할 때 진가를 발휘한다. 그 은폐 능력으로 중요한 장소가 되었건 어디가 되었건 마음대로 들어갈 수 있었지만, 이번에는 다소 상황이 달랐다.

그 원인은 환락가 전체에 설치된 방범용 술구의 존재였다.

건물 위나 골목 출입구, 점포 앞 등, 미라는 거리를 둘러본 세 시간 남짓 동안 그걸 수십 개나 발견했다. 그리고 저게 뭔가 싶어서 근처에 있던 가게의 주인장에게 물어보았다.

그러자 방범을 위한 술구라는 답이 돌아왔다.

이 도시, 미디트리아는 대부분이 환락가다. 정상적인 가게도 있지만 수상쩍은 가게도 많았고, 그런 만큼 치안 상태가 좋다고는 할 수 없는 환경인 것이다.

심지어 이 도시에는 대륙에서도 최대급인 카지노 시설이 한가운데에 자리하고 있다. 때에 따라서는 무역이 번성한 도시를 능가하는 돈이 움직이기도 하는 것이다.

그렇다 보니 모여든 욕망을 먹잇감으로 삼는 악당들도 이 도시로 흘러들고는 했다.

(그나저나 참으로 호기로운 자도 다 있군그래.)

방범용 술구는 그러한 악당들로부터 도시의 이익을 지키기 위해, 그리고 모두가 안심하고 즐길 수 있도록 이 도시에 사는 의문의 중진이 사비를 털어 설치해준 것이라고 한다.

심지어 매우 고성능이기까지 하다.

그 효과는 술식이나 술구 등의 효과로 자신의 존재를 속이고 있는 자, 다시 말해서 위장을 하거나 몰래 숨어든 자들을 모조리 감지해 낼 만큼 탁월하다는 모양이다.

더욱이 활성화된 마나의 감지── 달리 말하자면 술식 등이 발동해도 반응한다고 한다.

게다가 이 술구가 반응하면 1분도 채 되지 않아 경비병이 달려오도록 되어있다는 듯했다.

그 효과는 탁월해서 주인장의 말에 따르면 이제는 그런 녀석들도 도시에 잘 들어오지 않고, 술식을 사용해서 벌이는 흉흉한 싸움도 일어나지 않게 되었다고 한다.

(실험해보고 싶긴 하지만 경계 대상이 되기라도 하면 일이 성가셔지니, 어찌하면 좋을꼬.)

방범용 술구에 워즈랑베르의 힘이 통할 것인가. 미라는 그 점이 매우 궁금했다.

정적의 힘은 광학미채는 물론이고 소리와 마나, 기척까지 은폐해준다. 흔한 범죄에 이용되는 술구와는 격이 다른 것이다.

하지만 그럼에도 절대적인 것은 아니다. 더불어 술구의 감지방식이 판명되지 않았다는 점도 걱정거리였다. 어쩌면 정적의 힘조차도 간파해낼 가능성도 충분히 있는 것이다.

그렇기에 실험을 해보고 싶기는 하지만 술구의 성능이 생각보다 우수해서 감지당하기라도 하면 골치 아파진다.

그것은 곧 누군가가 몰래 잠입했다는 사실을 알려주는 꼴이 되기 때문이다.

유그스트는 악명 높은 '이라 무에르테'의 최고 간부다. 높은 확률로 이 방범용 술구의 감지 보고를 받을 수 있는 지위에 있을 거다.

어쩌면 오히려 '이라 무에르테'의 뒤를 캐는 자들을 잽싸게 발견하기 위해 유그스트가 이걸 설치했을 수도 있다.

그렇다, 도시의 이익이 어쩌니 저쩌니 하는 건 다 핑계고 이럴 때를 위해 방범용 술구를 배치했을 가능성도 있는 것이다.

그런 물건이다. 그러니 이것에는 손을 대지 않는 게 현명하리라.

(이미 갈로바에 관한 소식을 들었을지도 모르니 말이야. 섣불리 자극하지 않는 편이 좋겠지.)

최고 간부 중 한 명인 갈로바가 니르바나측에 구속되었다. 그 정보가 이미 유그스트의 귀에 들어갔다면 어떻게 될까. 심지어 그 다음 날에 자신이 있는 곳 근처에 침입자가 있다는 보고가 들어간다면 분명 자객의 존재를 의심하고 들 것이다.

(그래, 이곳에서 놓칠 수는 없는 일이지. 신중에 신중을 기울여야 한다…….)

미라는 실험을 하고 싶다는 욕구에 사로잡혀 있었다. 그렇지만 그것을 간신히 억누르고 차근차근 수색해 나가기로 결심했다.

하지만 그렇다면 어떻게 찾을 것인가, 하는 문제에 다시 부딪힐 수밖에 없었다.

(탐문은…… 안 되겠지.)

최고 간부이기도 하니 유그스트는 이 도시의 거물로 알려졌을 가능성이 높다. 게다가 이리스에게 한 짓으로 미루어 상당히 도를 넘어선 변태일 거다. 그렇다면 이 도시에 대해 잘 아는 자에게 물어보면 그 위치를 추려낼 수 있을 것이다.

그러나 동시에 이쪽이 뒤를 캐고 있다는 사실이 상대측에 알려져 버릴 우려도 있었다. 유그스트가 이 도시의 누구와 이어져 있을지 모를 일이기 때문이다.

만약 운 나쁘게 관계자에게 물어보는 날에는 귀찮게 자객을 보내오거나 냉큼 내빼 버릴 것이다.

다시 말해서 미라는 꼬리를 밟히지 않고, 아무도 알지 못하도록 유그스트를 찾아야만 하는 것이다.

(으~음…… 이럴 땐 역시 수사의 원점으로 돌아가야겠지, 흠흠.)

따라서 여러모로 생각해본 결과, 살금살금 발품을 파는 방법밖에 없을 듯했다.

차근차근 발품을 팔아 찾기로 결심한 미라는 카페를 나서서 보는 눈이 없을 듯한 장소를 찾아 뒷골목으로 들어갔다.

하지만 도시 전체가 그러한 분위기인 탓인지, 환락가가 아니라도 보는 눈이 없을 듯한 장소에는 먼저 온 손님이 있었다. 실로 정력적이고 정열적인 도시다.

또한 뒷골목 등에는 그러한 일을 원하는 자들이 모여 있어서, 그런 곳을 어슬렁거리면 일종의 권유를 받기 일쑤였다.

심지어 매우 적극적으로.

(으~음…… 이쪽은 변태들의 소굴이로군…….)

처음에 도시를 둘러볼 때는 대로를 중심으로 돌아다녔다. 그러는 내내 이런저런 시선들이 느껴지기는 했지만 그 이상의 일은 없었다.

하지만 뒤쪽으로 들어오자 완전히 다른 도시의 얼굴이 보이기 시작했다. 평범한 소녀라면 분명 험한 일을 당하고도 남을, 위험한 도시다.

하지만 평범한 소녀가 아닌 미라의 눈에는 그냥 변태 같은 자들이 많은 장소일 뿐이었다.

"흐음, 이곳이면 되려나."

다가오는 남자들을 가볍게 무시하고 곧장 뒷골목에서 빠져나와 환락가를 벗어난 미라는 근처에 있던 저렴한 숙소에 방을 잡았다. 숙박뿐 아니라 삼천 리프를 내면 세 시간 동안 쉬어갈 수 있는 요금도 있는 숙소였다.

접수 담당자는 소녀가 혼자서 들어오자 의아하다는 표정이었다.

"어디 보자——."

그다지 넓지 않고 중앙에 커다란 침대가 자리한 방 안.

보는 눈이 없고, 방범용 술구도 근처에 없음을 확인한 미라는 그곳에서 소환술을 행사했다.

【소환술 : 쿠 시】

작은 마법진이 나타났다. 그리고 그곳에서 시추처럼 생긴 개, 멍슨이 머리를 빼꼼 내밀었다.

멍슨은 안전한 곳인지를 확인하듯, 그리고 무언가를 경계하듯 한참 동안 주변을 두리번거렸다.

그러고는 "고양이는 없습니다멍"이라고 중얼거리더니 마법진에서 폴짝 뛰쳐나와 오도도도 미라의 곁으로 달려왔다.

"오너님. 제가 나설 차례입니까멍?"

활약할 기회를 얻은 것이 어지간히도 기쁜지. 멍슨은 미라의 발치에 도착하자마자 그 동그란 눈을 반짝반짝 빛내며 기대에 찬 얼굴로 미라를 올려다보았다.

"음, 멍슨이여. 이번에는 그대가 아니면 해결하기 어려운 상황이라 말이다. 힘을 빌려주겠느냐."

"물론입니다멍!"

미라가 부탁하자 멍슨은 꼬리를 파닥파닥 흔들며 답했다. 아주 의욕이 넘쳤다.

멍슨은 캐트시인 단원 1호와 마찬가지로 탁월한 첩보 관련 능력을 지닌 동료다.

그럼에도 양측이 지닌 능력은 크게 달랐다.

단원 1호가 직감이나 기술에 의존해 임무를 해내는 행동파인데 반해, 멍슨은 계산과 추리를 활용하는 두뇌파인 것이다.

거기에 멍슨은 자신만의 특기를 하나 더 지니고 있었다.

"그럼 본론으로 들어가서, 이것 말이다만——."

미라가 그렇게 말하며 꺼낸 것은 작은 상자였다. 니르바나를 떠나기 전에 아르마에게서 건네받은 물건 중 하나다.

아르마는 유그스트와 관련된 일로 건네주고 싶은 물건이 있다고 했다. 뚜껑을 열어보니 그곳에는 몇 가닥의 머리카락이 들어 있었다. 그렇다, 유그스트의 머리카락이다.

이리스가 능력을 행사하기 위해 사용하고 있는 것 말고도 여차할 때에 대비해 예비로 몇 가닥을 보관하고 있었던 것이다.

하지만 이번에 끝장을 보기로 한 이상, 여차할 때를 위한 대비는 필요 없다며 미라에게 건넨 것이다.

(할배의 동료라면 이걸 유용하게 활용할 수 있잖아.)

이것을 건네받을 때 아르마가 한 말이었다.

실제로 이 머리카락을 유용하게 활용할 방법이 미라에게는 있었다.

머리카락은 주술 등의 촉매로도 활용할 수 있다. 하지만 이번에 미라가 취하기로 한 방법은 훨씬 단순한, 정공법이라 할 수 있는 것이었다.

"자아, 멍슨이여. 이 냄새를 지닌 인물이 이 도시 어딘가에 있다고 한다. 그대의 코로 찾아주겠느냐."

그렇다, 냄새를 통한 추적이다. 특히 멍슨의 코── 후각은 인간의 상식을 초월한 영역에 있었다.

더불어 멍슨은 쿠 시만이 사용할 수 있는 특별한 마법도 쓸 줄 알았다. 그 마법을 사용하면 한 번 기억한 냄새를 공간적으로 인식할 수 있는 것이다.

다시 말해서 유그스트가 멍슨의 후각이나 마법 범위 안에 들어오면 그 즉시 위치를 특정할 수 있는 거다.

하지만 환락가에는 방범용 술구가 있어서 이번에는 이 마법을 활용하지 못할 듯했다.

"맡겨만 주십시오멍!"

멍슨은 가슴을 편 채 답하더니 코를 킁킁거리며 냄새를 기억했다. 이제 도시를 돌아다니며 찾기만 하면 된다.

구석구석 돌아다니다 보면 어디선가 찾을 수 있을 거다. 하지만 이럴 때는 어느 정도 범위를 한정해 두는 것이 정석이라 할 수 있다.

사전 답사를 마친 미라는 그중에서도 가능성이 높을 듯한 장소를 머릿속으로 추려내기 시작했다.

〈5〉

수색 준비를 마친 미라는 곧장 거리로 나섰다.

그러면서 멍슨을 품에 안았다.

이 도시는 인간의 욕망의 중심에 자리한 곳이다 보니 다른 도시에 비해 정령 등의 존재가 매우 드물었다.

소형견에 가까운 모습이라고는 해도 움직이는 모습을 보면 쿠시라는 걸 알아챌 이도 있을 것이다. 그리고 그런 인간의 욕망과는 거리가 먼 존재가 이러한 도시에 있는 것은 상당히 희한하게 보일 터다. 게다가 쿠 시의 코와 마법은 나름대로 유명했다.

따라서 무언가를 찾고 있다고 알아챌 이도 나타날지 모른다.

유그스트가 알아챌 만한 요소는 최대한 줄여야 한다. 그렇게 생각한 미라가 떠올린 것이 바로 인형 작전이었다.

미라가 소녀의 모습이 된 덕에 이 작전에 위화감을 느끼는 이는 없었다. 지금의 멍슨은 소녀가 안고 있는 강아지 인형 그 자체였다.

또한 인형 운운하기 이전에, 혼자서 휴식을 취하러 들어갔다가 십여 분 만에 방에서 나온 미라를 보고 접수 담당자는 의아하다는 표정을 지었지만, 미라 본인은 전혀 알아채지 못했다.

『이 근처에는, 없는 것 같습니다멍.』

대로로 나가 곧장 주변의 냄새를 맡아본 멍슨이 그렇게 보고했다. 이 근처에는 유그스트의 냄새의 잔재가 전혀 없는 모양이다.

『흠, 그러하냐. 뭐, 이 근처는 어쩔 수 없지.』

소환 계약에 의한 연결고리를 통해 직접 목소리를 내지 않아도 대화는 가능했다. 그렇기에 빈틈없이 조사를 하고 있음에도 불구하고 지금의 미라는 인형을 품에 안은 여자 아이 이외의 그 무엇도 아니었다. 장소가 장소이다 보니 특정 마니아들이 좋아할 만한 모습으로 보이기는 했지만.

『우선은 도시의 중심으로 가볼까.』

주변에는 미라가 들어갔던 숙소를 비롯해서 비교적 가격이 저렴한 가게들이 모여 있었다.

이 도시는 각 지역별로 급 같은 것이 정해져 있는 듯했다. 그 사실을 사전 조사로 알아낸 미라는 이곳에는 없을 만도 하다며 걸음을 옮겼다.

행선지는 최고급 가게들이 모여 있는 도시의 중심부다.

표적은 대륙 최대로 알려진 범죄조직 '이라 무에르테'의 최고 간부. 그렇다면 분명 최대, 최고의 장소를 본거지로 삼고 있을 거다. 그것이 미라의 예상이었다.

특히 가장 수상쩍은 장소를 꼽자면 이 도시에서도 가장 크고 가장 많은 돈이 움직이는 장소. 카지노였다.

그곳을 목적지 삼아 미라는 확신에 찬 걸음걸이로 대로를 나아갔다.

미디트리아는 기호품으로 가득했다. 어른들을 대상으로 한 것이 태반이기는 했지만, 개중에는 남녀노소를 불문하고 좋아하는 것 또한 포함되어 있었다.

카지노로 향하던 도중, 미라는 그러한 기호품이 모여 있는 거리를 골라 걸었다. 일반인으로서 주변에 녹아들기 위해서다.

그 거리의 이름은 '슈거 스트리트'. 이름 그대로 달콤한 것들이 모여 있는 디저트 천국이다.

다른 지역과는 몹시도 인상이 다른 장소였지만 디저트의 인기는 어딜 가나 변함이 없어서 이곳도 사람들이 많았다. 특히, 예상했던 대로 여성의 비율이 특출하게 높았다.

그렇기에 미라도 튀지 않고 숨어들 수 있었다.

『이거이거, 이곳만 딴 세상 같구나!』

『달콤한 냄새가 가득합니다멍.』

어른들의 욕망이 소용돌이치는 도시 한가운데에 아이들의 꿈속과도 같은 광경이 펼쳐져 있다. 그 광경 앞에서 미라는 눈을 반짝거렸지만, 가게를 흘끔 들여다본 직후에 얼굴이 굳어졌다.

그 가게는 초콜릿 전문점이었다. 가게 안에서는 달콤한 초콜릿 냄새가 풍겨왔고, 쇼 케이스에는 초콜릿들이 마치 보석처럼 진열되어 있었다.

어느 것 할 것 없이 먹기에는 아깝다는 생각이 절로 드는, 그와 동시에 끝없이 먹고 싶어지는 근사한 초콜릿들이었다.

하지만 그렇기에 미라는 전율할 수밖에 없었다. 바로 가격 때문이다.

놀랍게도 모두 다 한 알에 이천 리프 이상이었던 것이다. 그렇다, 한 알에 이천 리프.

『이건 초콜릿이 아니다…… 쇼콜라(chocolat)이라고 해야 해!』

쇼콜라는 초콜렛의 상위 개념이다. 어째서인지 그런 이미지를 가지고 있던 미라는 가게 안에 늘어선 사치품들을 둘러보며 이걸 다 합치면 몇백만 리프일까, 따위의 생각을 하면서 슬그머니 그 곳을 뒤로 했다.

미라는 그렇게 중간중간 마음이 끌리는 가게를 들여다본 후, 가격을 보고 전율하기를 반복했다. '슈거 스트리트'는 어린이들이 좋아할 듯한 장소였지만, 알고 보니 어린이들은 엄두도 내지 못할 어른들의 장소였던 것이다.

이곳에는 쇼콜라뿐 아니라 아이스크림이며 케이크, 푸딩에 화과자까지 갖춰져 있었다.

미라는 그러한 가게들을 외면하며 생각했다. 이번 임무를 달성하는 그날에는, 마음껏 사서 돌아가겠다고. 그걸 분발한 자신에 대한 포상으로 하겠다고.

『자아, 조금만 더 가면 된다!』

『네, 알겠습니다멍!』

디저트의 유혹을 떨쳐내듯이 '슈거 스트리트'를 빠져나온 미라는 드디어 미디트리아 중심지에 도착했다.

그곳은 특별하다는 것을 한눈에 알 수 있는 지구였다.

중앙에는 이 도시의 상징인 거대 건조물이 자리하고 있다. 창문은 전혀 없고, 내부와 외부를 연결하는 곳은 네 곳의 출입구뿐이다.

그러한 출입구들에는 우락부락한 가드맨들이 대기하고 있고,

그 주변에도 이를 경비하는 병사들의 모습이 보였다.

철저한 관리가 이루어지고 있는 장소였지만, 가장 특징적이라 할 요소는 그게 아니었다. 무엇보다도 가장 눈에 띄는 것은 그 건물의 겉모습이었다.

『그나저나 이것 참, 번쩍번쩍하구나…….』

『엄청난 박력입니다멍…….』

미디트리아의 상징인 카지노는 전체가 황금색으로 번쩍이고 있었다.

'황금 궁전'이라는 말이 절로 떠올랐다. 카지노를 장식한 조각들도 당연히 모두 금박 처리가 되어 있다. 지붕도 벽도 계단도 모조리 다 번쩍번쩍해서, 악취미로 치부하고 말 수준을 넘어 일종의 안심감을 느끼게 할 만큼의 현란한 존재감을 내뿜고 있었다.

『그럼 멍슨 군. 잘 부탁하마.』

『맡겨만주십시오멍.』

도시 제일의 건조물. 그리고 도시 제일의 경비 체제가 구축된 카지노는 잠복하기에 제격인 장소라 할 수 있었다.

이곳 어딘가에 유그스트가 있을 거다. 미라는 그렇게 추측하고 한 걸음씩 성큼성큼 카지노로 다가갔다. 그리고 품에 안긴 멍슨은 자랑거리인 코로 주변을 수색해 나갔다.

가장 붐비는 장소인 만큼 이곳에는 수십, 수백을 넘는 냄새가 떠돌고 있었다. 천 가지는 족히 될 냄새의 흔적이 잡다하게 섞여 있다. 그런 가운데서 특정한 냄새를 찾아내는 것은 지극히 어려운 일이라 할 수 있을 거다.

하지만 쿠 시인 멍슨의 코는 그러한 조건에서도 냄새를 구분할 수 있을 만큼 특별했다.

그런 멍슨은 곧 『표적은 근처에 없습니다멍』이라는 답을 내놓았다.

『뭣, 이라고……?』

조금이라도 들락거렸다면 냄새는 남았을 거다. 멍슨이 그걸 놓칠 리가 없다.

하지만 유일한 예외가 있었다. 그것은 바로 시간이다. 아무리 멍슨이라 해도 완전히 냄새가 흩어질 만큼 시간이 경과하고 나면 감지할 수가 없는 것이다.

그래서 미라는 생각했다. 무녀 이리스에게 감시를 당하고 있는 상황이라 적은 최대한 정보를 내어주지 않기 위해 계속 밖에 나오지 않고 틀어박혀 있는 것이 아닐까.

그렇다면 안쪽도 빠짐없이 확인해두는 게 좋겠다.

하지만 카지노에는 출입이 금지된 구역도 많다. 그러한 장소에 유그스트가 있을 경우에는 어떻게 해야 할까.

장소가 장소인 만큼 경비는 엄중하다. 더불어 카지노 안에는 더욱 강력한 방범용 술구가 있다고 들었다. 워즈랑베르의 힘을 빌릴 수 있을지 어떨지도 알 수 없는 상황이다.

『흐음, 그렇다면 우선은…….』

어떻게 생각할지 고민하던 미라는 이곳을 나중으로 미루고 또 하나의 잠복 후보지부터 살펴보기로 했다.

도시를 한 바퀴 둘러보며 미라는 유그스트가 잠복 중일 가능성이 높을 듯한 장소로 두 곳을 점찍어두었다.

그 중 한 곳이 이 카지노였다. 그리고 또 하나는 아르마와 이리스에게 전해들은 유그스트의 변태성을 염두에 두고 고른 후보지다.

그것은 도시의 변두리에 있으면서도 카지노 다음으로 많은 돈이 움직이는 구역인 유곽 특구였다.

이 도시의 특징은 곳곳에 윤락업소가 있다는 것이다.

하지만 그러한 가게들은 모두 흔히 말하는 서민적인 가게로 여겨졌다. 한 번 이용하는 데 십만 리프도 더 들기도 하지만, 그럼에도 유곽 특구에 비하면 대중적인 편이라 하니, 그것만으로 얼마나 특별한 곳인지 짐작하고도 남을 것이다.

유곽 특구. 그곳은 하룻밤의 꿈을 파는 가게 중에서도 특상급만이 모인, 잠들지 않는 구역이다.

언제든, 어떤 플레이든 마음껏 할 수 있다. 다시 말해서 이곳이라면 손쉽게 이리스가 싫어할 만한 짓을 할 수 있는 것이다.

그렇기에 그 변태 같은 유그스트가 본거지로 삼고 있을 가능성이 높다고 할 수 있었다.

(오히려 남자라면 이곳을 고를 테지…….)

카지노와 유곽 특구. 어느 쪽에 틀어박힐 것인가. 다시금 그에 관해 생각한 미라는 별다른 고민 없이 답에 도달했다.

유그스트가 있는 곳은 분명, 반드시 남자의 꿈이 이루어지는 곳, 유곽 특구일 것이라고.

『흠, 좋은 생각이 났다. 분명 저쪽일 게다!』

욕망에 따른 취사 선택이 아니라 어디까지나 추리에 의해 도출된 결과다. 그렇게 주장하는 듯한 얼굴로 걸음을 뗀 미라는, 아주 조금 빠른 걸음으로 유곽 특구로 향했다.

카지노 지구에서 유곽 특구까지는 1킬로미터 남짓 떨어져 있다. 미라는 멍슨을 품에 안은 채 일직선으로 이어진 길을 나아갔다.

그러던 도중.

"저기, 헬렌. 오늘 밤에 가게에 가도 될까? 헬렌이 너무너무 보고 싶어 못 잘 것 같아서 그래."

바로 앞에서 우락부락한 남자가 예쁜 언니에게 추근── 아니, 애원이라도 하듯 그런 말을 입 밖에 내고 있었다.

하지만 이 도시에서는 하룻밤 동안의 연애가 당연한 일이라, 이러한 장면은 드물지 않게 볼 수 있었다. 그리고 남녀가 사이좋게 가게 안으로 사라지고는 했다.

다시금 참으로 프리덤한 도시라는 생각을 하며 미라는 그곳을 지나쳤다.

그런 직후. 헬렌이라는 언니의 말이 희미하게 들려왔다.

"글쎄요…… 으음~ 가게는 좀 그런데에. 그치만 출장 서비스라면 괜찮아요."

과연 윤락업소가 잔뜩 모여 있는 도시답다. 점포 영업과 파견 영업을 둘 다 하는 듯하다.

다시 말해서 가게에서 보고 마음에 들면 자신의 숙소로 데려가서 느긋하게 사랑을 나누는 것도 가능한 것이다.

단, 우락부락한 남자의 반응으로 미루어 볼 때 출장 서비스는 점포에 비해 비싼 모양인지. 가게에서 볼 수 없겠느냐고 울며 매달렸다.

하지만 언니는 출장 서비스라면 단둘이 있을 수 있다며 그쪽을 계속 추천했다. 분명 비싼 만큼 언니가 받는 몫도 늘어나기 때문일 거다.

(남자가 이길 만한 요소가 안 보이는군그래.)

좋아하는 쪽이 지는 거다. 결과적으로 비싼 출장 서비스를 택하자 언니는 의기양양한 걸음걸이로 미라의 옆을 지나쳤다.

그에 반해 큰돈이 나가게 된 남자 쪽은…….

(뭐, 그래도 행복해 보이니 다행이로군.)

뒤를 돌아보니 오늘 밤 일을 상상하는 것인지. 남자는 이미 꿈을 꾸는 듯한 표정을 짓고 있었다.

대로에서는 남녀를 불문하고 그러한 교섭 등이 이곳저곳에서 이루어지고 있었는데, 미라에게도 여러 차례 말을 걸어왔다. 주로 윤락업소 관계자와 하룻밤의 사랑을 원하는 자들이었다.

하지만 개중에는 다정한 미소를 띤 채 다가오는 여성도 있었다. 그리고 은근슬쩍 숙소로 데려가려 했다.

또한 남자끼리 숙소로 사라지는 모습도 이곳에서는 일상다반사인 듯했다.

역시 자유연애의 도시다. 이곳에는 남녀 사이의 벽이라는 것도 존재하지 않았다. 그럼에도 이 도시에서는 이게 상식인 탓인지, 대부분의 사람들은 절도를 지킬 줄 알았다.

싫다고 거절하면 거기서 끝이다. 다소 질척대는 남자도 있었지만 미라가 눈짓을 하면 금방 지나가던 경비병이 끌어내고는 했다.

풍기가 문란할 듯한 도시이기는 하지만 그렇기에 철저한 관리가 이루어지고 있었다.

전체의 70퍼센트가 환락가인 데다 욕망이 뒤섞인 어른의 가게가 곳곳에 있다고 하면, 범죄의 냄새로 가득할 것 같다는 인상을 받기 일쑤일 것이다.

하지만 실제로 둘러보니 꽤나 깔끔한 도시였다.

6

몇 번인가 제안을 거절하며 걸어 나가자 드디어 대로의 종착점이자 유곽 특구의 입구가 보이기 시작했다.

"이것 참 대문이 번듯하기도 하군그래……."

유곽 특구와 그렇지 않은 지구의 경계선. 그것은 눈에 띄게 또렷했다. 번듯한 담장이 빈틈없이 둘러싸고 있었기 때문이다.

하지만 그럼에도 출입이 어려워 보이지는 않았다.

대로 끄트머리에 위치한 장소에 흔히 말하는 중층문이라 불리는 것이 우뚝 서 있었다. 신사나 절 같은 곳에서 볼 수 있는 2층 건물로 된 문이다.

미라의 정면에 나타난 그것은 서양식이었는데, 마치 성채의 문처럼 보이기도 했다.

지금은 완전히 활짝 열려 있는 데다 문지기로 보이는 자도 없어서 출입이 자유로운 상태다. 하지만 그 앞은 특별한 장소임을 강하게 느끼게 하는, 그런 분위기가 중층문에서 느껴졌다.

"그럼, 이 몸도 가보실까."

미라에 앞서 기합이 잔뜩 들어간 한 남자가 중층문을 지났다. 큰 결심을 한 남자의 걸음걸이였다.

힘차고 씩씩하다. 마치 전장에 들어서는 사람처럼 보였지만, 발걸음은 재미를 볼 생각에 들뜬 사람의 그것이었다.

유곽 특구. 참으로 신기한 장소가 아닐 수 없었다.

그런 장소에 드디어 발을 들였다. 그리고 중층문을 지난 직후, 미라는 온몸에 전율이 일었다. 기분 탓일까. 아니면 뭔가 확실한 이유가 있는 것일까. 분위기가 확 바뀌었다는 것이 저절로 체감되었기 때문이다.

(호오…… 상상했던 것과는 전혀 다르구먼.)

유곽 특구는 어른들의 욕망이 난무하는 환락가의 정점. 남자와 여자와 돈과 술이 흐르는, 말 그대로 현란하면서도 요염한 장소일 거라 상상했던 미라는 눈 앞에 펼쳐진 광경에 충격을 받았다.

그런 선입견과 달리 전통과 격식이 느껴지는 오래된 도시를 연상케 하는 풍경이었기 때문이다.

상상했던 밤의 도시 같은 요소는 일절 보이지 않는 데다, 오히려 고결한 분위기마저 감돌았다.

전체적으로 차분한 흰색을 띤 건조물들은 모두 다 번듯해서, 얼핏 보면 귀족가 같았다.

하지만 사치스러운 장식은 전혀 보이지 않았고, 그렇다고 검소하지도 않은 기품이 곳곳에서 느껴지는 듯했다.

(참으로 세련된 곳이로구나.)

마치 실수로 다른 장소를 찾아온 것 같은 착각마저 느껴지는 광경이었다. 하지만 주변을 둘러보니 이곳이 바로 유곽 특구라는 것을 확신할 수 있었다.

대로에 늘어선 수려한 외모의 미녀들이 눈 깜짝할 새에 남자들을 농락하고 있었기 때문이다.

『자아, 가자꾸나, 멍슨 군. 지금부터가 진짜 시작이다.』

『알겠습니다멍!』

유곽 특구에 발을 디딘 미라는 멍슨을 꼭 끌어안은 채 그 심부를 향해 걸어 나갔다.

최고급 가게만 모여 있는 유곽 특구. 이곳 중심에도 특별한 장소가 있었다.

바로 성이다. 다소 작기는 해도 왕성을 연상케 하는 건물이 이곳에도 떡하니 세워져 있었던 것이다.

대체 무슨 가게일까, 어떠한 시설일까. 자세히는 모르겠지만 그곳 역시 악의 간부가 본거지로 삼고 있을 듯한 분위기로 가득해 보였다. 따라서 미라는 우선 그 성을 확인해보기로 한 것이다.

성의 주변을 빙 돌며 멍슨에게 확인해달라고 하면 분명 뭔가 냄새를 맡아줄 거다. 그런 자신감을 품은 채 미라는 거리를 걸어 나갔다.

(오호라…… 터무니없는 미인들뿐이로군…….)

조사는 코가 좋은 멍슨에게 맡기――려는 것은 아니고, 이 역시 조사의 일환이라며 미라는 진지한 얼굴로 주변을 둘러보았다.

좌우간 차원이 다르다고 표현할 수밖에 없는 미녀들만 눈에 들어왔다. 그야말로 엘리트 중에서도 엘리트만 모였다.

또한 그런 미녀들의 손아귀에서 놀아나는 남자들의 모습도 눈에 들어왔다. 결전에 나서는 듯한 얼굴로 가게에 들어가는 이도 있는가 하면, 성불이라도 할 얼굴로 가게에서 나오는 이도 있었다.

그들의 얼굴에서는 한 점의 후회도 찾아볼 수 없었다.

행복하다면 그걸로 됐다. 그렇게 꿈만 같은 시간을 꿈꾸는 남자들을 지켜보며 계속해서 성큼성큼 걸어가던 그때.

"안녕하십니까, 아가씨."

누군가가 말을 걸어왔다.

고개를 돌려보니 그곳에는 빳빳한 코트를 걸친 멀쑥한 행색의 남자가 있었다. 온화한 미소를 띤 그는 아닌 게 아니라 어딘가의 귀족 같은 분위기를 띠고 있었다.

심지어 상대에게 위압감을 주지 않도록 일정 이상 거리를 두는 배려도 잊지 않았다. 그야말로 신사라는 단어가 잘 어울리는 남자였다.

"흠, 이 몸에게 볼 일이 있는가?"

척 봐도 신사 같은 남자였지만 전혀 기억에 없었다. 더불어 조금 전까지 말을 걸어오던 이들과는 말투부터 다른 탓에 미라는 당황해서 이런 신사가 무슨 일로 자신을 불러 세웠을까, 하고 고개를 갸웃했다.

그러자 신사는 그런 미라의 반응을 경계하는 것이라고 받아들였는지. "어이쿠, 갑자기 말을 걸어 죄송합니다" 하고 사과를 한 것은 물론이고 그 이유까지 단숨에 알려주었다.

"저는 꽤 오랫동안 이곳을 다니고 있습니다만, 아가씨를 본 건 처음이라 무심결에 말을 걸고 말았습니다. 그런데 아가씨는 어느 유곽에서 유녀(遊女)로 일하고 계신지요. 부끄럽게도 제가 처음 본 순간 마음을 도둑맞고 말았습니다. 부디 하룻밤의 꿈을 함께 해 주십사 청하고 싶습니다만."

익숙지 않은 단어는 이 유곽 특구에서 쓰이는 칭호일 것이다.

보아하니 상당한 단골손님인 듯한 신사는 그야말로 속사포처럼 말을 쏟아내더니 너무도 사랑스럽다는 눈으로 미라를 바라보며 말을 이었다.

"아아, 혹 최근 혜성처럼 나타난 '미라클 헤븐'일까요. 신규 점포이기도 해서 아직 재적 중인 유녀분들을 모두 파악하지는 못했더랬지요. 아가씨와 같은 근사한 분을 알지 못하는 것을 보면 분명 그럴 겁니다. 제 말이 맞습니까?"

신사의 말을 요약하자면, 아무래도 그는 이 유곽 특구에 있는 가게들의 여성을 대부분 파악하고 있는 모양이다. 하지만 최근 생긴 점포, '미라클 헤븐'에 관한 정보는 아직 완벽하다 할 수 없나 보다. 그래서 본인의 기억에 없는 미라를 그 '미라클 헤븐'의 종업원이라고 판단하고 꼭 하룻밤을 함께 보내고 싶다고 생각한 듯했다.

"아아~ 미안하게 됐군. 뭐어, 그냥 여러모로 용건이 있어서 들른 것뿐이라 말이지. 이 몸은 어느 가게에서도 일하고 있지 않다."

당연히 유그스트를 찾으러 왔다는 진짜 이유를 말할 수는 없는 일이다. 그렇다고 장소가 장소인 탓에 마땅한 변명도 떠오르지 않아서 미라는 얼버무리듯이 답했다.

그러자 신사는 그 말을 오해해서 받아들였는지.

"아아! 이런, 그러했군요! 이거 정말로 죄송합니다. 이 꿈꾸는 거리에 유녀분 이외의 여성이 있는 일은 드물다 보니 그쪽일 가능성은 전혀 생각도 못 했습니다. 이거이거, 뭐라 사과의 말씀을

드려야 할지. 아아, 그렇지. 이걸 받아주십시오. 이곳에 있는 모든 유곽에서 사용할 수 있는 할인권입니다. 그럼 아가씨, 꿈만 같은 하룻밤을 보내시길. 실례하겠습니다."

또다시 마구 말을 쏟아낸 후, 신사는 환한 미소와 함께 고개 숙여 인사했다. 그리고 상큼하게 떠나가던 도중에 어깨를 파르르 떨며 "저러한 소녀가 유녀와……!"라고 흥분한 투로 중얼거렸다.

그렇다, 신사는 미라가 유곽 특구로 놀러온 것으로 오해한 것이다. 그리고 백합백합한 전개를 망상한 거다.

"아니, 이 몸은 말이다……!"

변명을 하고 싶어도 신사는 이미 멀리 가버린 뒤였다. 정말 이곳을 제 집처럼 드나든 모양이다. 엄청나게 잽싸기도 했거니와 지나치는 여성들에게 인사하는 것도 잊지 않았다. 그 움직임에는 일체의 망설임도, 군더더기도 없었다.

말투와 행동거지는 매우 신사다운 남자였다. 그렇지만 미라를 보고 마음을 도둑맞았다는 소리를 한 시점에서 그의 변태성을 엿볼 수 있었다.

"유곽 마스터라고 부르기로 할까."

단골손님다운 모습이며 거물 같은 인상, 그리고 어렴풋이 느껴지는 변태성 때문에 미라는 혹시 유그스트가 아닐까 생각했다. 하지만 멍슨은 관련 없는 사람이라고 판단했다.

그는 그냥 변태 신사였던 것이다.

미라는 무심결에 그에게 받은 세 장의 할인권을 보고 깜짝 놀랐다. 그것은 놀랍게도 쩨쩨하게 10, 20퍼센트만 할인되는 할인권이 아니라 할인율이 50퍼센트나 되는 파격적인 것이었기 때문이다.

50퍼센트 할인권을 주다니, 정말이지 터무니없이 통이 큰 신사다. 유곽 특구의 심오함을 엿보게 된 미라는 그것을 슬그머니 주머니에 집어넣고서 마음을 다잡고 수색을 재개했다.

유곽 특구의 대로. 변태 신사가 말한 꿈꾸는 거리를 다시 얼마간 걷던 중.

멍슨이 유그스트의 냄새를 찾는 가운데 미라는 그 가게를 발견했다. 변태신사가 개점한 지 얼마 안 됐다고 말한 '미라클 헤븐'이라는 이름의 가게를.

(호오…… 새로 문을 열어서 그런지 다른 곳들과는 분위기가 다르군.)

그 가게는 얼핏 보면 찻집과 착각할 분위기를 띠고 있었다. 심지어 밖에서 호객 행위를 하고 있는 여성들은 메이드복 등의 의상을 입고 있기도 했다.

그렇다, 다시 말해서 '미라클 헤븐'은 상황극과 코스프레를 주력으로 내세우고 있었던 것이다.

그렇게 분석을 하는 동안에도 한 남자가 교복을 입은 여성에게 낚여 가게로 들어갔다.

그리고 바로 그때. 열린 문으로 가게 안의 대기실이 슬쩍 보였다. 그곳에는 역시나 변태신사의 모습이 있었다. 그는 분명 며칠에 걸쳐 이 가게를 완전 공략할 속셈이리라. 조용히 기다리는 그의 모습에서는 잠든 용과 같은 기백이 느껴지는 듯했다.

그만한 남자를 진심으로 만들었으니 이 가게는 성공할 거다. 그렇게 확신한 미라는 변태신사의 건투를 빌며 앞으로 나아갔다.

(그나저나 낮인데도 이렇게 북적거리다니. 밤이 되면 어떻게 될는지.)

과연 유곽 특구답게 특색 있는 가게도 많았고, 모두 다 수준이 높았다. 그리고 장르도 풍부해서 이곳에 오면 대부분의 이상을 현실로 만들 수 있을 듯했다.

최고의 하룻밤을 보낼 수 있는 어른들의 거리. 심지어 낮부터 엄청나게 성황을 이루고 있다. 그럼 밤이 되면 얼마나 더 떠들썩해질까.

그렇게 되면 수색도 번거로워질 거다.

되도록 밤이 되기 전에 결판을 내고 싶다는 생각을 하며 미라는 대로를 걸었다. 그리고 하룻밤의 꿈을 찾아다니는 남자들의 말을 흘려넘기며 중앙에 자리한 성에서 200미터 정도 떨어진 곳까지 다가갔을 즈음.

『오너님, 냄새를 찾았습니다멍!』

인형 행세를 하면서도 빈틈없이 냄새를 찾고 있던 멍슨이 드디어 유그스트의 것으로 추측되는 냄새를 발견했다.

『오오, 잘했다! 해서, 어디냐?!』

『저깁니다멍!』

멍슨의 코가 냄새를 잘못 맡았을 리가 없다. 다시 말해서 이 냄새를 쫓아가면 반드시 유그스트에게 도달할 수 있을 거다.

미라는 멍슨의 말에 따라 대로를 달렸다. 정석적인 스타일부터 마니악한 스타일의 많은 가게들을 곁눈질하며 도달한 곳.

그곳은 마치 패밀리 레스토랑 같은 가게였다.

『이다지도 취향을 저격하는…… 아니, 이것은――!』

패밀리 레스토랑과 웨이트리스. 미라는 보자마자 그런 근사한 상황극 계열 가게라고 생각했다. 하지만 직후, 위화감을 느꼈다.

내부 공간이 널찍한 데다 탁 트여 있어 개방적이었다. 그리고 가게 안에는 남자뿐 아니라 여성 손님들도 많았다.

심지어 놀랍게도. 평범하게 식사를 하고 있기까지 했다. 그렇다, 유곽 특구라는 장소 한복판에 있음에도 불구하고 이곳은 어딜 어떻게 보아도 평범한 패밀리 레스토랑이었던 것이다.

“심지어 참, 맛있어 보이는군그래…….”

분위기는 패밀리 레스토랑의 그것에 가까웠지만 테이블에 늘어선 요리는 일류 레스토랑을 연상케 했다.

보아하니 이 유곽 특구에서 일하는 여성들의 휴식처로 쓰이고 있는 듯했다. 상당히 편안하게 식사를 하거나 담소를 하는 등, 실로 차분한 분위기를 풍기고 있었다.

“어서 오십시오. 혼자 오셨습니까?”

가게 안을 확인하던 참에 점원이 말을 걸어왔다. 점원이 멍슨을 슬쩍 쳐다보기는 했지만, 멍슨의 연기는 완벽했다. 덕분에 멍슨을 인형 같은 것이라고 생각했는지, 반려동물의 출입 여부로 입장을 제지당하는 일은 일어나지 않았다.

“음.”

그렇게 답하자 "그럼 마음에 드는 자리에 앉아주십시오"라면서 가게 안으로 안내를 했다.

보아하니 이곳에 있는 남자 손님들은 다섯 명이었는데, 그 중 얼굴이 보여서 이름을 **조사**할 수 있었던 것은 두 명뿐이었다.

그 두 사람은 유그스트가 아니었다. 그렇다면 나머지 세 명 중 누군가일 것이다.

자리를 찾는 척 나머지 세 사람을 조사해 보자는 생각에 한 걸음을 내디딘 순간.

『오너님, 저쪽에서 냄새가 납니다멍.』

멍슨이 그렇게 보고하며 가리킨 것은 나머지 세 명의 남자가 있는 곳과는 완전히 반대되는 방향이었다.

7

유그스트의 냄새를 좇아온 레스토랑에서 미라는 멍슨의 말에 의지해 표적을 찾고 있었다.

『뭣이라고……? 허나 그쪽에 남자는 없지 않느냐.』

가게 안에는 여성 손님이 압도적으로 많았다. 그리고 아무리 주의 깊게 살펴보아도 멍슨이 가리킨 방향에는 남자가 보이지 않았다.

하지만 멍슨은 다시 한번 확인하듯 냄새를 맡은 후, 『역시 저쪽에서 납니다멍』이라면서 같은 방향을 가리켰다.

『대체 뭐가 어떻게 된 게야…….』

하지만 멍슨이 그렇다면 의심의 여지가 없을 터다.

유그스트는 사실 여자였던 건가. 아니면 여장을 하는 취미가 있어서 저쪽에 숨어든 건가. 그런 가능성을 염두에 두고 멍슨이 가리킨 장소로 신중하게 다가갔다.

『저 사람입니다멍!』

자리를 찾는 척 통로를 따라 걷던 중에 멍슨이 그렇게 말했다. 지금 이순간 옆에 있는 사람이 바로 추적해온 냄새의 근원지라고.

미라는 걸음 속도를 살짝 늦추고 슬그머니 옆을 쳐다보았다.

그곳에는 두 명의 여성이 있었다. 테이블을 사이에 끼고 앉아 담소를 나누고 있다.

한 명은 빛나는 은발 머리와 에메랄드 같은 녹색 눈을 지닌 미녀. 또 한 명은 청초한 흑발 머리에 회색 눈을 지닌, 요조숙녀 같은 미인이었다.

멍슨의 말에 따르면 이 흑발 머리 여성이 바로 대상이라는 듯했다.

(이것 참, 뭐라 해야 할지…….)

흑발 머리 미인을 흘끔 쳐다본 후, 미라는 그 아름다운 모습에 자신도 모르게 숨을 죽였다.

이 유곽 특구는 환락가의 정점에 있다고 일컬어졌고, 그곳에 있는 여성들 역시 어딜 어떻게 보아도 톱클래스라 할 수 있었다.

그런 가운데에서도 이 흑발 머리 여성은 특출하게 아름다웠고, 대화 중에 보이는 미소 또한 소녀처럼 청순하면서도 애교가 넘쳤다.

넋을 놓고 쳐다보게 될 정도의 매력을 지닌 여성이다. 우선 여장이 아니라고 판단한 미라는 이어서 **조사**를 통해 이름도 확인했다.

『역시 유그스트는 아닌 듯하군. 이게 어떻게 된 일인지.』

흑발머리 미인의 이름은 '라노아'. 다시 말해서 찾고 있던 인물이 아니었다. 애초에 아르마가 추적용으로 건네준 머리카락은 검은색이 아니다.

하지만 멍슨이 유그스트의 냄새를 추적해 도착한 곳에 이 여성이 있었다. 분명 뭔가가 있을 거다. 그렇게 판단한 미라는 염탐을 위해 그녀의 뒤쪽 자리에 앉아 메뉴판을 집어 들었다.

그리고 차분하게 메뉴를 고르며 귀를 곤두세웠다.

"——그러다가 쓰러져버리더라고. 많이 안 써본 거겠지. 그런 사람이 갑자기 센 약을 먹으면 그렇게 될 수밖에 없는데 말이야. 뭐, 그런고로 반나절 일정이 10분 만에 끝나버렸어."

한숨 섞인 투로 그렇게 말한 것은 금발 머리 여성이었다. 대화의 내용으로 미루어 그녀도 유녀인 듯했다. 아무래도 낮에 온 손님이 힘 좀 써보려고 약을 먹었다가 쓰러진 모양이다.

하지만 이어진 이야기로 미루어 볼 때, 큰 사건으로 번지지는 않은 것 같다. 분명 그 남자는 모처럼 초고급 유곽에 왔으니 최대한 즐겨보려 한 것이리라. 그래서 반나절이라는 긴 시간을 예약하고 약효가 강한 약을 먹고 전투적으로 놀아보려고 한 것이다.

이 거리에서 한 명의 유녀와 반나절이나 함께 시간을 보내려면 터무니없는 금액이 필요하다. 그렇기에 그는 곁눈질도 하지 않고 열심히 일을 했을 거다.

열심히 돈을 벌고, 열심히 돈을 모으고, 드디어 결전의 날이라는 생각에 아껴두었던 약을 먹었다가 긴급 수송된 것이다.

당연히 자업자득이라 환불은 안 된다. 다시 말해서 오랜 시간을 들여 준비한 그의 일생일대의 승부가, 불과 10분 만에 물거품이 되고 만 것이다.

(뭐라고 해야 할지…… 불쌍한 남자로군…….)

두 사람의 이야기를 통해 대략적인 사정을 파악한 미라는 너무도 처참한 결말에 동정을 금할 길이 없었다.

그런 이야기를 한 후, 금발 미녀는 "그래서 이 뒤에 시간이 통째로 비어버렸거든"이라고 말을 이었다. 반나절 일정이 10분 만에 끝났으니 무리도 아니리라.

"라노아는 오늘 한가……할 리가 없나. 유곽 특구에서 제일가는 공주님한테 비는 시간이 있을 리가 없으니까."

심심풀이에 어울려줄 상대가 필요한 모양이다. 금발 미녀는 기대 섞인 투로 말하다가 중간에 쓴웃음을 지은 채 포기했다. 확인하고 말 것도 없이 한가할 리가 없다는 걸 깨달았기 때문이다.

그리고 그것은 사실이기도 했다.

"응, 미안해요. 오늘은 이다음에, 임금님한테 가야하거든요."

역시나라고 해야 할지, 라노아 역시 유녀인 모양이다. 잠시 후 임금님이라는 예약 손님을 받아야 한다는 이야기를 했다.

과연 유곽 특구다. 임금님까지 다닌단 말인가. 미라는 그런 생각에 놀랐지만 아무래도 현실은 다른 모양이었다.

"아~ 또 임금님이야? 네가 정말 마음에 들었나 보네. 센스 있고 남자답게 생긴 데다, 어디서 온 벼락부자인가 싶을 정도로 돈도 최고로 잘 쓰고. 어지간하면 부럽다고 했겠지만 전혀 부럽지가 않은 건, 역시 그가 도를 넘어선 변태이기 때문일까?"

그렇게 말하는 금발 미녀의 목소리에는 말 그대로 선망의 빛이 아니라 오히려 연민에 가까운 감정이 담겨 있었다.

"그것만 아니면 그냥 엉큼한 부자 아저씨인데 말이에요."

한숨과 함께 그렇게 말하는 라노아의 목소리에는 체념이 섞여 있었다. 임금님이라는 작자의 변태성이 아주 심각한 수준인 모양이다.

또한 그 대화를 통해 임금님이라는 게 단골손님에게 붙은 별명 같은 것임을 알 수 있었다.

(흐음, 임금님이라…….)

임금님이라 불리는 상변태. 미라는 그 인물이 누구일지 궁금해졌다.

아마 벼락부자라 할 정도로 돈을 잘 써서 그런 별명이 붙은 것이리라.

하지만 정말 이유는 그게 다일까. 그렇게 생각한 미라의 머리에 한 가지 추측이 떠올랐다.

(혹, 저 성에——.)

그렇게 가능성을 발견해낸 직후.

"어서 오십시오~ 주문은 정하셨나요~?"

옳거니, 하고 메뉴판을 내려놓자마자 점원이 잽싸게 다가왔다. 아닌 게 아니라 타이밍을 재고 있었던 게 아닐까 싶을 정도로 신속한 속도였다.

실로 부지런한 점원이라 볼 수도 있었지만 지금은 이래저래 상황이 좋지 않았다. 훔쳐 듣고 있었다는 사실을 들키면 일이 복잡해질 것이기 때문이다.

따라서 일반 손님인 척을 한다는 정석적인 대응을 할 수밖에 없었고, 이럴 때 주문하는 메뉴는 대략적으로 정해져 있었다.

어느 가게에나 있는 정석적인 메뉴. 그렇다, 커피다.

"음, 로열 치즈 케이크와 로열티 오레를 부탁하마."

아니, 미라는 귀를 곤두세운 채로도 메뉴를 빈틈없이 확인하고 있었다. 그리고 빈틈없이 취향에 맞는 것을 찾아냈다.

미라는 특수 요원처럼 표적을 감시하는 프로페셔널과는 거리가 먼, 그냥 간식을 먹으러 온 순진한 소녀와 같은 미소를 띤 채 메뉴를 말했다.

지금의 모습이기에 가능한, 완벽하다 할 수 있는 잠복술이었다.

"알겠습니다."

주문을 접수하고 떠나가는 점원을 배웅한 후, 미라는 "어디 보자" 하고 중얼거리고서 다시 한번 라노아 일행의 대화에 귀를 기울였다.

(――흠, 아까 무언가를 알아챌 뻔했던 것 같은데…….)

가만, 점원이 말을 걸어오기 전에 무슨 생각을 하고 있었더라. 뭔가 중요한 생각이 났던 것 같은데, 하고 미라는 고개를 갸웃했다.

그러는 동안에도 라노아 일행의 대화는 계속되었다.

"그래서 말이죠, 신입은 임금님을 상대하기가 버거울 테니――."

어제도 라노아는 임금님이라는 인물을 상대했다는 모양이다. 또한, 임금님은 매번 여러 명을 한꺼번에 부르는데, 어제는 처음 일하러 온 신입이 그 자리에 있었다고 한다.

라노아가 푸념하는 걸 들어보니, 그 신입은 신선하다는 이유로 실컷 귀여움을 받았다는 모양이다. 그것도 여러 가지 변태적인 행위로 아주 철저하게.

"그 애는, 괜찮았을까."

신입이 한계에 달해 중간에 교대했다고는 하지만, 처음으로 임금님을 상대하게 됐으니 힘들었을 거라고 라노아는 걱정스러운 투로 말했다.

그러자 금발 미녀 역시 동정 섞인 투로 "그건 좀 힘들었겠다"라고 대꾸했다.

(그래그래, 임금님 이야기였지!)

대체 어떤 플레이였을까. 매우 흥미로운 내용이기는 하지만, 미라는 그 대화를 듣고 이전에 무엇을 알아챘었는지를 기억해냈다.

(분명 돈을 잘 쓴다는 이유가 전부는 아닐 테지. 임금님이라 불리는 데에는 다른 이유도 있을 게야. 예를 들자면…… 성을 거점으로 삼고 있다든지 하는 것 말이야!)

그렇다, 성이다. 미라가 가장 먼저 가려고 했던 장소, 유곽 특구의 중심에 있는 가장 커다란 건조물. 그것의 겉모습은, 말 그대로 성과 같았다.

아직 무슨 시설인지는 알 수 없지만 거주할 수 있는 방이 있거나 숙박이 가능하게 되어 있을 경우, 그곳에 유그스트가 있을 가능성은 높을 거라고 미라는 추측했다.

그 근거 중 하나는 두 사람의 대화에서 나온 말이었다.

임금님이라는 인물의 변태성.

니르바나의 무녀인 이리스에게 억지로 보게 한 수많은 변태적인 플레이들.

그중 일부를 참고삼아 들었던 미라는 추측했다. 두 사람이 말하는 임금님이라는 인물이 바로 유그스트 본인이 아닐까.

그렇다면 멍슨이 유그스트의 냄새를 추적한 결과, 이 라노아라는 여성에 도달한 것도 납득이 된다.

이야기에 따르면 임금님은 라노아를 마음에 들어 하고 있다. 당연히 함께 보낸 시간도 길 것이다. 다시 말해서 라노아에게 유그스트의 냄새가 묻어 있어도 이상할 게 없는 거다.

확인을 위해 멍슨에게 물어보니 『오랫동안 함께 있었다면, 그럴 수도 있습니다멍』이라고 답했다.

(이거 확정적이라 보아도 되겠군.)

표적은 성에 있다. 미라는 그렇게 확신했지만 바로 움직이지 않고 주문한 메뉴가 나오기를 기다렸다.

그러면서 그 후에도 이어진 라노아 일행의 대화를 잠시 엿들었다.

임금님을 제외하고 각자 만났던 변태들에 대한 정보 교환, 예의 있게 유곽 특구를 즐기는 신사에 관한 이야기, 그리고 장사를 하는 데 가장 중요한 약 등에 관한 이야기 등이 오갔다.

(차…… 참으로, 고생이 많은 것 같군그래…….)

너무도 생생한 라노아 일행의 대화를 듣다 보니 그런 진실은 알고 싶지 않다는 생각에 미라는 귀를 틀어막고 싶어졌지만, 중요한 정보를 놓치지 않고자 잠자코 계속 귀를 기울이고 있었다.

또한 중간에 정령왕과 마텔이 나직하게 감상을 늘어놓기도 했다.

정령왕은 『예전에 비해 상당히 규율이 정비된 것 같군』이라고 했다.

아무래도 정령왕이 아는 수천 년 전에도 윤락업은 있었던 모양이다. 그리고 당시에는 지금보다 여러 가지 부분이 훨씬 느슨했던 데다 치안 상태도 좋지 않았다고 한다.

인간의 성에 대한 정열에는 끝이 없는 것 같다며 웃기도 했다.

마텔은 하룻밤의 관계에서 진실한 사랑에 도달할 때도 있다고 하더니, 이런 장소에서는 그런 일이 많이 일어나기도 한다며 조용히 흥분해서 말했다.

돈을 주고 유곽에서 유녀를 빼내는 낙적이 어쩌니저쩌니 말하더니 『그것도 사랑의 한 형태지』라고 중얼거리기도 했다.

그녀는 유곽에서 오고 가는 사랑도 같은 사랑이라 여기는 듯했다. 너무도 넓고 깊은 사랑이 아닐 수 없었다.

"오래 기다리셨습니다~."

그러는 동안 주문했던 메뉴가 나왔다.

"오오…… '로열'이라는 이름이 붙을 만도 하군그래."

로열 치즈 케이크와 로열티 오레는 그 이름대로 고급스러웠다.

패밀리 레스토랑 같은 분위기의 가게에서, 마치 왕실에서 나올 것 같은 메뉴를 제공한다. 그것이 이 가게의 콘셉트인 듯했다.

당연히 가격도 상당했지만 미라는 결전을 치르기 전에 배를 채우는 것이라고 생각하고 사치스러운 간식 타임을 즐겼다.

"그럼 또 보자."

"네, 다음에는 같이 쇼핑이라도 해요."

"언제쯤에야 가능하려나. 뭐, 기대하고 있을게."

미라가 간식을 즐기는 동안, 라노아 일행이 자리에서 일어났다. 가게를 나설 모양이다.

하지만 그녀에게서는 필요한 정보를 충분히 얻어냈다. 이 이상 잠복 수사를 할 필요는 없을 듯하다. 그래서 미라는 아무렇지도 않은 얼굴로 일반 손님이 되어 로열 치즈케이크를 입으로 옮기며 그 행복한 맛에 전율했다.

그러던 도중, "앗"이라고 하며 라노아가 황급히 돌아왔다. 그리고 미라의 옆을 지나 앉았던 자리까지 돌아오더니 "찾았다~"라고 중얼거리면서 다시 달려갔다.

아무래도 지갑을 자리에 두고 간 듯했다.

청초하고 딱 부러질 것 같은 분위기지만 덤벙대는 일면도 있는 모양이다.

속으로 그런 감상을 늘어놓으면서 로열티 오레를 마시며 한숨을 돌리던 중에.

『조금 전에 봤던 라노아라는 여성은, 오너님이 신경 쓰이는 듯한 눈치였습니다멍.』

멍슨이 그런 신경 쓰이는 보고를 해왔다. 듣자 하니 깜박한 물건을 가지러 오는 도중에 미라의 옆을 두 번 지나치며 이쪽을 흘끔 쳐다보았다는 것이다.

『뭣이라……? 혹, 훔쳐 들은 것을 알아챈 것인가……?』

그러한 낌새는 전혀 없었기에 미라는 놀랐다. 하지만 멍슨의 말에 따르면 그 시선에서 적의 같은 것은 전혀 느껴지지 않았다고 한다.

『혹시 라이벌인 줄 알고 견제라도 한 겐가?』

처음 보고 느꼈듯이, 그리고 이야기를 듣고 알게 된 바에 따르면 라노아는 이 유곽 특구에서 제일가는 유녀라고 한다.

자신은 그런 그녀의 미모에 범접하는, 그리고 지위를 위협할 가능성이 있는 미소녀다. 그러니 신경이 쓰이는 것도 무리는 아니라는 생각에 미라는 여유로운 미소를 지었다.

(무얼, 안심하거라. 이 몸은 잠깐 들렀을 뿐인 모험가에 불과하니 말이야.)

라노아도 상당히 아름답기는 했지만 그녀에 비해 뒤진다는 생각은 전혀 들지 않았다. 하지만 애초에 겨룰 필요 자체가 없었다. 유곽 특구의 정점은 그녀의 것이다.

미라는 근거 없는 자신감이 가득한 표정을 지은 채 느긋하게 간식 타임을 만끽하고서 가게를 뒤로했다.

〈8〉

『자아, 작전을 개시해 볼까.』

라노아 일행의 대화 덕분에 유그스트의 위치를 대략적으로나마 파악했다. 역시 유곽 특구의 중심에 있는 성을 거점으로 삼고 있는 듯했다.

그렇다면 이제 색적에서 침입으로 넘어갈 차례다.

레스토랑 앞에 자리한 거리를 똑바로 따라가면 목적지다.

『흠, 가까이서 보니 참으로 크군그래…….』

성에 도착한 미라는 우선 멍슨에게 물었다. 냄새는 안 느껴지느냐고.

『조금 전과 같거나 비슷한 냄새밖에 없습니다멍. 본인은 한동안 밖으로 나오지 않은 듯합니다멍.』

이곳에 있는 것은 라노아에게 묻은 냄새, 그리고 그것과 비슷한 것들뿐—— 다시 말해서 다른 유녀에게 묻은 냄새뿐이라는 듯했다.

멍슨은 말했다. 한 달 전의 냄새까지는 추적이 가능하다고. 하지만 이곳에 본인으로 추측되는 냄새가 없는 걸 보면, 한 달 이상은 성에서 나오지 않은 것이라고. 그것이 멍슨의 견해였다.

『흠, 충분히 가능성이 있는 상황이로군.』

유그스트의 동향은 무녀인 이리스가 감시하고 있었다. 빈번하게 외출을 하면 잠복 장소에 대한 힌트를 이리스에게 내어줄지도 모르는 상황이었던 것이다. 따라서 성 안에 틀어박혀 최대한 전달될 정보를 제한하고 있었던 것으로 보인다.

하지만 그 변태성 때문에 성욕은 주체할 수 없었던 모양이다. 그리고 그것이 결과적으로 자신을 궁지로 몬 것이다.

계속 얌전히 있었다면 멍슨의 코로도 냄새를 좇지 못했을 거다. 하지만 지금은 이렇게 유녀에게 묻은 냄새를 통해 위치를 들킨 상태다.

그 결과 미라는 유그스트는 이곳에 있다는 확신에 다다랐다.

『우선 사전 조사를 해봐야겠군.』

커다란 성처럼 생기기는 했지만 왕족처럼 신분이 높은 자가 사는 왕성과는 다르다. 그럼 어떠한 장소일까. 그것을 파악하기 위해 미라는 성을 분석하기 시작했다.

『자아, 어떻게 해야 할까…….』

유곽 특구의 중심에 우뚝 선 커다란 성. 그것은 대체 어떤 목적을 지닌 건물일지를 파악하고자 미라는 그곳을 올려다보며 생각에 잠겼다.

탐문과 현지 시찰…… 같은 것은 할 필요도 없었다. 성 바깥쪽에 당당하게 이 시설의 이용 방법이라는 설명문이 걸려 있었기 때문이다.

그 게시판을 보니, 아무래도 이 왕성처럼 생긴 건조물은 거대한 복합 시설인 듯했다.

숙박은 물론이고 도박과 스포츠를 즐길 수 있는 장소와 여러 가지 테이블 게임장 등, 온갖 오락 시설이 갖춰진 시설이다. 심지어 온천까지 있어서 남녀를 불문하고 그 모든 것을 이용할 수 있다고 되어 있었다.

마치 복합 레저 랜드 같았다. 하지만 이 시설이 있는 장소가 유곽 특구라는 사실을 잊어서는 안 된다.

언뜻 보아도 대부분의 손님이 커플이었다.

그렇다, 이곳은 유녀와 함께 즐거운 시간을 보내는, 흔히 말하는 어른들의 플레이 룸 같은 장소다.

승부에서 지면 옷을 벗는 게 당연한 것은 물론이고, 어디서든 행위가 가능한 장소인 것이다.

(설마 이런 터무니없는 시설이 있을 줄이야, 놀라울 따름이로군…….)

이 성이야말로 유곽 특구의 정수라 해도 과언이 아닐 거다. 그렇게 확신한 미라는 그럼 어떻게 해야 할지를 고민하고 있었다.

그 원인은 문란한 분위기가 부끄럽다는 것이 아니었다. 훨씬 단순한 이유 때문이다.

어딜 보아도 저곳에 있는 손님은 모두 커플이다. 들어가는 남녀와 접수처만 보아도 실내의 자유분방한 분위기가 느껴지는 듯하다. 그렇기에 그런 장소에 혼자 들어가면 매우 눈에 띌 게 뻔했다.

하지만 같이 들어갈 상대도 없다. 근처에 있던 남자를 꾀어내서 들어간 뒤에 볼일이 끝나면 잠들게 하고 바이바이하는, 여자 스파이 같은 방법도 떠오르기는 했지만 미라는 그 자리에서 기각했다.

그런 봉변을 당할 남자가 불쌍하다는 생각이 들었기 때문이다. 남자의 마음을 아는 미라이기에 도저히 '바보 같은 남자'라는 한 마디와 함께 내버릴 수가 없었다.

(흐음~ 일단은 협력을 부탁해보는 수밖에 없으려나아…….)

눈에 띄지 않도록 저곳에 숨어들어 슬그머니 유그스트가 있는 장소로 향한다.

그리고 아무도 모르게 경계망을 피해 도망치지 못할 만큼 가까이 접근해, 단숨에 제압한다. 주변에 미칠 피해 등을 고려하면 그것이 가장 이상적인 해결법이라 할 수 있었다.

어디에 감시의 눈이 있을지 알 수 없는 이상, 성 안에서 눈에 띄는 상태가 되는 일은 되도록 피하고 싶다.

따라서 미라는 일단은 발걸음을 돌려 도시 밖으로 나가든지 한 후, 워즈랑베르 같은 이에게 파트너 역할을 부탁해 다시 돌아올까 생각했다.

하지만 그 순간, 한 가지 오산이 발생했다.

"그쪽으로 갔다!"

그런 목소리와 함께 우락부락한 남자들이 성에서 뛰쳐나온 것이다.

"대체 무슨 일이냐?!"

설마 벌써 잠입 사실을 들킨 건가. 미라는 그런 생각에 긴장했지만 아무래도 남자들의 표적은 미라가 아닌 듯했다.

그들의 앞으로 시선을 옮겨보니, 손바닥만한 크기의 검은 물체가 있었다. 심지어 기민하게 돌아다니고 있기까지 했다.

대체 뭐가 어떻게 된 건가 싶어서 상황을 살피고 있자, 한 남자가 단숨에 접근해서 그것을 박살냈다. 그 몸놀림으로 미루어 상당한 실력자 같았다.

"괜찮아, 되찾았다~."

남자는 부서진 잔해에서 무언가를 집어 들어 돌아왔다. 그러던 도중, 미라가 흥미롭다는 듯이 쳐다보고 있다는 걸 알아챘는지. 남자는 미소 지으며 "이제 괜찮아"라고 말했다.

친절해 보이는 그에게 미라는 물었다.

"방금 전의 소란은 무엇이었느냐?"

"아아, 그건 말이지——."

그런 질문에 남자는 흔쾌히 답해주었다.

그의 말에 따르면, 조금 전 도망쳐다니던 것은 사령술로 움직이는 소형 골렘이라고 한다.

시설 내의 모든 곳이 지나치게 자유분방한 탓에 절도와 같은 범죄 행위도 일상다반사로 일어난다는 모양이다.

그중에서도 특히 잦은 것이 사령술과 같은 사역 계열 술식을 악용하는 타입이라는 듯했다. 소형 골렘 등을 교묘하게 조종해 손님에게서 금품을 갈취하는 것이다.

그리고 성가시게도 이러한 타입의 경우에는 범인을 특정하기가 어려워 범행이 반복되는 경향이 있다는 듯했다. 다시 말해서 악순환인 것이다.

이번에도 소형 골렘은 파괴했지만 술자는 발견하지 못했다고 한다.

“호오, 고생이 많군그래. 허나 그런 것이라면 골렘이 범인에게 돌아가기를 기다리면 될 듯한데, 그러지 않는 이유가 있느냐?”

참으로 교활한 악당도 다 있다. 그런 생각을 하면서도 미라는 왜 골렘을 추적하지 않는 것인지가 궁금해졌다. 술자는 훔친 물건을 회수하기 위해 골렘을 자신에게 돌아오게 할 거다. 그때를 노리는 것이 정석이 아닌가.

그런 미라의 의문에 대한 답은 참으로 단순했다.

“상대는 작기도 하고 잽싸니까. 성 안이라면 어떻게든 되겠지만, 밖으로 나가면 눈 깜짝할 새 놓쳐버리거든. 그걸 쫓는 건 어려운 데다 성 안의 경비를 팽개치고 밖으로 뛰쳐나갈 수는 없는 노릇이잖아――.”

성 안에서 일어나는 범행은 소형 골렘을 이용한 것이 대부분이라고 한다. 금방 보이지 않게 숨거나 사람이 들어가지 못할 틈새를 빠른 속도로 이동해서 잠깐이라도 놓치면 방법이 없다는 모양이다.

심지어 거리에 설치된 방범용 술구는 상대를 가리지 않고 술식을 감지하는 탓에 소형 골렘을 추적하기 위한 술구 같은 것에도 반응해서 경보를 울린다.

그렇게 되면 더욱 일이 복잡해지고, 그런 상황이 벌어지면 상대도 망설이지 않고 술식을 사용해 도망칠 수 있다.

또한 경비 인원이 골렘을 쫓기 위해 밖으로 나가면 그만큼 성 안의 경비가 약화된다. 그 결과, 다른 피해자가 추가 발생하기라도 하면 그야말로 대응을 안 하는 것만도 못하게 된다.

남자가 거기까지 이야기를 한 참에, 미라는 그 내용에서 한 가지 신경 쓰이는 점을 발견했다.

"그나저나 아까 전에 성 안에서라면 어떻게든 된다고 했다만, 안에는 소형 골렘에 대처할 수 있는 장치 같은 거라도 있는 게냐?"

남자가 아무렇지 않게 내뱉은 말이었지만 미라는 생각했다. 오히려 성 안에는 물건과 사람이 많으니 골렘을 쫓기가 더 힘들지 않을까?

"아아, 그건 말이지——."

그러자 예상치 못한 답이 돌아왔다. 하지만 유그스트가 이곳을 거점으로 삼고 있다면 충분히 가능성이 있는 이야기이기도 했다.

남자의 말에 따르면 이 성에는 바깥에 설치되어 있는 것보다 더욱 성능이 뛰어난 방범용 술구가 한 달 정도 전에 설치되었다고 한다.

감지한 대상에게 특별한 마나 입자를 방사하여 누구든 알아볼 수 있도록 만드는 효과를 지녔다는 듯했다.

그러니 도망치려면 방범용 술구의 효과가 미치지 않는 곳, 다시 말해서 성 밖으로 나갈 수밖에 없고, 그로 인한 결과가 바로 조금 전에 벌어진 소동이라는 것이다.

정확한 위치는 방범상의 이유로 알려줄 수 없지만 그 효과 대상에는 사령술뿐 아니라 음양술의 식신이며 소환술, 나아가 마도공학으로 만들어진 자동인형인 스토워트 돌과 같은 부류까지 포함되기에 도입되기 전에 비해 손님들이 입는 피해가 격감했다고 남자는 의기양양하게 말했다.

"아까 그건 상당히 실력이 좋은 녀석이라 약간 소란이 일어나기는 했지만, 보다시피 우리도 눈에 불을 켜고 있으니 안심해도 돼."

남자는 소형 골렘에게서 되찾은 지갑을 훈장처럼 보여주더니 가벼운 발걸음으로 다시 성으로 향했다.

『……흐음, 난감하게 되었구먼.』

그런 경비원을 배웅하며 미라는 심각한 표정으로 중얼거린 후, 그대로 멍슨에게 시선을 보냈다.

도시 이곳저곳에 배치된 방범 술구보다도 더욱 성능이 뛰어난 것이 성에 설치되어 있다고 한다.

그 말인 즉, 이 상태로 성에 들어갔다면 인형인 척을 하고 있는 멍슨이 소환체라는 사실을 들켰을 거라는 뜻이다.

그랬다가 소란이 벌어져 뭔가 꿍꿍이가 있을지도 모른다는 의심을 사면 일이 분명히 귀찮아질 것이다.

하지만 미라는 저 안에 들어가면 멍슨이 정말로 눈부신 활약을 보여주리라 기대하고 있었다.

현 시점에서 이 성 안에 유그스트가 있을 가능성은 높다. 하지만 이곳의 어디에 있는지까지는 알 수 없다.

때문에 멍슨이 필요한 것이다.

숙박 시설로 쓰이고 있는 것은 성의 상층부다. 방의 숫자만 해도 백 개에 달한다. 당연히 그곳에는 유그스트 이외의 손님들도 있다.

실수로 다른 방에 돌입할 수는 없는 일이다. 일반인이 재미를 보는 도중에 난입하는 날에는 양측 모두 민망한 상황이 연출될 것이기 때문이다.

그렇기에 멍슨의 힘을 빌리려는 것이었지만, 들어갈 수가 없다면 대처를 달리 할 수밖에 없다.

『이렇게 될 거라곤 상상도 못했습니다멍…….』

활약을 펼칠 무대에 들어가지 못하게 되자 멍슨 역시 크게 낙담한 눈치였다.

성 안에서 눈에 띄지 않기 위한 파트너의 조달과 유그스트의 위치를 특정하기 위한 방법. 이 두 가지를 어떻게 할지 궁리하고 있으니 가만히 있을 수가 없어져서 미라는 성의 가장자리를 걷기 시작했다.

성이 커다란 광장의 한복판에 위치한 탓인지 그 주변에는 여러 사람이 있었다.

약속한 상대를 기다리는 자, 하룻밤을 함께 할 파트너를 찾는 자, 또 괜찮은 사냥감(남자)을 찾는 유녀 등, 실로 북적거렸다.

(음? 저 자는…….)

뭔가 좋은 방법은 없을까. 유심히, 그러면서도 은근슬쩍 성의 주변을 둘러보다가 건물 뒤편에 도착한 그때. 몹시도 신경 쓰이는 광경이 미라의 눈에 비쳤다.

그것은 뒷문을 통해 성으로 들어가는 한 여성의 모습이었다.

그렇다 한 여성. 커플밖에 없었던 앞쪽과 달리 그곳으로는 혼자서만 들어갔던 것이다.

(호오, 이거 뭔가 있을 것 같군그래!)

뭔가 현재 상황을 타파할 수 있을 듯한 예감을 느낀 미라는 곧장 그리로 향했다.

자세히 보니 그 입구 안쪽에는 또 하나의 접수처가 있었다.

(혼자 온 손님용……인 겐가.)

개중에는 혼자서 즐기고 싶은 사람도 있을 거다. 그런 사람을 위해 뒷문이 있는 게 아닐까 생각했지만, 아무래도 그게 아닌 듯했다.

입구 앞을 자연스럽게 지나치며 상황을 살피고 있자, 또 한 명의 여성이 그곳으로 들어갔다.

그러한 움직임 등을 확인한 결과, 미라는 이 접수처가 어떠한 것인지를 알 수 있었다.

(오호라, 그런 것이었나.)

들어간 여성은 무언가를 접수처에 제시하고서 뭐라고 말을 했다.

접수처까지는 거리가 제법 되어서 미라는 그 말을 제대로 들을 수가 없었다. 하지만 코뿐 아니라 귀도 좋은 멍슨이 여성과 접수 담당자의 대화를 중계해 주었다.

멍슨의 말에 따르면 여성은 "프림푸루림에서 왔어요~"라고 했다는 모양이다.

프림푸루림. 미라는 그 단어를 들어본 적이 있었다. 아닌 게 아니라 거리를 걷다가 본 가게 중에 그 이름이 있었다.

그 가게는 특히 가슴이 풍만한 유녀들이 모여 있었다는 사실을 기억하는 미라는 조금 전에 본 여성의 모습을 떠올리고서 오호라, 그렇군, 하고 납득했다.

가게에서 온 유녀가 이용하는 입구다.

그렇다, 요컨대 이 뒷문은 출장 서비스를 하러 온 유녀를 위한 것이었던 거다.

그리고 미라는 조금 전에 있었던 일을 기억해냈다. 거리에서 만난 변태 신사가 자신을 유녀로 착각해 말을 걸었을 때의 일을.

⟨9⟩

(흠, 어찌어찌 될지도 모르겠구나!)

출장 서비스를 온 유녀 전용 출입구. 그것을 앞에 두고 미라는 이거다, 하고 기뻐했다.

자신은 유녀로도 충분히 통할 거다. 저 유곽 특구 마스터 같은 분위기를 풍기는 신사가 착각하고 말을 걸었을 정도니 말이다.

그 사실을 알아챈 미라가 떠올린 작전. 그것은 출장 서비스를 온 유녀로서 들어가 버리면 혼자라도 눈에 띄지 않을 것이라는 내용이었다.

그러나 그것을 실행하려면 해결해야 할 문제가 하나 있었다. 조금 전에 들어간 여성이 접수 담당자에게 보여주었던 무언가다.

분명 그것은 출장을 나왔다는 사실을 증명하는 물건이리라. 그리고 그 여성은 접수 담당자에게서 카드 같은 것을 건네받았다.

그 카드 같은 것이 무엇을 의미하는지는 알 수 없다. 하지만 뭔가 중요한 의미가 있을 듯했다. 손님이 있는 숙박 시설로 가는 통행 허가증 같은 것일 가능성도 높다.

게다가 고급스러운 장소이다보니 이러한 신분증을 어디서 얼마만큼 제시해야 할지도 모를 일이다.

유녀로서 들어가려면 접수 담당자에게 보여줄 무언가를 입수할 필요가 있다.

(으음~ 어떻게 해야 할꼬.)

벌써 몇 번째인지 모르겠지만 미라는 혼자서 끙끙대며 어떻게 움직이는 게 정답일지 고민했다.

그러던 참에, 또 한 사람이 뒷문으로 들어갔다. 순간적으로 미라는 생각해 보니 그 패턴이 있었구나, 라는 사실을 깨닫고 입구에서 떨어진 곳에서 잽싸게 상황을 지켜보았다.

이번에 들어간 것은 남자였는데, 역시나 멍슨이 접수 담당자와의 대화를 중계해 주었다.

그 남자는 가장 저렴하고 가장 인기 있는 두 시간 코스 수속을 밟은 후, 들뜬 듯한 말투로 "스마일 메이무의 재스민이요"라고 말했다고 한다.

(과연, 그런 시스템인가.)

조금만 생각해 보면 알 수 있는 일이다. 출장 서비스를 위해 유녀가 왔다는 것은 당연히 남자도 혼자 와서 기다리고 있다는 뜻이다. 그렇다면 손님이 혼자 들어가도 이상할 게 없다.

(그래, 이거로구나!)

유녀로 변장하는 것 말고도 손님으로서 들어간다는 선택지가 생겼다.

애초에 숙박 시설이 있는 곳이다. 평범한 숙박객도 있을 거다. 성 안에는 커플들뿐이지만 혼자 있어도 이상하지는 않을 것이다.

자신도 모르게 분위기에 휩쓸려 그렇게 해야만 들어갈 수 있을 거라는 선입견을 갖고 말았다는 사실을 반성한 후, 미라는 가벼운 발걸음으로 입구를 향해 걸어갔다.

그리고 그 입구 근처에 있던 간판을 발견했다.

(뭣이라……?!)

그것은 숙박 시설을 이용하기 위한 요금표로, 거기에는 아주 놀라운—— 하지만 어떻게 보면 당연한 사실이 적혀 있었다.

숙박 시설이라고는 해도 이곳은 유곽 특구의 중심지다. 당연히 평범한 숙박 시설일 리가 없다. 이곳에 혼자서 온다는 것은 출장 서비스를 이용할 것이라는 뜻이고, 그 때문에 이곳의 숙박 코스는 모두 다 출장 서비스와 세트로 되어 있었던 것이다.

"흐음…… 양쪽 모두 난이도가 높은데, 어찌해야 할는지……."

"어려운 문제입니다멍."

성에서 벗어나 주변 광장에 있던 벤치에 앉은 미라는 멍슨을 품에 안은 채 유그스트를 찾아내기 위해 어떻게 성에 들어갈지를 궁리하고 있었다.

생각해낸 방법은 두 가지다.

첫 번째 방법은 지금의 외모를 최대한 활용해서 유녀로서 들어가는 것.

하지만 보아하니 그러려면 가게에서 왔다는 증표 같은 것이 필요한 듯했다.

실제로 경비가 매우 엄중한 시설이니, 신원을 알 수 없는 자가 아무런 확인 절차도 없이 오고 갈 수 있을 리가 없었다.

그것을 입수할 수단으로는 실제로 가게의 문을 두드려 지명을 받거나 출장 서비스로 온 유녀를 설득하거나, 그도 아니면 이러쿵저러쿵해서 빌리는 것 등이 있으리라.

하지만 바로 가게에 들어갈 수 있다는 보장도 없는 데다 설득을 하려 해도 설명하기가 어렵다. 그리고 이러쿵저러쿵해서 빌리는 것도 죄 없는 여성을 상대로 그러자니 마음에 걸렸다.

(역시 손님으로 위장하는 게 최선이려나.)

그러니 또 하나의 방법인 손님으로서 들어가는 것이 가장 간단하고도 빠르고 확실할 듯하다고 미라는 결론을 내렸다.

하지만 이 역시 문제가 하나 있었다.

모든 숙박 플랜에 포함된 출장 서비스다.

당연히 그만큼 숙박비도 비싸서 서비스는 필요 없다고 하면 그럼 왜 이 시설로 온 거냐면서 의심할 게 뻔하다. 숙박만이 목적이라면 훨씬 조건이 좋고 저렴한 숙소가 얼마든지 있기 때문이다.

그렇다고 서비스를 이용하자니 그것도 문제였다.

(남자를 보내오기라도 하면 그런 낭패가 없을 테니 말이야.)

모든 성(性)이 모여드는 이 유곽 특구에는 당연히 여성들을 위한 가게도 잔뜩 있었다.

하지만 미라는 유그스트를 찾는 게 목적이다 보니 남성 손님을 위한 장소만 둘러보았고, 애초에 이 유곽 특구는 남성용 업소와 여성용 업소가 동서로 나뉘어 있었다.

그리고 이 성은 그 경계선 한복판에 서 있는 것이다.

때문에 여성 손님용 숙박 코스 역시 당연히 준비되어 있었고, 남창 파견 서비스도 이루어지고 있다.

이 성에 숙박하기로 한다면 기본적으로 남자가 파견되어 올 것이다.

(아니, 허나…… 개중에는 백합백합한 커플도 있었으니, 꼭 그래야 한다는 법은 없는 겐가?!)

어떻게든 빠져나갈 길이 없을까 생각하던 미라는 그 가능성에 도달했다. 이토록 다양한 자유가 허용되는 장소다. 그렇다면 당연히 백합이 흐드러지게 피어난 가게도 있지 않을까.

그렇다면 그쪽이…… 라는 생각을 하기 시작했지만, 가장 큰 문제는 그게 아니었다.

(아니아니, 남자니 여자니 하기 이전에, 오는 것 자체가 문제가 아니냐!)

성에 들어간 후, 자신이 할 일은 유그스트의 위치를 특정하고 그를 체포하는 것이다.

당연히 방에서 느긋하게 있을 여유는 없고, 누가 오건 자리를 비울 수밖에 없다.

그렇게 되면 자신을 찾아온 상대가 난처해진다. 그럼 시설 관계자에게 보고하는 등의 행동을 취할 거다. 경우에 따라서는 갑자기 몸 상태가 좋지 않아졌을 가능성 등도 고려하여 문을 열고 방을 확인할지도 모른다.

그러면 방에 없다는 사실이 들통날 거다. 그다음은 어디로 갔느냐가 문제가 될 테고 말이다.

시설 관계자가 찾아 나서기라도 하면 술식부터 경비원까지 엄중한 감시 체제가 구축되어 있는 성 안에서는 금방 발각되고 말 거다.

또한 그런 소란을 일으키면 유그스트 본인이 알아챌 우려도 있다.

그렇다면 차라리 상대가 오기를 방에서 기다리는 건 어떨까?

이런저런 것들을 마친 후에 수색을 할 생각은 눈곱만큼도 없다. 그대로 방치해두는 것도 부자연스러울 테고 말이다. 그렇다면 방법은 하나뿐. 찾아온 자를 잠재우고 그사이에 유그스트를 찾는 거다.

참으로 좋은 작전이다. 미라는 그렇게 생각했지만 잠시 후 문제투성이임을 알아채고 기각했다.

미라가 지닌 사명은 둘째 치고, 출장 서비스를 하러 온 상대를 약으로 잠재운다는 행위만 떼어놓고 보면 명백하게 문제의 소지가 있기 때문이다.

"으~음…… 최대한 늦게 와준다면……──!"

체크인 하고서 몇 시간이 지난 뒤에 유녀가 와준다면. 그렇게 이상적인 상황을 떠올린 직후, 미라는 그제야 지금껏 누락되어 있던 가능성을 알아챘다.

시간을 지정해 두었다고 하면 그럭저럭 배려를 해주지 않을까.

"이렇게 단순한 방법이 있다는 걸 못 알아채다니, 역시 다소 안 좋은 분위기에 물들었던 것 같군……."

유곽 특구에 감도는 화려하고도 문란한 분위기. 그것에 물든 탓이라고 해야 할지, 마음이 조급해졌다고 해야 할지, 그도 아니면 유녀를 빨리 처리하고 활동하고 싶다는 생각 때문인지 깜박하고 있었다.

그렇게 자신의 좁은 시야에 어이없어하면서도 미라는 이렇게 하면 되겠다며 자리에서 일어났다.

선택할 숙박 코스는 하룻밤. 그리고 유녀의 도착 시각을 늦은 밤으로 설정해두면 그 사이의 비는 시간을 유그스트를 찾는 데 쓸 수 있다.

그후, 임무를 완수해서 유그스트를 연행하면 유녀가 오든 말든 신경 쓸 필요가 없어진다.

이게 현재 상황에서 생각할 수 있는 최선의 방법이다.

그렇게 확신한 미라는 성 안에 데리고 갈 수 없는 멍슨을 송환——하려고 했다.

하지만 문득 손을 멈췄다. 이것도 방범 장치에 감지되는 건 아닐까 싶어서이다.

미라는 연구 끝에 소환체의 송환 원리도 파악해냈다.

그 원리는 실로 단순하다.

소환체의 안전을 위해 소환술에는 강제 송환 술식이 포함되어 있다. 송환은 이 술식을 수동으로 발동시키는 것이다.

하지만 미라는 강제 송환 술식의 **기동**에 방범 장치가 반응해 버리는 것은 아닐까, 하는 부분이 신경 쓰였다.

"흐음, 이 경우에는……."

감지될 우려가 있는 이상, 송환은 불가하다. 그렇게 판단한 미라는 그럼 어떻게 해야 할지 고민했다.

우선 멍슨은 성에 데리고 들어갈 수 없다.

하지만 숨어 있을 만한 장소가 근처에는 없을 듯하다.

밖에서 그대로 대기시키는 방법도 있겠지만, 이런 곳에 쿠 시가 있으면 매우 부자연스러워 보일 것이다. 게다가 그럭저럭 지식이 있는 자가 차분하게 조사할 경우, 멍슨이 소환체라는 사실이 밝혀질 터다.

누가 무엇을 위해서. 그런 의심이 퍼져 나갈지도 모른다. 유그스트가 경계할 만한 요소를 만드는 일은 최대한 피해야만 한다.

인형인 척을 하며 기다리게 하는 방법도 있지만 누가 주워가기라도 하면 귀찮아진다.

"모처럼 여기까지 오기도 했고. 급할수록 돌아가라는 말도 있으니."

얼마간 생각한 끝에 미라는 가장 확실한 방법을 택했다. 그것은 방범 장치의 범위 밖으로 나가 송환하는 것이다.

할 일이 정해졌으니 신속하게 행동해야 한다. 미라는 곧장 걸음을 옮겼다.

우선 중앙 광장은 물론이고 유곽 특구의 출입구로도 이어져 있는 꿈꾸는 거리를 똑바로 걸어 나간다. 대형 점포들이 늘어선 최상급 메인 스트리트다.

그러던 도중에 다시 한번 이 도시에서 오픈한 지 얼마 되지 않았다는 가게, '미라클 헤븐' 앞에 접어들었다.

그때——.

『오너님, 울고 있는 여성의 목소리가 들립니다멍!』

멍슨이 그런 소리를 했다.

그 밝은 귀로 멀리서 들리는 목소리를 포착한 모양인지, 정의

감이 타오르는 눈으로 목소리가 들려왔다는 방향을 가리켰다.

하지만 지금은 유그스트를 잡는다는 매우 중요한 임무를 수행하는 중이다. 샛길로 빠질 여유는 없다.

장소가 장소인 만큼 다툼이 많을 듯한 데다 평범한 사랑싸움일 가능성도 크다. 일일이 참견하다가는 끝이 없을 거다.

"흐음…… 잠깐 무슨 일인지만이라도 살펴보도록 할까."

하지만 울고 있는 여성을 내버려 둘 수는 없는 일이다. 그것이 남자로서의 도리인 것이다.

미라는 멍슨의 넘쳐나는 사명감에 동조해 일단 확인은 해보기로 하고 목소리가 들려왔다는 쪽으로 방향을 틀었다.

멍슨이 가리킨 장소는 '미라클 헤븐'의 뒤편 부근이었다. 그리고 그곳으로 가려면 조금 떨어진 곳에 있는 옆길을 통해 뒷골목으로 들어갈 필요가 있을 듯했다.

"이 안쪽이로군……."

꿈꾸는 거리와 교차하듯 뻗은 한 가닥의 길. 그곳으로 들어가 조금 나아가자 뒷골목의 입구가 보였다.

뒷골목은 꿈꾸는 거리와 달리 차분한── 아니, 간소한 분위기였다.

유녀가 아닌 듯한, 어느 가게의 스태프로 보이는 인물이 커다란 짐을 끌어안고 있는 모습 등이 보인다.

아무래도 뒷골목은 그러한 보조 업무를 담당하는 자들이 오가는 길인 듯했다. 물건을 사는 등의 잡일을 할 때 이 길을 사용하는 것이리라.

"그럼, 이곳으로 돌아들어서……."

마치 어느 가게의 관계자라도 되는 양 당당한 얼굴로 뒷골목에 들어서자, 바깥에서는 알 수 없었던 또 하나의 뒷골목의 모습이 눈에 들어왔다.

입구에서 봤을 때는 보이지 않았던 곳. 모퉁이를 돌자 벤치에 앉아 편히 쉬고 있는 유녀의 모습이 드문드문 보였다.

보조 업무를 하는 사람들뿐 아니라 가게에 소속된 이들을 위한 휴식 장소이기도 한 듯했다.

미라는 알지 못했지만 가게 안에서는 기분을 고조시키기 위한 향을 태우고 있어서 이렇게 휴식을 취할 때는 밖에 나오는 일이 많은 것이다.

나아가 휴식 중이라는 것은 한바탕 일을 마친 뒤라는 뜻이기도 하다. 여기저기서 쉬고 있는 유녀들은 뭐라 형용할 수 없는 요염한 분위기를 띠고 있어서, 어떻게 보면 대로에서 마주쳤을 때보다 남자들이 더 들러붙을 것 같았다.

(심지어 무방비하기까지 하니 이거 원…….)

곳곳에서 유녀들이 보일 때마다 마음이 설레기는 했지만, 그런 뒷골목을 걸어 '미라클 헤븐'의 뒤편 부근에 접어들었을 즈음.

"우으…… 그렇——지만, 그런—— 줄은 몰랐——."

멍슨의 말대로 울고 있는 여성의 목소리가 들려왔다. 아무래도 들었던 것과 이야기가 다르다고 호소하고 있는 듯했다.

"하지만 네가 가겠다고 했잖니——."

그리고 또 한 명의 여성의 목소리도 들려왔다. 다정하게, 그러면서도 엄격하게 타이르는 듯한 말투다.

지금까지 들은 바에 따르면 울고 있는 여성은 자신이 가겠다고 했음에도 불구하고 갑자기 가고 싶지 않다고 말한 모양이다.

(흐~음…… 아직은 판단을 내리기가 어렵군.)

경우에 따라서는 여성을 도와주려고 달려온 것이었다. 하지만 상황으로 미루어 선뜻 개입할 만한 문제가 아닌 듯했다. 또 한 명의 여성의 말도 일리가 있었기 때문이다.

하지만 울 정도로 싫다고 하는 데에는 이유가 있을 거다.

미라는 우선 상세한 사정을 파악하기 위해 그대로 두 사람의 대화를 들어보기로 했다.

하지만 뒷골목이라고는 해도 드문드문 지나다니는 사람은 있었다. 가만히 서서 훔쳐 듣고 있으면 의심을 사고 말 거다.

따라서 미라는 곳곳에 있는 휴식 중인 유녀를 흉내 내어 근처에 있던 벤치에 앉았다. 그리고 쉬고 있다는 느낌을 내기 위해 레몬진저 오레를 들고 귀를 기울였다.

하지만 아쉽게도 미라가 다른 유녀와 같은 요염한 분위기를 연출하기는 어려울 듯했다. 녹아들기 위해 아무리 애를 써도 유들유들하기 그지없는 소녀로만 보였다.

그러나 미라는 완벽하게 연기하고 있다고 믿어 의심치 않았다.

〈10〉

“알고 있었다면 알려줬어도 됐을 텐데──.”

“어쩔 수 없잖아. 나도 좀 전에 알았으니까──.”

미라가 유녀 역할에 몰입하고 있는 동안에도 두 사람의 대화는 계속되었다.

얼마 동안 그것을 듣다 보니. 여성이 울고 있었던 원인을 대충은 파악할 수 있었다.

첫째, 울고 있는 여성은 보수 다섯 배라는 말에 낚여서 출장 서비스 의뢰에 달려들었다.

둘째, 아무래도 그 출장지를 두고 다투고 있는 듯하다. 상당히 문제가 많은 손님인 데다 유녀로서 일한 경력이 적은 신입을 원한다는 모양이다.

그리고 조금 전, 다섯 배의 보수를 지급하는 이유를 듣고, 그건 무리라고 호소했지만 받아들여지지 않았다. ──라는 것이 대략적인 내용이었다.

“──하지만 세라 얘기를 저한테 안 해주셨잖아요. 그냥 쉬는 거라고 했는데 그게 아니었고요. 크라다 선생님네서 나오다가 만났어요──.”

여성은 울면서 말을 이었다.

크라다 선생님은 이 유곽 특구에서 근무하는 유녀 전문 의사인 듯했다.

그 선생의 치료원에서 그녀의 친구이자 동료이기도 한 세라가 나왔다.

여성이 필사적으로 호소하고 있는 이유는 바로 그것이었다. 세라는 어제 손님에게 지독한 짓을 잔뜩 당한 탓에 정신적으로나 육체적으로나 상당히 지친 상태였다고 한다.

"세라가 그랬어요. 임금님이라는 사람한테 당했다고! 그런 짓을 시킬 거란 얘기는 없었잖아요!"

세라라는 유녀가 상당히 지독한 짓을 당한 모양인지. 세라에게 사정을 전부 들은 여성은 그런 일은 못 하겠다고 계속해서 호소하고 있었다.

"흠?! 임금님이라?"

두 사람의 이야기를 훔쳐 듣던 미라는 도중에 나온 한 마디에 주목했다.

임금님. 유녀들이 그렇게 부르는 인물. 그것은 현재 유그스트일 가능성이 가장 높은 자였다.

잘 생각해 보니 레스토랑에서 신입이 임금님에게 지독한 짓을 당했다는 이야기를 들었던 것 같다. 아무래도 그 신입이 세라인 모양이다.

그리고 울고 있는 여성은 보수가 다섯 배라는 말에 달려들었지만 세라에게 얼마나 지독한 일을 당했는지를 듣고 출장 서비스를 가고 싶지 않다고 하기 시작한 것이다.

하지만 한 번 맡기로 한 일이니 취소는 불가능하다. 손님측에도 신입을 파견하겠다고 연락을 해둔 탓에 거절할 수가 없는 거다. 다른 신입들은 이미 다른 장소로 출장을 간 탓에 대신 가줄 사람도 없다.

그런 상황인 듯했다.

순간, 미라는 두 사람의 대화를 통해 한 가지 사실을 더 알아챘다. 요컨대 이 울고 있는 여성이 출장 서비스를 가기로 한 게 임금님이 있는 곳이라는 사실을.

(흐음…… 오호라. 이건 기회일지도 모르겠군그래.)

이거 혹시 유그스트가 있는 곳에 가기 위한 선택지로 써먹을 수 있지 않을까.

그런 방법을 떠올린 미라는 우선 두 사람의 이야기가 어떤 결말로 끝날지를 지켜보기 위해 두 번째 레몬진저 오레를 꺼내 들었다.

유곽 특구의 뒷골목. 그곳을 매우 무거운 걸음으로 느릿느릿 걷는 이가 있었다. 임금님을 상대하고 싶지 않다고 울고 있던 여성이다.

아무리 가기 싫다고 호소한들 한 번 수락한 일을 무를 수는 없다는 이유로 출장을 취소하지 못한 것이다.

또한 무엇보다도 결정적이었던 이유는 상대가 임금님이라는 점이었다.

큰손인 동시에 단골손님이기도 한 데다 이 도시에서 상당한 권력자로서 군림하고 있는 탓에 한 번 수락했던 일을 취소했다가는 가게가 어떻게 될지 모를 일이다.

그토록 책임이 막중한 일이라는 사실을 알게 된 결과, 그녀는 갈 수밖에 없었다.

다만 타협안으로 보수가 열 배로 뛰었다. 이걸 고수입이라고 볼지, 수지에 안 맞는다고 볼지는 그녀에게 달린 일이지만. 좌우간 울고 있던 여성은 걸음을 떼었다.

"——하아…… 집에 가고 싶다아. ——하아…… 왜 하겠다고 했을까. ——하아…… 성이 확 날아가 버리지는 않으려나아. ——하아, 귀축변태죄로 잡혀가진 않으려나아."

여성은 한 걸음을 내디딜 때마다 한숨을 내쉬며 원망 가득한 말을 입밖에 냈다. 하지만 가게를 위해, 동료들을 위해 계속 걸음을 옮겼다.

그런 여성의 뒤를 밟는 소녀가 있었다. 그렇다, 미라다. 주변을 둘러보며 말을 걸 타이밍을 엿보고 있는 것이다.

"——하아…… 가게가 망할 거란 소릴 하다니, 치사해. ——하아…… 누가 대신 가주지 않으려나."

빨리 도착하고 싶지 않아서인지 여성은 뒷골목으로 멀리 돌아서 가고 있었다. 그리고 인적이 드문 길에 들어선 순간.

"이 몸이 대신 가줄 수도 있다."

쉼 없이 혼잣말을 하던 여성에게 미라는 그렇게 말을 걸었다.

"뭐?!"

그녀에게 그 한 마디는, 분명 절망 속에서 발견한 한 줄기 광명과도 같았을 거다.

하지만 뒷골목에서도 인적이 드문 곳에서 갑자기 그런 말을 들은 탓인지. 돌아본 여성의 얼굴에는 경계심이 가득했다.
"저기, 누구야? 그게…… 대신 가준다는 게, 무슨 뜻이야?"
미라를 발견한 여성의 눈에 약간 기대하는 듯한 빛이 떠올랐다. 지푸라기라도 잡는 심정이리라.
그런 그녀를 향해 미라는 말했다.
"그대가 지금 직면해 있는 문제 말이다."
"어? 그건……."
그러나 표정이 환해진 것도 잠시뿐. 이번에는 신종 사기인지 의심하는 듯한 눈빛이 되었다.
그럴 만도 했다. 그녀의 입장에서 보면 너무도 듣기 좋은 소리였기 때문이다.
하지만 미라도 얻을 것이 있기에 한 말이었다.
"무얼, 속이려는 게 아니다. 이 몸과 그대의 이해관계가 일치했을 뿐이야."
의심 어린 눈빛을 보내오는 여성에게 악의는 없다고 변명한 후, 미라는 말을 이어나갔다.
"미안하지만 우연히 그대와 또 한 사람이 말다툼을 하는 걸 들어버려서 말이다. 그쪽의 사정은 그때 파악했다. 그래서 하는 제안이다만, 그 일을 이 몸에게 양보할 생각은 없느냐? 물론 그대와 가게에 폐를 끼치는 않으마. 이 몸을 가게에 속한 자로서 보내주기만 하면 된다."
가게에 폐가 되지만 않는다면 지금 당장에라도 도망치고 싶을 만큼 임금님에게 출장 서비스를 가기는 싫다. 그런데 미라가 그 일을 양보해달라고 하자 여성은 뭔가 꿍꿍이속이 있지 않을까 의심이 되었다.

하지만 아무리 수상해도 마음이 끌릴 수밖에 없는 제안이었다.

“어째서 대신하고 싶은지 알려주면…….”

그렇게 말한 직후, 여성은 “아, 별로 말하고 싶지 않으면 뭐어……”라면서 타협안도 내놓았다. 아니, 그것은 타협안이라기보다는 정말로 대신 가준다면 뭐든 상관없다는 그녀의 본심이 담긴 말이었다.

“음, 일리 있는 말이로구나. 이유에 관해서는 말해주마. 허나 여기서는 이야기하기가 좀 그런 내용이라 말이다. 차분하게 대화할 만한 장소가 있으면 좋겠는데――.”

미라가 그렇게 제안하자 여성은 “그럼 일단 숙소로 들어가자”라고 곧장 답했다. 대신 가주겠다는 사람을 놓칠 수는 없다는 듯이 적극적인 태도로.

“그거 좋은 생각이로군. 그럼 그러도록 할까.”

여성의 제안에 수긍한 후, 미라는 어느 숙소로 갈지는 맡기겠다고 말을 이었다.

장소가 장소인 탓에 이 지구에 있는 숙소에는 모두 방음처리가 되어 있다. 비밀 이야기를 하기에는 제격인 것이다.

“그럼 내가 아는 곳으로 가자.”

여성은 미라를 물끄러미 쳐다보고서 답했다. 너무도 당당한 데다 강아지 인형(멍슨)을 안고 있는 미라의 모습을 보자 의심이 단숨에 누그러든 듯한 눈치였다. 숙소로 향하는 그녀의 발걸음은 조금 전과는 비교도 되지 않을 만큼 가벼웠다.

"으음, 그럼 다시 한번 인사할게, 나는 샐리야."
"이 몸은 미라다."
유곽 특구에 자리한 숙소의 어느 방. 그렇게 서로 자기소개를 한 두 사람은 그대로 커다란 침대 위에서 마주했다.
"그래서 미라짱…… 미라…… 씨? 아무튼 이유를 말해줘."
샐리는 제발 기분 좋게 일을 양보할 수 있게 해달라는 투로 말했다. 자기가 가기는 너무나도 싫지만, 범죄 같은 데 이용되기라도 하면 어쩌나, 하는 게 걱정인 것이리라. 부디 제대로 된 이유이기를 기도하듯 두 손을 맞잡고 있었다.
"음, 알겠다."
샐리가 맡기로 한 출장 서비스를 대신하려는 이유. 샐리가 흔쾌히 승낙해 줄 만한 사정을 미라는 이미 생각해 두었다. 그것은 무엇보다도 임금님에 대한 인상이 최악인 그녀가 반색할 만한 설정이었다.
"사실은 말이다, 공공연히 말할 수는 없지만 이 몸은 비밀 풍기 위원회에서 나온 자다——."
미라가 지어낸 설정 이야기는 그러한 말로 시작되었다. 샐리가 신입이라는 사실을 고려해 지어낸 새빨간 거짓말이다.
비밀 풍기 위원회라는 것에 관한 내용은 이러했다.
미디트리아는 그 특징상 유달리 풍기를 엄하게 단속하고 있다. 그 이유는 손님들이 이 도시에서 마음 놓고 즐길 수 있게 하기 위해서다.
하지만 손님 중에는 다소 지나친 행위를 하는 이가 있는 것도 사실이다.
돈을 냈다고 제멋대로 굴어도 되는 것은 아니다. 이 도시에서 노동에 종사하고 있는 이들 역시 이 나라의 소중한 국민이기 때문이다.
하지만 지나치게 엄하게 단속하면 손님이 끊길 우려가 있다.
그런 탓에 그러한 지나친 손님을 은밀히 혼내줄 자가 필요해졌다.
그런 이유에서 조직된 것이 바로 비밀 풍기 위원회다.
미라는 그렇게 거짓말로 지어낸 설정을 마치 진실인 것처럼 당당하게 늘어놓았다.
"그랬구나…… 소문은 들었지만, 진짜로 있었구나……."
비밀 풍기 위원회에 관해 들은 샐리는 놀라움과 기대가 반반씩 섞인 얼굴로 그렇게 중얼거렸다.
미디트리아의 풍기를 단속하는 비밀 조직이 존재했다는 사실. 그리고 무엇보다도 기분 좋게 일을 양보할 수 있을 것 같다는 사실에 샐리는 솔직하게 기뻐했다.
하지만 그 반응은 거꾸로 미라를 놀라게 했다.
(뭣……이라고……? 소문……이라?)
비밀 풍기 위원회라는 설정은 샐리를 속이── 설득하기 위해 지어낸 거다. 미라가 멋대로 만들어낸 망상 이야기에 불과했다. 하지만 놀랍게도 샐리는 그러한 조직이 존재한다는 소문을 들은 적이 있다고 한다.

그 소문이 사실일 경우, 멋대로 멤버를 자칭하면 일이 더 꼬일지도 모른다.

하지만 어쩌면 샐리가 대충 맞장구를 쳐준 것뿐일 가능성도 있다.

어찌 되었건 말을 꺼낸 이상 끝까지 밀어붙이는 수밖에 없다.

"그대가 들었다는 소문이 어떠한 것인지는 모르겠지만, 뭐어 이 몸은 이 위원회의 일원이라 말이다. 지금은 임금님이라 불리는 자와 살짝 대화를 하러 가려던 참이었다——."

소문의 정체에 관해서 깊이 생각해 봐야 지금은 할 수 있는 게 없다. 그렇게 생각한 미라는 그대로 이야기를 이어나갔다.

알다시피 임금님은 횡포를 부리고 있다. 유녀들을 존중하지 않고, 때로는 그녀들의 마음을 크게 상처 입히기도 한다.

따라서 이번에 비밀 풍기 위원회가 움직이게 되었다.

하지만 그는 이 유곽 특구에서 강대한 권력을 지니고 있어서 이쪽의 움직임도 파악하고 있었다.

그 때문에 몇 번을 찾아가려 해도 문전박대를 당해 가까이 갈 수조차 없다.

"——그렇게 된 게다. 어찌하면 좋을까 생각하던 참에 그대들의 대화 소리를 들은 게지. 그걸 듣고 이 몸은 생각했다. 정면에서의 접근이 무리라면 유녀로서 들어가면 되지 않을까, 하고 말이다."

마치 이보다 좋은 생각은 없을 거라는 듯한 말투로 이야기를 이어나갔다.

임금님은 유녀들을 잔뜩 불러서는 매일 같이 희롱하고 있다. 그럼 유녀들 속에 숨어들면 가까이 갈 기회가 있지 않을까. 그런 생각에 다다랐다고.

하지만 그곳에 들어가려면 가게에 소속된 자라는 사실을 증명할 것이 필요하다.

바로 그때 샐리를 만난 것이다. '미라클 헤븐'이라는 새로운 가게의 신입이라 임금님과 면식이 없기에 뒤바뀌어도 알아채지 못할 거다.

그리고 들어가기만 하면 임금님에게 호된 벌을 내릴 수 있다.

거기까지 설명한 후, 미라는 마지막으로 "어떠냐, 이 도시의 풍기를 위해 협력해 줄 수 있겠느냐?"라는 말로 이야기를 마무리했다.

"기꺼이 그럴게!"

곧장 답이 돌아왔다. 가고 싶지 않다는 마음 때문인지 그녀는 중간부터 이미 마음을 정한 상태였던 것이다.

그 말과 동시에 샐리는 가게에서 받은 출장증이라는 것을 건네주었다. 접수처에 제시하고 있던 게 그것인 모양이다. 가게 이름이 적혀 있는 카드 뒷면을 보자 그곳에는 출장지의 장소와 상대의 이름이 적혀 있었다.

『카멜롯 팰리스 / 킹 룸 / 워렌』

그곳에 적힌 단어들로 미루어 볼 때, 임금님의 이름은 워렌인 듯했다.

표적인 유그스트가 아니다. 하지만 그걸 보고도 미라는 당황하지 않고 "음, 고맙구나"라면서 주머니에 집어넣었다.

찾고 있는 상대, '이라 무에르테'의 최고 간부 중 한 명인 '유그스트 그라딘'은 니르바나가 사용할 수 있는 모든 정보망을 구사해서 알아낸 본명이다. 이런 곳에서 그 이름이 나올 리가 없다. 당연히 가명을 쓰고 있을 거다.

"그리고 이것도. 일단은 프리 사이즈니까 아마 괜찮을 거야."

필요한 물건이라면서 샐리가 가방을 추가로 건네주었다.

"흐음, 이건 무엇이냐?"

또 필요한 게 있단 말인가. 지켜본 결과, 이 출장증이 있으면 어떻게든 될 줄 알았던 미라는 그 가방을 받아들며 되물었다.

그러자 샐리의 입에서 터무니없는 말이 튀어나왔다.

"그쪽에서 지정한 의상이야."

듣자 하니 그 안에는 한 벌의 의상이 들어 있는데, 다름이 아니라 변태 임금님이 직접 지정한 물건이라고 한다.

(뭣……이라고……?)

가방을 열어보니 그곳에는 실로 마니악한 의상이 들어있었다.

그것은, 미니스커트 기모노였다.

여름의 밤하늘을 연상케 하는 화려한 무늬의 옷감에 기장은 아주 짧아서 여름의 열기와 요염함이 동시에 느껴지는, 그런 기모노였다.

설마 이런 옵션까지 추가했을 줄이야.

미라는 깜짝 놀랐다. 하지만 남자라면 배짱이다. 이렇게 된 이상 끝까지 가보자며 각오를 굳혔다.

"자아, 그럼 이후의 절차 말이다만, 그대는 잠시 이 방에서 기다려다오. 지인 등을 만나서 임금님이 있는 곳에 가지 않았다는 사실이 전해지면 일에 지장이 생길 터이니 말이야."

마음을 다잡은 후, 미라는 그렇게 요청했다.

샐리가 밖을 돌아다니다가 발견되어 그 사실이 가게 관계자들의 귀에 들어가기라도 하면 일이 성가셔진다. 작전을 시작하기 전에 그쪽을 통해 임금님에게 정보가 전해지기라도 하면, 그럼 여기 온 자는 누구냐는 말이 나올 것이다.

경우에 따라서는 임금님에게 접근하기 전에 쫓겨날 수도 있다.

따라서 샐리는 여기서 대기시키는 게 제일이다. 그렇게 생각한 미라는 그렇게 못을 박은 후, 안고 있던 멍슨을 침대 위에 내려놓았다.

"무슨 일이 생기더라도 이 부위원장이 어떻게든 해줄 테니 걱정할 것 없다."

미라가 그렇게 말하자마자 멍슨은 인형인 척을 그만두고 일어섰다.

"만나서 반갑습니다멍."

멍슨이 능숙한 동작으로 신사다운 인사를 했다.

만약 예상치 못한 사태가 벌어질 경우에 대비해, 그리고 샐리를 감시하기 위해 이곳에 멍슨을 대기시킨다. 그렇게 하면 송환할 필요도 없어지니 일석이조인 것이다.

"우와……! 귀여워! 어? 혹시…… 쿠 시?!"

멍슨이 움직이자 샐리는 놀란 동시에 흥분한 얼굴로 귀여운 멍슨을 뚫어져라 쳐다보았다.

"나, 개를 엄청 좋아해! 꿈만 같아!"

샐리는 어린애처럼 들떠서 말했다. 정신을 차려보니 멍슨은 어느샌가 그녀의 품에 안겨 있었다.

미라와 달리 가슴이 상당히 큰 탓인지 멍슨은 "어쩐지 안정감이 느껴집니다멍"이라면서 편안한 얼굴로 품에 안겨 있었다.

참으로 부럽다. 그런 생각을 하며 미라는 양측의 상태를 확인한 후, 일단 문제는 없을 듯하다고 결론을 내렸다.

본인의 말대로 샐리는 개를 무척 좋아하는 듯했다.

어째서 쿠 시가 있는 것인지, 비밀 풍기 위원회의 부위원장이라는 게 무슨 뜻인지, 캐물을 낌새도 보이지 않고 멍슨에게 푹 빠져 있었다.

양측의 관계는 매우 좋아 보인다. 이대로 두어도 괜찮을 것 같다는 생각이 절로 들 만큼.

그렇게 판단한 미라는 "자아, 그러면 다녀올 터이니. 뒷일을 잘 부탁하마"라고 말하고서 일어났다.

"맡겨만 주십시오멍."

"응, 임금님한테 따끔한 맛을 보여줘! 아주 재기불능 상태가 되도록 만들어도 좋아! 아니, 그렇게 해 줘!"

멍슨은 가슴을 펴고 답했고, 샐리 역시 무언가를 짓이기는 시늉을 하며 격려의 말을 보냈다.

"으, 음."

지독한 일을 당한 동료 때문이리라. 하지만 미라는 저 손동작은 무섭다는 생각에 등줄기가 오싹해졌다.

그렇게 말을 주고받은 후, 양측은 다시 즐거운 듯 놀기 시작했다.

멍슨은 신사다웠지만 쿠 시의 천성 때문인지 샐리가 어디선가 공을 꺼내서 보여주자 꼬리를 흔들며 눈빛을 반짝였다.

자신도 가끔씩 저렇게 놀아주는 게 좋을까. 그런 생각을 하며 미라는 공이 통통 튀어다니는 방을 뒤로 했다.

〈11〉

일반 손님으로서 성에 들어갈 예정이었지만, 표적에게 어떻게 다가갈 것인가 하는 부분이 문제였다.

하지만 '미라쿨 헤븐'의 신입인 샐리를 만난 덕에 문제가 단번에 해결됐다. 임금님을 상대하기로 한 유녀로서 성에 들어가기 위한 통행증을 손에 넣은 것이다.

숙박비도 절약할 수 있는 실로 근사한 통행증이다.

이제 임금님이라는 작자를 만나, 그 인물이 유그스트 본인이라는 걸 확인하고 체포하는 일만 남았다.

"그래, 기다리고 있어라……."

만약 아니라면…… 같은 생각은 하지 않고 미라는 의욕을 불살랐다.

이리스를 남성공포증에 빠뜨린 대가, 그리고 샐리의 동료를 상처 입힌 일에 관한 대가를 톡톡히 치르게 해주겠다.

그런 각오를 가슴에 품고 곧장 성의 접수처 앞까지 온 미라는 앞서 봤던 대로 접수 담당자에게 출장증을 내밀어 보였다. 그러자 접수 담당자가 참 안 됐다는 표정을 지었다.

"그래, 네가 오늘의 신입이구나……."

분명 그는 이렇게 생각했으리라. 또 임금님에게 희생될 자가 오고 말았구나.

심지어 이번에는 앳되어 보이는 소녀인 탓인지 그는 뭐라 말을 하고 싶은 눈치였다.

하지만 손님인 임금님은 이 도시 제일의 유력자다. 따라서 돌아가는 게 좋을 거라는 소리는 하지 못하고 "무슨 일이 있으면 선배들을 의지하렴"이라고만 조언하고서 킹 룸으로 가는 길을 알려 주었다.

"음, 알……――네~ 알겠어요~."

지금의 자신은 신입 유녀다. 미라는 속으로 그렇게 되새긴 후, 의도적으로 말투와 몸동작을 교정하여 마치 평범한 소녀인 척 행동해 보였다.

하지만 미라는 지금까지 의식적으로 겉모습에 맞게 행동해 본 적이 없었던 탓에. 필사적으로 꾸며낸 동작과 말투는 다소 지나친 감이 있어서 흔히 말하는 내숭녀처럼 되어버렸다.

하지만 귀여운 외모 덕분인지 그렇게까지 위화감이 느껴지지는 않아서, 접수 담당자도 의심을 품지는 않은 듯했다.

그렇게 무사히 접수처를 통과한 미라는 그대로 숙박 시설을 향해 나아갔다.

그러던 도중.

(흠, 이 몸에게는 연기의 재능도 있는 모양이로구나!)

숙박 시설의 입구 앞에 있던 커다란 전신거울. 거기에 비친 자신의 모습을 보며 미라는 보다 유녀에 가까워지기 위해 그럴싸하다고 생각하는 섹시 포즈를 시험해 보기 시작했다.

이 앞은 눈이 높은 손님과 프로 유녀들이 노니는 전장이다. 가짜라는 게 들통나지 않도록 더욱 주의할 필요가 있다.

그렇게 마음을 다잡은 후, 미라는 자신의 섹시한 모습에 만족스러운 미소를 띤 채 자신만만하게 발을 내디뎠다.

"이거 참, 터무니없는 곳이로구먼……."

접수처가 있던 홀도 화려했지만 숙박 시설로 쓰이는 구획은 그야말로 왕성을 연상케 할 정도로 호화스럽게 되어 있었다.

자연스럽게 배치된 집기품은 물론이고 벽과 바닥, 그리고 천장에 이르기까지 진짜에 뒤지지 않을 정도로 완성도가 높았다.

임금님도 이 성에 걸맞은 근사한 인물일까. 무심결에 그런 착각이 들 정도였지만 그에 대한 답은 이미 나와 있었다.

그냥 변태라고.

(어디 보자, 분명 승강기가 있다고 했었지.)

생각했던 것보다 훨씬 고급스러운 느낌에 압도되기는 했지만 미라는 마음을 다잡고 복도를 따라갔다.

어지간한 고급 여관보다 훌륭한 숙박 시설이다. 진짜 왕성에 뒤지지 않을 정도의 완성도였지만 한 가지 다른 점이 있었다.

그것은 바로 사람이다. 왕성에는 병사나 메이드를 비롯해서 성에서 근무하는 이들이 많다. 때문에 복도만 보아도 여러모로 북적거렸지만 이곳에서는 사람의 모습을 거의 찾아볼 수가 없었다.

하지만 그럴 만도 했다. 장소가 장소이기 때문이다. 바야흐로 거사를 치르려는 참인데 직원이 곳곳에 있으면 양쪽 모두 거북해질 거다.

나름대로 알카이트성이나 니르바나성을 돌아다녀본 경험이 있는 미라는 그 차이를 실감하며 앞을 살펴보았다.

기다란 복도와 몇 명의 여성이 보인다. 분명 그녀들은── 아니, 그녀들도 출장을 나온 유녀들일 거다. 그렇게 판단한 미라는 유녀답게 보이는 법을 더욱 잘 알고자 그녀들을 관찰했다.

(이것 참…… 이렇게나 섹시하다니. 정말이지 끝내주는구먼!)

여성들은 적나라하게 요염함을 뽐내고 있었다. 노출도 높은 옷은 선정적이면서도 아름다웠고, 미라는 그 아슬아슬한 옷차림을 보고 흥분했지만 이내 정신을 차렸다.

(어이쿠, 그러고 보니 옷을 갈아입어야지.)

샐리에게 건네받은 미니스커트 기모노는 아직 가방에 있었다. 듣자하니 성 안에 옷을 갈아입기 위한 방이 있다는 모양이다.

지금의 미라는 평범한 마을 소녀처럼 입고 있는 탓에 아직 유녀답지 않아서 어쩐지 겉도는 듯한 느낌이 들었다.

빨리 갈아입어야겠다는 생각에 주변을 둘러보았지만 탈의실 같은 방이 보이질 않는다.

그렇게 두리번거리던 미라의 눈에 승강기가 비쳤다. 그 근처에 있던 안내판에 의하면 킹 룸 앞에도 옷을 갈아입기 위한 방이 있다는 듯했다.

가는 길에 있다면 그곳에서 갈아입는 게 낫겠다고 생각한 미라는 그대로 승강기 앞까지 다가갔다.

(뭔가, 좋은 냄새가 나는군그래…….)

몇 명의 유녀들이 승강기가 내려오기를 기다리고 있다.

향수 같은 것이라도 뿌린 것인지. 꽃내음 같은 향기가 은근히 풍겨왔다. 과도하게 진하지 않고 은은하게 코를 스치는 고상한 향기다.
그리고 미라는 또다시 깨달았다.
외모는 완벽하지만 향기 쪽은 신경을 써본 적이 없었다고.
그리고 오늘 있었던 일들을 돌이켜 보니 그다지 바람직하지 못한 상태가 아닐까 걱정이 되었다.
이래저래 거리를 돌아다닌 탓에 살짝 땀을 흘리기도 했다. 심지어 아직 옷을 갈아입기 전이다.
(……혹시 이 몸한테서, 땀 냄새가 나지는 않을까?!)
누가 지적한 것도 아니지만 이런 문제는 다른 사람에게 말해주기 껄끄럽기 마련이다.
그렇게 생각하던 중에 이윽고 승강기가 도착해서 미라는 냄새가 나지 않을지 걱정하며 유녀들과 함께 승강기에 올라탔다.
미라는 승강기 안에서 다른 유녀들에게서 거리를 둔 채 자신의 냄새를 확인했다.
(흠…… 딱히 냄새가 나지는 않는데…….)
냄새를 맡아보았지만 땀 냄새는 나지 않는다. 하지만 본인의 냄새는 알아채기가 어렵다.
아무리 미라라 해도 냄새 난다는 말을 들으면 상처를 받을 정도의 감수성은 지니고 있었다.
(어이쿠, 깜박할 뻔했군.)
승강기가 움직이기 시작한 참에 아직 행선지가 있는 층의 버튼을 누르지 않았다는 사실을 깨달았다.
플레이어 출신자들이 만들어낸 기술이라 승강기의 기본 구조는 잘 알고 있었다.

보아하니 3층과 4층의 버튼이 눌려 있었다. 고급스럽기는 해도 이곳에서는 저렴한 편에 속하는 방이 모여 있는 층이다.

미라는 유녀들 사이에서 슬그머니 몸을 내밀어 임금님이 있는 최상층, 킹 룸의 버튼을 눌렀다.

바로 그 순간.

대체 어째서인지 그곳에 있던 유녀들의 시선이 일제히 미라에게 집중되었다.

(무, 무어냐?!)

갑자기 주목을 받자 미라는 화들짝 놀랐다. 그리고 동시에 안 좋은 예감이 뇌리를 스쳤다.

(역시…… 냄새가 나는 겐가?!)

조금 전까지 그런 생각을 하고 있었던 탓에, 거리가 가까워져서 땀 냄새가 느껴진 건가? 그래서 이렇게 쳐다보는 건가? 라는 생각이 들었다.

미라는 그런 생각으로 쩔쩔맸지만, 알고 보니 매우 단순한 이유 때문이었다.

"너…… 임금님한테……."

"처음 보는 얼굴인데 신입이니……? 아니, 미안해, 아무것도 아니야."

"또 아무것도 모르는 애가 와버렸네……. 하지만 미안해. 우리는 해줄 수 있는 게——."

놀라움에서 연민, 그리고 체념을 거쳐 사과의 말을 남긴 후 그녀들은 3층, 그리고 4층에서 연달아 내렸다.

주목을 받은 이유. 그것은 냄새가 나서가 아니라 미라가 최상층의 버튼을 눌렀기 때문이었다.

임금님은 마음에 들어 하는 유녀가 십여 명 정도 있는데, 매일 순서를 정해서 가는 것이 유녀 업계의 상식이었다.

당연히 그녀들도 그 사실을 알고 있었다. 그리고 이번에 처음 보는 소녀가 최상층으로 가는 버튼을 누르는 것을 보고 알아챈 것이다.

또 신입이 임금님한테 희생되겠구나.

하지만 그녀들은 아무것도 할 수가 없다. 이 도시에서도 특히나 강한 권력을 지닌 임금님의 눈밖에 나면 살아갈 수가 없기 때문이다.

하지만 미라로 말하자면, 그런 건 아무래도 좋았다.

"흠…… 딱히 문제는 없다고 봐도 되려나."

유녀들의 반응으로 미루어 볼 때, 지적할 만한 냄새는 나지 않은 것이리라. 그렇게 판단한 미라는 만약을 위해 자신의 몸에 코를 대고 킁킁대고서 아무 냄새도 안 난다, 괜찮다, 라는 말을 되뇌며 최상층에서 내렸다.

카멜롯 팰리스의 최상층. 킹 룸이라고 불리는 그곳은 그 이름의 걸맞은 장소였다.

승강기에서 내리자 붉은 융단이 깔린 복도가 나왔고, 정면에는 조금 전에 확인했던 탈의실이 있었다.

미라는 곧바로 그 방에 발을 들였다.

(……없나.)

옷을 갈아입고 있는 유녀는 없는 듯했다.

그 사실을 아쉬워하며 미라는 미니스커트 기모노로 갈아입기 시작했다.

그게 본격적인 기모노였다면 한참을 쩔쩔매야 했을 거다. 하지만 건네받은 의상은 세세한 부분이 간략화되어 있었고, 샐리가 알려준 대로 하자 그럴듯하게 입을 수 있었다.

하지만 원래는 샐리가 입기 위한 의상인 탓인지 그대로 입어서는 완전한 미니스커트 상태가 되지 않았다.

그러나 유녀용으로 나온 프리사이즈는 다소 특별한지. 간단히 기장을 조절할 수 있도록 되어 있어서 미라는 직접 옷자락 끝을 올렸다가 내렸다가 해보았다.

"오오, 이거 제법 괜찮――…… 아니아니, 이건 너무 짧지 않으냐――…… 음, 이 몸의 미모는 정말이지 한계를 모르겠구나!"

그런 소릴 지껄이며 미라는 자신이 최고로 귀엽게 보이는 최상의 상태를 목표로 기장을 조정했다. 또한 소매는 손목을 쉽게 가릴 수 있게 헐렁하게 해두었다. 왼쪽 손목에 있는 팔찌를 보면 평범한 유녀가 아니라는 것을 들킬 수 있기 때문이다.

그 결과, 겉모습만 보면 최고급 유곽의 오이란(에도시대의 유곽 지대였던 요시하라의 유녀 중 지위가 높은 자를 이르는 말.)이라 해도 믿을 듯한 모습이 되었다. 미니스커트 부분이 약간 상스러워 보이기는 하지만 변태가 상대니 이 정도가 딱 알맞을지도 모른다.

그렇게 완벽하게 옷을 갈아입은 후, 미라는 드디어 빨간 융단이 깔린 복도를 지났다.

눈 앞에 펼쳐진 로비는 댄스파티라도 열 수 있지 않을까 싶을 만큼 넓고 화려했다.

그런 로비에 미라가 발을 디딘 직후. 로비 전체가 팽팽한 긴장감에 휩싸였다.

자세히 보니 그곳에는 열 명 정도의 유녀들이 있었다. 심지어 모두가 눈이 부실 정도의 미녀들이었다.

매일 같이 여러 명의 유녀를 불러들여 즐기고 있는 임금님답게 훌륭한 안목이다. 게다가 이 정도 수준의 미녀들을 모은 것도 모자라 대기시켜 놓다니 정말이지 대단하다는 생각이 들어서 미라는 살짝 부러워졌다.

하지만 그렇게 느긋한 생각이나 하고 있을 때가 아닌 듯했다. 그곳에 있던 이들 중 대부분이 미라에게 시선을 보내오고 있을 뿐 아니라, 어쩐지 눈빛에 분노가 서려 있는 듯한 느낌이 들었기 때문이다.

(무…… 무엇이지, 아직 아무것도 안 했다만…….)

혹시 로비에 발을 들이기 전에 인사를 해야 한다든지, 정해진 발을 먼저 내디뎌야 한다든지 하는 이곳만의 규칙 같은 게 있었던 걸까.

아니면, 설마 가짜란 게 들통나고 만 걸까?

험악한 분위기의 유녀들 앞에서 미라는 어떻게 된 일일까, 하고 그 이유를 생각했다.

경우에 따라서는 여기까지는 어찌어찌 왔으니 강행 돌파에 나서는 방법도 있다.

아직 임금님이 유그스트라고 확정된 것은 아니지만 그건 그거다. 권력을 등에 업고 변태 행위를 해대는 남자를 처벌하는 게 목적이니 돌입해버리는 것도 나쁘지 않을 듯하고.

그렇게 여러모로 작전을 세우던 중.

"너, 혹시 '미라클 헤븐'의 신입이니?"

가장 눈초리가 험악해졌던 미녀가 다가오며 그렇게 물었다.

"음── 네, 맞아요~ '미라클 헤븐'에서 왔어요~."

아직 자기소개도 안 한 데다 출장증도 보여주지 않았음에도 알아맞히다니.

미리 연락을 받기라도 한 건가, 아니면 처음 보는 얼굴이라 알아챈 걸까. 잘은 모르겠지만 그녀들이 화가 난 이유가 확실치 않은 지금, 미라는 일단 아무 것도 모르는 신입인 척을 해서 위기를 모면하기 위해 솔직하게 답했다.

"그 자식이──……!"

그러자 어째서인지 장중의 분위기가 더욱 악화되었다.

미녀는 눈초리가 험악하기는 했지만 조금 전까지는 그나마 온화한 태도를 유지하고 있었다는 걸 알 수 있을 만큼 미라가 답한 직후의 반응이 살벌했다.

명백하게 미라의 답변이 원인이었다.

하지만 그녀는 '그 자식이'라고 말했다.

대체 어떤 자식을 말하는 걸까, 하고 상황을 살펴보니 분노의 대상은 미라가 아니라 다른 이인 듯했다.
태도가 변한 것은 그 미녀뿐이 아니다. 대기하고 있던 다른 유녀들도 일제히 험악한 분위기를 풍기기 시작한 것이다.
대체 그녀들은 무엇을 때문에, 누구 때문에 이렇게 분노하고 있는 걸까.
미라는 그걸 도저히 알 수가 없어서 그녀들의 박력에 압도되어 쩔쩔매고 있었다.
그러자——.
"아, 놀라게 해서 미안해. 너 때문에 화가 난 건 아니야. 널 이곳으로 보낸 봇츠한테 화가 난 거지."
다시 태도가 바뀌었다. 머리끝까지 화가 나 있던 미녀의 표정이 순식간에 바뀌었다. 지금은 마치 어릴 적에 근처에 살았던 다정한 누나 같은 인상이었다.
(이 몸을 이곳으로 보낸, 봇츠…… 누굴 말하는 게지?)
미녀의 말을 듣고 미라는 고개를 갸웃했다. 미녀들의 분노의 창부리가 향하고 있는 봇츠란 과연 누구일까.
미라가 그런 생각을 하는 동안 유녀들이 와 하고 목소리를 높이기 시작했다.
"아아 진짜, 그 녀석! 신입은 귀하니까 지켜주라고 했는데! 어째서 오늘도 보낸 거야!"
"그러게, 가게만 잘 되면 그만이란 거지? 저질이야."
"상대가 임금님이라고 해도 죽을 각오로 지켰어야지."
"나, 무슨 일이 있어도 '미라클 헤븐'에서는 일하고 싶지 않아."

그녀들의 이야기를 들어보니 '미라클 헤븐'이 크게 빈축을 사고 있는 듯했다.

그리고 미라는 그 유녀들의 대화를 듣고 현재 상황을 파악하는 데 성공했다.

(오호라…… 다시 말해서 봇츠라는 인물은 '미라클 헤븐'의 지배인인 듯하군.)

그녀들이 화가 난 원인은 요컨대 어제 신입이 지독한 일을 당했음에도 불구하고 봇츠라고 하는 작자가 신입을 또 이곳에 보냈기 때문인 듯했다.

어제 왔던 신입이 무슨 일을 당했는지는 샐리에게서 어느 정도 들었다. 정말이지 지독하기 그지없었다.

그렇기에 이곳에 있는 유녀들은 또 그런 일이 생기지 않도록 신입을 보내지 말라고 봇츠에게 충고한 것이리라.

하지만 봇츠는 임금님의 권력으로부터 가게를 지킬 생각에 눈이 멀어 요청대로 신입을 보낸 것이다.

소중한 종업원을 보호하지 않고 가게를 우선시했다는 점이 그녀들의 분노를 자극한 거다.

가게측의 사정도 중요하기는 하지만 그녀들의 말도 일리는 있었다.

입장상으로는 라이벌이지만 그럼에도 다른 가게의 유녀를 걱정하는 모습으로 미루어, 그녀들은 서로 동료라고 여기는 듯했다.

유곽 특구는 참으로 신기한 장소다. 미라가 그렇게 감탄하고 있던 그때.

"뭔가 소란스러운 것 같은데, 무슨 일이야?"

그러는 동안 승강기가 한 번 더 왕복했다. 뒤에 위치한 문에서 나온 여성이 지금의 상황을 보고 그렇게 물었다.

"아, 라노아 씨, 들어보세요. 또 봇츠가 신입을――."

"너무하지 않아요? 라노아 씨가 그렇게나 충고했는데――."

긴 흑발의 여성. 라노아라 불린 그녀는 이곳에 있는 유녀들이 경의를 표하는 존재인 듯했다. 그래서인지 고자질이라도 하듯 봇츠를 나무라는 목소리가 이어졌다.

(흠…… 이 자는……?!)

고개를 돌린 미라는 그 여성을 보자마자 알아챘다. 그 인물이 조금 전 패밀리 레스토랑 같은 가게에서 확인한 유곽 특구 제일의 유녀라는 사실을.

따지고 보면 그녀가 '임금님'이라는 단어를 입 밖에 낸 덕분에 이곳까지 다다를 수 있었다.

임금님이 가장 마음에 들어 하는 유녀인 라노아. 그러고 보니 오늘도 일이 있다고 했었다. 이곳에서 만나게 된 건 어찌 보면 필연이라 할 수 있었다.

그렇게 미라가 라노아를 만났을 때의 일을 떠올리고 있는 동안.

"――아무튼 라노아 씨, 신입인 이 애는 안 온 걸로 하고 억지로라도 돌려보내는 게 좋지 않을까요."

"맞아요, 봇츠가 거부했거나 하겠다고 나선 신입이 한 명도 없었다고 하고요."

유녀들이 그런 소릴 하기 시작했다.

그녀들에게 미라는 우연히 엔드 콘텐츠로 보내진 초보 유저 같은 것이었다. 때문에 걱정되고 아껴주려는 마음에 그런 말을 하는 거다.

하지만 겨우겨우 잠입했는데 여기까지 와서 돌아갈 수는 없는 일이다.

(……이렇게 된 이상, 중증 M(마조히즘, 마조히스트의 준말로 물리적, 정신적인 고통을 받고 성적 만족을 느끼는 심리상태, 혹은 그러한 상태의 사람.) 신입이라고 둘러댈까…….)

반강제로 돌아가게 되는 사태를 피하려면 어떻게 해야 할까. 그런 생각을 하다 보니 순간적으로 자신을 중증 M이라고 소개해 버리자는 방안이 떠올랐다.

오히려 중증 M 소녀이기에 임금님에게 지독한 짓을 당하러 왔다. 그런 걸로 해두면 분명 그녀들도 돌려보내자는 소리를 안 하게 될 거다.

하지만 그 대신 미라의 정신력이 뭉텅뭉텅 깎여나가겠지만.

그래도 반강제로 돌아가는 것보다는 낫다.

미라가 그렇게 작전을 짜던 중. 유녀들의 호소를 들으며 앞으로 나와 돌아본 라노아와 눈이 딱 마주쳤다.

순간, 미라는 생각했다. 그녀가 그 가게에서 있었던 일을 기억할까?

멍슨의 말에 따르면 스쳐 지나면서 라노아는 미라를 흘끔거리는 것 같았다고 한다.

유녀 라이벌로서 본 것이라면 상관이 없다. 하지만 그 이외의 이유가 있다면 어떨까.

이 우연 같으면서도 필연적인 재회에 의심을 품을지도 모른다.

그 결과, 시시콜콜 사정을 캐물을지도 모른다는 생각에 미라는 긴장했다. 다소의 설명은 샐리에게 들었지만 깊이 캐물으면 꼬리를 잡힐지도 모른다.

미라가 그런 걱정을 하고 있자 라노아는 살며시 미소 짓더니 다시 유녀들 쪽으로 몸을 돌렸다. 얼굴까지 익히지는 못한 것인지 마치 처음 본 것 같은 반응이다.

"그렇게 하고 싶지만, 이곳에 있다는 건 접수처를 지났다는 뜻이잖아. 그렇다면 이미 등록되었을 테니, 여기서 없어지면 오히려 이 애의 책임이 될 거야."

그것이 신입을 무사히 돌려보내자는 유녀들의 말에 대한 라노아의 답이었다.

"아……."

"그렇, 겠네요……."

그 말에 어제와 같은 참극이 되풀이되지 않게 하자고 하던 유녀들의 표정이 단숨에 어두워졌다.

이곳에 도착하기 전이었다면 가게 측이 거부하고 유녀를 보내지 않은 걸로 할 수 있었다.

하지만 이곳에 있다는 것은 아래에 있는 접수처에 출장증을 제시했다는 뜻이다. 무사히 도착했음에도 없어졌다면 도망친 것으로 간주되어 유녀가 책임을 져야 한다.

그것이 이곳의 규칙인 모양이다. 덕분에 선의의 귀환 명령을 받을 일은 없을 것 같다.

(한때는 어떻게 될까 싶었지만 이로써 임금님이라는 작자의 낯짝을 볼 수 있겠군그래.)

예정대로 유녀로서 접근해 제대로 두들겨 패줄 수 있겠다. 미라는 속으로 의기양양한 미소를 지었다.

〈12〉

돌아가지 않아도 된다는 사실에 한시름 놓은 것은 미라뿐이었다.

아무것도 모르는 유녀들은 여전히 신입인 미라의 몸이 걱정되는 듯했다.

서로 자기소개를 마친 후, 그녀들은 이야기를 나누기 시작했다. 미라를 돌려보내는 건 포기했지만 뭔가 할 수 있는 일이 있을 거라면서.

참고로 미라는 자기소개를 할 때 '미미'라는 이름을 썼다. 미라라는 이름은 이리스를 통해 유그스트에게 전달되었을 테니 만약을 위해 가명을 쓰기로 한 것이다.

(정말이지 마음씨 고운 아이들이구나…….)

진심으로 걱정해주는 유녀들을 보며 미라는 속여서 미안하다는 생각을 했다.

아무리 대화를 나누고 작전을 세우더라도 임금님과 대면하면 곧장 결전이 벌어질 것이다. 가차 없이 신병을 확보하기 위해 움직일 테니 그 작전이 실행될 일은 없을 거다.

하지만 임금님을 체포할 예정이니 걱정할 것 없다고 말할 수는 없는 일이다.

저들이 다정하게 대해주는 것은 같은 유녀라고 생각하기 때문이다. 변태이기는 하지만 돈을 마구 뿌려대는 임금님은 그녀들의 입장에서는 귀중한 수입원이기도 할 터다.

임금님이 유그스트라는 것이 확정되면 그게 사라지게 된다. 다시 말해서 그녀들의 수입이 줄어드는 것이다.

오히려 원망을 사도 이상할 게 없는 상황이다. 임금님 측에 설 자도 있을지 모른다. 그래서 미라는 정체를 들키지 않기 위해 더더욱 조용히 시간이 되기를 기다렸다.

하지만 그러는 동안에도 유녀들이 입안하는 작전의 내용이 들려왔다.

"그러면 있잖아, 이런 건 어떨까——."

"그럼 차라리——."

신입을 임금님의 마의 손에서 보호할 방법으로 생각해낸 유녀들의 작전은 이러했다.

첫 번째 작전은 플레이 중에 슬그머니, 특히 주의해야 할 도구들을 정리해버리는 것.

하지만 그건 유녀들도 완전히 파악하지 못했을 정도로 도구가 많다는 이유로 기각되었다.

그럼에도 그녀들은 포기하지 않았다. 두 번째, 세 번째 작전을 짜고 기각하기를 반복하고 있다.

그리고 일곱 번째 작전을 누군가가 제안했다.

그 내용은 거꾸로 자신들이 주도해서 해버리자는 것이었다.

임금님의 플레이는 하드하고 변태적인 데다 도를 넘어선 것이라 신입은 마음에 크나큰 상처를 입을 거다.

그럴 바에는 차라리 자신들이 선수를 쳐서 신입을 괴롭혀, 지나친 플레이가 되지 않도록 조절하는 거다. 그것이 이 작전의 키 포인트였다.

"왜, 임금님은 우리끼리 몸을 섞게 해서 그걸 보며 즐기는 시간이 있잖아? 그때 말이야, 하루에 두 번은 못할 것들을 전부 우리끼리 해버리면, 어제처럼 너무 과도해지지는 않을 것 같아."

아무래도 임금님이 유녀들을 희롱할 때는 어느 정도 정해진 패턴이 있는 듯했다.

그중에는 아름다운 유녀들이 얽히고설키는 것을 보는 시간도 있으니, 그 타이밍에 몇 가지 하드한 내용을 먼저 해치워버려서 신입의 부담을 줄이자는 작전이다.

그러면 모든 플레이를 임금님이 하게 두는 것보다는 좀 덜할 거다. 그렇게 말하는 유녀의 목소리에는 열의가 실려 있었다.

그만큼 어제의 플레이가 지독했다는 뜻이리라. 그건 괜찮을지도 모르겠다며 유녀들은 흥분하기 시작했다.

(새삼 생각해 보니, 터무니없는 대화를 듣고 있는 것 같군그래…….)

그녀들의 입에서 나오는 임금님이 즐겨 하는 변태 플레이와 그 내용, 그리고 그에 관해 논의하는 미녀들의 모습은 보고 있기만 해도 저절로 엉큼한 망상이 떠올랐다.

하지만 미라는 문득 깨달았다. 그 모든 것이 신입, 다시 말해서 자기 자신에게 벌어질 것이라는 사실을.

예쁜 언니들에게 변태스러운 일을 당한다. 생각만 해도 흥분되는 내용이라, 미라는 가슴이 설레었다.

(이 아이들도, 그런 플레이를…….)

저렇게까지 진지하게 생각해주는데 미안하기는 했지만, 그녀들의 말을 듣고 있자니 미라의 풍부한 상상력이 활짝 날개를 펼쳤다.

하지만 분명 그렇게 되기 전에 임금님과는 결판이 날 거다.

설령 임금님이 표적이 아니라 해도 여차하면 비밀 풍기 위원회 설정을 밀어붙여서 처벌해 버릴 생각이다. 유녀들에게 이렇게까지 비난을 받을 정도면 그럴 만한 업보를 쌓았다는 뜻이리라.

또한 거기에는 자신의 몸을 지키려는 의도도 다분히 포함되어 있었다. 오히려 그렇게 하지 않으면 자신이 터무니없는 경험을 반강제로 하게 될 것이기 때문이다.

이야기를 들으면 들을수록 그런 사태만은 반드시 회피해야겠다는 생각이 미라의 머릿속에서 굳어졌다.

"으음~ 어쩌면 어려울지도 모르겠어. 어제와 같은 패턴으로 흘러간다면 저 애는 마지막 하이라이트를 장식하게 될 거야."

얼마간 이야기를 진행하던 중에 지금까지 생각에 잠겨 있는 듯 보였던 라노아가 그런 말을 입 밖에 냈다.

다 같이 신입을 귀여워해 주자 작전은 나쁘지 않지만 전제 자체가 잘못되었을지도 모른다고 그녀는 지적한 것이다.

듣자하니 임금님은 좋아하는 것을 마지막까지 아껴두는 타입이라는 듯했다.

라노아의 말에 따르면 어제도 신입은 플레이 내내 계속 곁에 있기는 했지만 마지막 차례가 되기 전까지 손을 대지 않았다는 모양이다.

그렇기에 이번에도 같을 경우, 이쪽에서 먼저 손을 대면 격노할 우려가 있다는 것이다.

"하긴, 듣고 보니……."

"그때, 우리는 못 움직일 때까지 당한 뒤였죠……."

임금님이 신입에게 독수를 뻗친 것은 다른 유녀들을 실컷 귀여워한 후, 마지막 타이밍이었다.

그 사실을 기억해낸 그녀들은 신입의 부담을 줄여주는 데 성공할 가능성이 격감하자 머리를 싸쥐었다.

임금님을 화나게 할 수는 없는 일이다. 유녀들은 심각한 투로 그렇게 중얼거렸다. 화를 샀다가 더욱 더 지독한 짓을 당한 이가 몇 명이나 있다는 모양이다.

그 결과, 이야기는 원점으로 돌아가고 말았다.

"어쩌지…… 이제 시간이 없어."

유녀 중 한 명이 시계를 보고 그렇게 말했다. 임금님과의 약속 시간까지 10분밖에 안 남았다고.

유녀들은 초조해하기 시작했다. 하지만 그런 가운데, 미라 말고도 차분함을 유지하고 있는 이가 한 명 있었다.

그것은 라노아였다.

"괜찮아, 나한테 맡겨. 이럴 때를 위해서 준비해둔 게 있어. 이걸 그 녀석에게 먹이면 돼."

모두를 진정시키기 위해서인지 라노아는 미소를 지은 채 파우

치에서 핑크색 작은 병을 꺼내 보였다.

그러자 어떻게 된 일인지 유녀들이 놀란 듯한 표정을 지었다.

"라노아 씨, 그건 설마……."

"그런 골동품을 어디서 손에 넣으신 거예요……?!"

저토록 놀라는 것으로 미루어 볼 때, 핑크색 작은 병에 든 액체는 터무니없는 물건인 모양이다.

(흐음, 무엇이지? 회복약 같은 것인가?)

겉으로 봐서는 무엇인지 도통 알 수가 없었다. 어쩌면 변태 플레이로 입은 상처를 치유할 수 있는 약이 아닐까, 라고 미라는 생각했다.

하지만 그 정체는 생각한 바와 전혀 다르다는 것을 알 수 있었다.

유녀들이 이거라면 한 방에 보낼 수 있다느니, 그 성욕 괴물도 쓰러뜨릴 수 있을 거라는 소리를 하기 시작했기 때문이다.

"저기, 그게 뭔가요?"

혹시 독약 같은 건가? 더는 참을 수 없다는 생각에 처리해버리려는 것일까. 궁금해진 미라는 쭈뼛대는 신입 유녀 연기를 하며 조용히 물었다.

"후후후, 이건 말이야——."

라노아는 그런 미라에게 고개를 돌리더니 약간 짓궂은 미소를 지은 채 그 약의 효능에 관해 알려주었다.

라노아의 말에 따르면 그것은 특별한 정력 증강제라는 모양이다.

효과는 모든 정력 증강제의 정점에 군림할 정도고, 이걸 먹으면 이 유곽 특구에 있는 모든 유녀를 상대해도 멀쩡할 정도의 정력을 얻게 된다고 한다.

"어, 그런 걸 먹이면……."

라노아는 그 정력 증강제를 임금님에게 먹이겠다고 했다.

하지만 그렇게 터무니없는 걸 먹이면 오히려 더욱 일이 심각해지지 않을까 싶어서 미라는 걱정이 되었다.

그러나 그런 미라와 대조적으로 다른 유녀들은 각오를 굳힌 듯한 얼굴로 의욕을 불사르고 있었다.

"맞아, 분명 오늘 일은 아주 힘들어지겠지. 하지만 그건 두 시간뿐이야――."

라노아는 여전히 미소를 띤 채 말을 이었다. 이 정력 증강제에는 제한 시간이 있다고.

두 시간. 그것이 무적의 정력을 얻을 수 있는 제한 시간이었다.

그럼 그 시간이 지나면 어떻게 될까. 그에 대한 답도 금방 말해주었다.

우선 힘을 쓴 만큼의 반작용이 돌아온다고 한다.

다시 말해서 무한히 힘을 쓸 수 있지만 효과가 끊기면 썼던 힘만큼 단숨에 소모되는 것이다.

나아가 일주일 정도는 마치 현자라도 된 것처럼 일체의 성욕을 느낄 수 없는 상태가 된다고 한다.

다시 말해서 라노아의 작전은 무적 상태가 된 두 시간을 다 같이 버텨서 신입의 차례가 오지 않도록 해버리자는 것이었다.

"하지만 그러면 여러분이 괴로운 일을……."

임금님이 유그스트라는 사실을 확인함과 동시에 작전을 개시할 예정이다. 무적 상태가 된 변태를 상대하는 무모한 짓을 그녀들이 할 필요는 없다. 오히려 자신은 처음에 나서도 상관이 없다.

하지만 유녀들의 결속력은 굳건했다.

"너는 신경 쓰지 마. 이건 우리에게도 기회니까!"

"그래, 저 변태한테서 성욕이 사라지면 어떤 얼굴이 될지 봐주겠어!"

유곽 특구에서는 많은 유녀가 격전을 치르고 있었지만…… 아니, 오히려 그런 곳이기에 그녀들은 강한 유대로 엮여 있는 것이리라.

돈과 권력을 지닌 데다 난폭하기까지 한 변태에게 한 방 먹여주겠다고 의욕을 불사르고 있었다.

신입인 미라를 위해서, 라는 이유도 있겠지만 어째 불이 다른 데까지 옮겨 붙은 것도 같았다.

이 도시에서 톱클래스의 미모와 기술을 지닌 그녀들이 다 같이 제 실력을 발휘하면 대체 남자는 어떻게 될까. 얼마나 황홀한 천국을 맛보게 될까.

(그대로 기진맥진해지면 일이 편해지기는 하겠다만…….)

남자라면 누구나 꿈꾸는 하렘 플레이인 것 같아서 미라는 마음이 설렜다. 그리고 동시에 임금님이 마른 걸레처럼 쥐어 짜이기를 기도했다.

그리고 그렇게 무적 상태가 된 임금님을 어떻게 공략할지, 유녀들이 자세히 의논하기 시작한 참에.

무거운 소리와 함께 로비 정면에 자리한 커다란 문이 열렸다. 드디어 임금님과의 플레이 개시 시간이 된 것이다.

"그러면 방금 전한 순서대로 쉼 없이 몰아치자."

작전도 대충 정해져서 유녀들은 임전태세를 취했다. 그런 가운데, 라노아가 미라의 앞으로 다가와 핑크색 작은 병을 내밀었다.

"우선 우리가 몸으로 임금님의 시야를 가릴 테니까, 그 사이에 이걸 부탁해. 늘 테이블 위에 와인을 두거든."

"네, 알겠어요!"

핑크색 작은 병을 받아든 미라는 그걸 슬그머니 소매에 숨겼다. 유녀들의 말에 따르면 임금님은 늘 플레이 중에 와인을 마신다는 모양이다.

미라의 역할은 그녀들이 임금님과 엎치락뒤치락하는 동안 슬그머니 와인에 정력 증강제를 몇 방울 떨어뜨리는 것이다.

"자아, 가자!"

라노아가 앞장서서 문 안쪽으로 발을 들이자 다른 유녀들 역시 네, 하고 답하더니 위풍당당하게 걸어 나갔다. 마치 마왕에게 맞서는 용사 일행을 연상케 하는 용맹한 모습이었다.

(완전히 기진맥진해졌을 때 체포하는 것도 편할 것 같군그래.)

임금님이 유그스트로 확정될 경우, 라노아 일행의 작전이 잘 먹혀들면 싸울 필요조차 없어질지 모른다.

대륙 최대라 일컬어지는 범죄 조직 '이라 무에르테'의 최고 간부는 얼마나 강할지 궁금하기는 하지만, 장소가 장소다. 전투에 의한 파손과 그 수리비 등을 청구하기라도 하면 뼈아픈 타격을 입게 될 거다. 여차하면 신병을 확보한 후에 줄행랑을 칠 궁리도 해둬야 할지 모른다.

미라는 무사히 일이 끝나기를 기도하며 믿음직하면서도 선정적인 그녀들의 뒤를 따랐다.

(이거 참, 터무니없는 곳이로군.)

임금님이 계속 전세를 내서 쓰고 있는 방. 그곳은 그야말로 왕성의 한 층이라 해도 과언이 아닐 장소였다.

눈앞에는 복도가 반듯하게 뻗어 있고, 좌우에는 여러 개의 문이 늘어서 있었다. 나아가 붉은 융단에 빛나는 샹들리에까지. 아닌 게 아니라 정말 왕성 등에서나 볼 법한 광경이었다.

라노아 일행은 망설임 없이 그런 복도를 나아갔다.

지나쳐간 방들은 대체 어떠한 곳일까. 몇 개의 방 중 살짝 열려 있던 문틈으로 안을 들여다보니 학교의 교실과 비슷해 보였다.

대체 어째서 이러한 곳에 그런 구조의 방이 있는 걸까. 공부라도 하는 걸까.

얼핏 보면 이상해 보일지도 모르지만 미라는 그것을 본 순간 직감했다. 요컨대 그 방은, 시추에이션 룸인 것이다.

그렇다, 금단의 학교 플레이인 것이다.

(혹 다른 방들도…….)

이만큼 방이 많으니 그런 장소가 하나뿐일 것 같지는 않다.

몇 개나 되는 문을 바라보며 미라는 망상의 날개를 펼치기 시작했다. 하지만 그것도 금방 끝내야만 했다.

임금님이 기다리는 방의 문 앞에 도착했기 때문이다.

라노아는 한 번 시선을 돌려 신호를 하듯 고개를 끄덕이더니 문을 향해 "오늘도, 잘 부탁드립니다"라고 말하고서 그것을 열었다.

라노아를 필두로 유녀들도 방으로 들어갔고, 미라도 끝으로 뒤를 이었다.

(오오…… 솔로몬도 이 정도로 치장을 하면 좋을 텐데 말이지.)

그곳은 일국의 왕의 방보다 훨씬 화려한 방이었다. 집기품은 하나 같이 특상품이라는 것을 한눈에 알 수 있을 정도였고, 테이블에 놓인 소품 하나만 보아도 훌륭한 솜씨로 조각이 되어 있었다.

"다들 잘 왔다. 오늘도 즐겁게 해다오."

그 중앙에 남자가 있었다. 마치 옥좌처럼 놓인 번듯한 가죽 소파에 앉은 그가 임금님이라 불리는 남자인 듯했다.

"네, 맡겨만 주세요."

라노아 일행은 빙긋 웃으며 답하자마자 임금님의 앞으로 다가갔다.

그때, 라노아가 옆으로 오라는 신호를 보내기에 미라도 유녀 중 한 명으로서 그곳에 가서 섰다.

임금님의 정면에 라노아, 그 옆에 미라, 그리고 좌우에 다른 유녀들도 늘어서기 시작했다. 임금님 쪽에서 보면 아주 장관일 것이다.

(흠…… 이 녀석이 임금님인가.)

돈과 권력을 휘둘러 매일 같이 미녀들을 탐하며 신입까지 가차 없이 먹어치우는 성에 굶주린 변태.

미라는 분명 임금님이라는 작자는 흔한 악덕 귀족 같은 모습을 한 남자일 것이라고 상상했다.

하지만 정면에 자리한 남자는, 그야말로 임금님 같은 모습을 하고 있었다.

단련된 몸에 불필요한 지방은 전혀 찾아볼 수가 없다.

머리도 벗겨지지 않았고 금발을 단정하게 짧게 잘라서 불청결해 보이지도 않는다.

그리고 무엇보다도 얼굴. 흠잡을 데가 없을 정도로 얼굴 생김새가 단정했다.

어딘가 오만하고 불손해 보이는 태도는 야심적인 패왕이라는 단어가 어울릴 듯했고, 사람에 따라서는 한눈에 반해버릴 것 같다는 생각이 절로 들 만큼 그는 미남이었다.

그런 임금님의 시선이 유녀들을 가볍게 훑더니 미라에게로 향했다.

“호오, 그 아이가 오늘의 신입인가. 앳되어 보이지만 그것도 나쁘지 않지. 오호라, 과연, 봇츠 녀석, 이만한 인재를 숨기고 있었을 줄이야. 합격이다. 그 몸을 맛볼 때가 기대되는구나.”

임금님은 대담한 미소를 지은 채 조용히 눈을 가늘게 떴다.

대체 임금님은 어떤 변태 행위를 상상하고 있는 걸까. 미라는 등줄기가 오싹해져서 몸을 부르르 떨면서도 “미미라고 해요~”라고 답했다.

(뭐어, 그럴 일은 없을 테지만 말이다!)

인사를 하면서도 임금님을 **조사**한 미라는 그 결과를 보고 속으로 의기양양한 미소를 지었다.

판명된 임금님의 이름. 그것이 예상했던 대로 '이라 무에르테'의 최고 간부 중 한 명인 유그스트 그라딘이었기 때문이다.

⟨13⟩

방 안쪽에 자리한 킹사이즈 침대. 유그스트는 그곳에 앉아 유녀들이 한 명씩 천천히 옷을 벗는 모습을 바라보고 있었다.

그리고 미라는 미라 일행의 지시대로 대기 중이다. 지금은 약간 떨어진 장소에서 임금님의 놀이라는 것을 견학하고 있었다.

(오오오…… 참으로 절경이구나…….)

유녀들이 한 사람씩 나체를 드러내고 있다. 그것을 통해 유그스트는 상당히 취향의 폭이 넓다는 것을 알 수 있었다.

큰 것부터 작은 것까지, 실로 다채로웠다.

하지만 무엇보다도 톱클래스의 유녀들을 모아둔 만큼, 누구 할 것 없이 필설로 형용하기 어려울 만큼 아름다웠다. 눈을 뗄 수 없을 정도의 매력이 눈앞을 가득 메우고 있었다.

분명 유그스트 쪽에서 보면 더욱 각별해 보일 것이다.

그런 생각이 들어 부럽기는 했지만 간신히 번뇌를 떨쳐낸 후, 미라는 라노아 일행이 기회를 만들어주기를 기다렸다.

목적은 유그스트의 와인에 정력 증강제를 넣는 것. 그리고 그것은 침대 옆에 자리한 테이블에 놓여 있었다. 병과 와인이 든 글라스가 하나씩.

지금의 위치에서 약 5미터 정도의 거리에 있다.

(자아, 드디어 시작이구나…….)

라노아 일행의 탈의 쇼가 끝나자 드디어 어른의 유희가 시작되었다.

침대 위에 떡 버티고 있던 임금님에게 유녀들이 일제히 달려들었다.

"어이쿠, 과연. 오늘은 이런 작전인가. 좋아, 상대해 주마!"

라노아 일행과 유그스트는 이러한 공방을 매일 같이 반복하고 있는 듯했다. 파상공세를 퍼붓건 일대일 대결을 하건 해서 어느 쪽이 먼저 나가떨어질지를 겨루는 것이다.

이번에는 총공격 작전이라고 해석한 유그스트는 어디서든 덤비라는 듯이 그녀들을 받아내며 웃었다.

침대 위에서 유그스트와 유녀들이 엎치락뒤치락하고 있다. 그 중심에 자신이 있었으면, 이라는 상상을 하며 미라는 그 생생한 광경을 주의 깊게 살펴보았다.

그러던 도중.

"제법, 이구나. 하지만, 아직 멀었다!"

꽤나 신이 난 유그스트의 목소리가 들려오더니 라노아가 이쪽을 슬쩍 쳐다보며 신호를 보냈다.

(좋아, 작전 개시로구나!)

신호를 보낸 후, 라노아 일행이 다시 공격을 퍼부었다. 그리고 유그스트의 시야를 몸으로 모조리 가려 나갔다. 분명 그의 눈에는 남자들의 이상향이 펼쳐져 있을 거다.

한 번쯤은 보고 싶다. 그런 광경을 망상하면서도 미라는 마음을 다잡고 작전을 개시했다.

"오, 오, 오오, 이거 괜찮군."

듣고 싶지 않은 유그스트의 흥분된 목소리가 들려온다. 분명 그는…… 하고 몇 번째로 떠오른 것인지 모를 번뇌를 뿌리치며 미라는 살며시 테이블에 다가갔다.

(좋아, 이제 이걸…….)

미라는 소매에서 작은 병을 꺼낸 후, 한 차례 침대의 상황을 살폈다.

유그스트는 완전히 여체에 파묻혀 있었다. 유녀들이 각도를 잘 조정하고 있어서 미라의 위치에서는 유그스트의 상태를 전혀 확인할 수 없을 정도였다.

그것은 다시 말해서 유그스트 쪽에서도 이 테이블을 확인할 수 없다는 뜻이다.

지금이 절호의 기회다. 그렇게 직감한 미라는 재빨리 작은 병의 뚜껑을 열고 병과 글라스, 양쪽 모두에 몇 방울씩 떨어뜨렸다.

그때.

"아아! 역시 라노아로군. 이대로는 이길 수가 없겠어."

항복이라는 듯이 유그스트가 침대에서 일어났다. 심지어 "나는, 한잔하고 나서부터가 진짜 시작이라서 말이지"라는 억지스러운 소리를 하며 테이블 쪽으로 몸을 돌렸다.

순간, 유녀들의 얼굴에 초조한 빛이 떠올랐다. 유그스트가 예정보다 빨리 절정을 맞는 바람에 미라가 원래 위치로 돌아갈 시간을 벌지 못했기 때문이다.

지금 미라가 발견되면 와인에 수작을 부렸다는 사실을 알아챌지도 모른다. 그렇게 되면 대체 어떤 벌을 받게 될지…….

유녀들은 허둥지둥 막으려 했다. 하지만 우려했던 상황이 벌어지지는 않았다.

"오호, 과연. 나를 유혹하려 하다니, 꽤나 유망한 신입인 듯하군."

유그스트는 몸을 돌리던 도중에 시선을 고정하더니 유열이 가득한 목소리로 그렇게 말했다.

그 시선의 끝에는 마치 보란 듯이 두 다리를 벌린 채 주저앉아 있는 미라의 모습이 있었다.

(아야야야…….)

유그스트의 움직임이 예정보다 빨랐다. 평범하게 걸어서 돌아가서는 늦겠다고 판단한 미라는 '축지'를 사용해 대기하라고 했던 장소까지 돌아갔다.

하지만 '축지'는 순발력을 이용하는 술식인 탓에 갑자기 멈출 수가 없었다. 따라서 억지로 멈추려 한 미라는 그대로 엉덩방아를 찧고 만 것이다.

그 결과, 유그스트가 있는 쪽을 향해 미니스커트 기모노 안을 훤히 보여주는 듯한 자세가 되고 말았다.

하지만 아무래도 그런 자세가 된 게 좋은 쪽으로 작용한 듯했다. 미라가 몰래 수작을 부려두었다는 사실을 유그스트는 전혀 못 알아챈 듯했고, 시선은 기모노의 옷자락 아래로 보이는 팬티에 못 박혀 있었다.

"그 작은 몸으로 이토록 적극적인 아이는 처음이군. 심지어 신입답게 보여주는 것 이외의 다른 의도가 보이지 않아. 아아, 오랜

만에 확 끓어오르는군."

유그스트의 소름 돋는 눈빛이 꽂힌다.

그러자 미라는 부자연스러워 보이지 않도록 자리에서 일어나, 수줍어하는 듯한 시늉을 해보였다.

유그스트가 멋대로 착각해준 덕에 잘 얼버무릴 수 있었다. 우연이기는 했지만 미라는 수작을 부렸다고 의심하지 못하도록 신입 유녀다운 분위기를 연출했다.

하지만 연기는 초짜인 데다 유녀에 관해서도 별로 아는 게 없다 보니. 그 시늉은 작위적으로 보여서 연기라는 것을 금방 알 수 있었다.

"아아, 저런. 이제 와서 청소한 척이라니. 하지만 그런 점 또한 귀엽구나."

순식간에 간파당하기는 했지만 그 반응이 그의 취향을 보기 좋게 꿰뚫은 듯했다. 아주 흥분해서 "마지막에 맛볼 게 기대되는군!" 이라고 말하더니 테이블 위에 놓인 와인글라스를 집어 들었다.

"자아, 오늘 밤은 평소보다 길어질 것 같구나."

미라의 온몸을 훑듯이 쳐다본 후, 유그스트는 이어서 라노아 일행에게 시선을 옮겼다. 그리고 의욕이 넘치는 표정으로 "우선은 너희를 꼼짝도 못할 때까지 귀여워해주마"라고 하며 손에 든 와인을 단숨에 들이켰다.

(좋아, 마셨군!)

유그스트가 자신을 보고 무슨 생각을 했는지는 잘 모르겠다.

하지만 어쨌든 정력 증강제를 마시게 하는 데 성공한 미라는 그 결과를 기다리며 속으로 승리의 포즈를 취했다.

하지만 원래도 성욕의 화신이자 변태인 유그스트에게 극상의 정력 증강제를 투입하는 작전이다.

대체 얼마나 무시무시한, 성에 굶주린 괴물이 되어버릴지 상상도 안 되었다.

"오오…… 뭔가 평소보다 술이 잘 받는군. 힘이 솟구치는 것 같아!"

그야말로 극적인 변화가 일어났다. 눈으로 볼 수 있는 것은 아니지만, 유그스트에게서 넘쳐나는 힘이 느껴지는 것만 같았다.

지금부터 정력 증강제의 효과가 떨어질 때까지 두 시간 동안, 그런 유그스트를 상대로 격렬한 공방을 벌여야만 할 것이다. 지금부터가 라노아 일행의 진짜 싸움이라 해도 과언이 아니리라.

(부탁하마, 유녀들이여.)

두 시간이 지나 정력 증강제의 효과가 끊기면 힘을 쓴 만큼 반동이 올 것이라 들었다.

유그스트 한 명과 라노아를 비롯한 유녀 열 명이 맞서 싸우는 상황이다. 아무리 성에 굶주린 괴물이 된다 해도 그쪽 방면의 프로 열 명을 상대로 두 시간이나 승부를 벌이면 분명 효과가 끊김과 동시에 쓰러지고 말 거다.

그런 다음 기진맥진해진 그를 체포하면 임무 완료다. 소란을 피우지 않고 조용히 끝낼 수 있다면 그보다 완벽한 결과는 없을 것이다.

그렇게 이상적인 전개를 머릿속으로 그리고 있던 미라는 눈앞에서 어떤 플레이가 펼쳐질지 두근두근 설레는 마음으로 지켜보기로 했다.

“아아…… 아아! 뭐냐…… 뜨거워…… 억제할 수가 없군!”

전투태세를 갖춘 라노아 일행과 유그스트가 2차전을 개시하려던 그때.

넘쳐나는 욕망으로 달아오른 유그스트가 힘차게 벌떡 일어났다.

“뭐냐…… 부족해, 부족하다!”

정력 증강제의 효과인지, 유그스트는 끝도 없이 커진 성욕으로 인해 전에 없이 흥분한 듯했다.

유그스트는 교태를 부리는 유녀들을, 자신이 바라던 것은 이게 아니라는 듯이 뿌리치기 시작했다.

(저 녀석이 무슨 소릴 하는 게야. 그 낙원이야말로 이상향일 터인데. 나 원, 이 몸이 대신 할 수 있다면 얼마나 좋을꼬.)

성욕이 최고조에 달한 상태로 저 많은 미녀들에게 둘러싸였건만 뭐가 불만이란 말인가.

남자에게는 최고의 전장이건만 부족하다며 배부른 소리를 하는 그의 태도에 미라는 분노하여 적의를 불살랐다.

그리고 그 타이밍에 미라와 유그스트의 눈이 마주쳤다.

욕망을 퍼부을 대상을 찾고 있던 유그스트의 눈이 무의식중에 짜증스러운 표정을 짓고 있던 미라를 포착한 순간이었다.

“그래, 너다. 아아, 미미…… 그 눈…… 좋구나! 그 몸을 지금 당장 맛보게 해다오!”

유그스트의 눈이 급격하게 욕망으로 물들더니 그 감정에 몸을 빼앗긴 듯 달려들었다.

조금 전에 있었던 일이 원인이었다.

유녀들과 1차전을 치르고 제 실력을 발휘하려던 때였다. 소악마적인 포즈로 유혹(?)하는 미라를 본 유그스트는 그 순간에 바로 매료되고 말았던 것이다.

그 상태로 정력 증강제를 먹고 성욕이 폭발하면 어떻게 될까. 당연히 가장 마음이 끌리는 미라에게 모든 것을 쏟아붓고 싶어질 수밖에 없다.

그 결과, 유그스트는 미라에게 다가갔다. 가장 기대되는 것은 마지막으로 미뤄두는 그의 미학은, 예상치 못했던 정력 증강제로 인해 날아가 버렸다.

심지어 유녀들하고는 1차전밖에 치르지 않은 탓에 성에 굶주린 괴물이 된 유그스트는 심신양면으로 두 시간은 무적인 상태다.

"안 돼, 미미, 도망쳐!"

그런 남자가 한 명의 소녀에게 욕망을 쏟아내면 어떻게 될까. 보나 마나 어제와 같은 참사가 벌어질 거라는 생각에 유녀들이 소리쳤다.

하지만 이 방에 달아날 곳은 없다. 유그스트의 표적이 되면 결국 철저하게 희롱당할 운명만이 기다릴 뿐이다.

유그스트는 미라에게 달려들어 그대로 바닥에 자빠뜨렸다. 그리고 다음 순간, 그 손으로 미라의 가슴께를 노출시켰다.

"자아, 잡았다. 아아…… 이다지도 아름다울 수가."

미라의 맨살을 본 유그스트는 유열로 가득한 미소를 지은 채 군

침을 삼켰다. 욕정으로 가득한 그 눈에는 미라의 고혹적인 몸 밖에 보이지 않았다.

한편, 미라는 유그스트의 아래에 깔린 상태로도 호시탐탐 기회가 오기를 기다리며 그의 시선이 자신의 몸을 훑는 걸 참고 있었다.

"아아…… 더는 못 참겠군!"

결국 흥분이 정점에 달한 모양이다. 유그스트는 그대로 미라의 몸을 덮치는 듯한 자세로 입을 가져다 댔다.

하지만 직후에 유그스트의 움직임이 멈췄다.

"어이쿠, 정말 귀여운 저항이군. 하지만 그래서 더더욱 흥분돼!"

다가오는 유그스트를, 미라는 거부하듯 두 손으로 떠밀었다. 곁에서 보면 무력한 소녀의 마지막 저항처럼 보였다.

그리고 그것이 유그스트의 욕망에 더더욱 불을 지폈다.

"자아, 그 가녀린 팔로 얼마나 버틸 수 있을까……."

성인 남성의 몸과 소녀의 가녀린 팔. 어느 쪽이 이길지는 불을 보듯 뻔하다. 따라서 유그스트는 서서히 힘을 주어 자신의 입을 다시 미라의 가슴으로 가져가려 했다.

유그스트의 표정은 사냥감을 노리는 짐승이 아니라 희롱하는 자의 그것으로 변해 있었다. 천박한 미소를 지은 채, 미라의 맨살을 욕정 가득한 눈으로 쳐다보고 있다.

"미미――!"

"안 돼, 도와줘야 해――!"

아무리 임금님의 마음에 든 그녀들이라 해도 거스르면 무사하지 못할 거다. 하지만 이대로 가면 신입이 또 장난감처럼 너덜너

덜해질 거라는 생각에 유녀들은 떨치고 일어났다.

그에는 상당한 각오가 필요했을 거다. 그만큼 그녀들은 다정하고 동료를 아끼는 것이리라. 하지만 그 때문에 그녀들이 임금님에게 어떤 벌을 받게 될지는 짐작도 되지 않았다.

그러나, 그런 걱정은 할 필요가 없었다.

"흠, 완벽한 자세로군."

힘으로 덮치려 하는 유그스트의 몸을 두 손으로 떠받치며 미라는 눈웃음을 지은 후, 입술을 치올려 웃었다. 완전히 회피가 불가능한 상태가 되었다고 생각하며.

"뭐――?!"

미라가 겁에 질린 듯한 표정을 짓고 있던 조금 전과 달리 대담한 미소를 지어 보이자 유그스트는 다소 당황했다.

그 직후――

【선술 · 지 : 절파포장 · 쌍타】

단숨에 마나가 고조됨과 동시에 미라의 두 손에서 무자비한 충격파가 솟구쳤다.

극한까지 집약된 그 파괴의 힘은 가차 없이 유그스트를 꿰뚫고 강렬한 충격음과 함께 그 몸을 천장에 처박았다.

순간, 격렬한 진동으로 방 전체가 요동쳤다. 또한 경보 같은 소리가 울렸다. 분명 술식에 반응한다는 방음 장치류가 이곳에도 설치된 것이리라.

그리고 아주 잠시 후, 천장을 깨고 박혀 있던 유그스트의 몸이 뚝 떨어졌다.

그야말로 인정사정없는 일격이었다. 즉사만 하지 마라는 생각으로 날린 일격이다.

본래 마수급조차도 무사하지 못할 술식이다. 하지만 그것을 정통으로 맞았음에도 유그스트는 휘청대며 일어났다.

"호오…… 튼튼하구먼. 그나저나 어째 약화된 듯한 기분이 들었는데, 뭐였지?"

대체 뭐가 원인이었을까. 술식은 본래의 위력에 크게 못 미쳤다. 하지만 미라는 그럼에도 전혀 초조해 하지 않고 일어나 유그스트를 바라보았다.

풀어 헤쳐진 기모노의 옷깃을 바로잡으며 미라는 미소를 띤 채 상대와 마주했다.

유그스트는 조금 전의 일격으로 냉정함을 되찾은 것인지 얼어붙을 듯 차가운 눈빛을 미라에게 보내고 있었다.

"과연…… 지금까지의 침입자는 신입인 척만 하는 계집들이었건만, 이번에는 아주 제대로 변장을 했군."

그 눈빛이 바로 '이라 무에르테'의 일원으로서의 그것이리라. 한낱 변태에 불과한 듯한 분위기는 자취를 감추고 냉혹한 목소리와 기운이 그 자리를 대신하고 있었다.

"뭐야…… 무슨 일이야?"

"어? 미미……?"

귀여운 신입인 줄 알았던 미미가 유그스트를 노리는 자객이라는 정체를 드러냈다.

순식간에 상황이 뒤바뀐 탓인지 유녀들은 당황했다. 하지만 상황 판단 능력이 좋은 그녀들은 신입이 임금님을 노리고 온 자객이라는 사실을 알아챈 듯했다.

하지만 유그스트는 큰손이지만 여러모로 문제가 많았던 탓에 누구 편을 들어야 할지 망설이는 눈치였다.

그러나 그러는 동안에도 상황은 움직였다.

"어정쩡하게 끝마치게 해서 미안하다만, 얌전히 있어주겠느냐."

"너야말로 얌전히 있어라. 제압하고 실컷 귀여워해 줄 테니!"

"흥, 제압되는 건 그대 쪽이다. 뭐어, 이 몸은 귀여워해 줄 생각이 없다만!"

두 사람은 눈싸움을 벌이다가 아무런 전조도 없이 동시에 움직였다.

양쪽 모두 무기는 없다. 자세를 낮춘 유그스트는 마치 코끼리 같은 힘으로 바닥을 차서 몸을 날렸다.

그 움직임은 결코 빠르지 않았다. 하지만 확실하게 미라에게 육박하고 있었다.

(뭔가, 정체 모를 박력이 느껴지는군그래…….)

내딛는 한 걸음 한 걸음에서 유그스트의 흔들리지 않는 자신감이 느껴진다. 그것을 느낀 미라는 잽싸게 정면에 다크나이트를 소환했다. 그러자 다시 경보가 울렸다.

다크나이트가 즉시 요격에 나서 흑검을 내리쳤다. 하지만 유그스트가 그대로 달린 것만으로 다크나이트는 파괴되고 말았다.

그것은 평범한 걸음이 아니었다. 강인한 하체에 의한 한 걸음의 무게와 철저하게 단련한 육체가 자아낸 '기술'이었던 것이다.

지금의 유그스트는 질주하는 열차와도 같다. 그 파괴력은 다크 나이트뿐 아니라 홀리나이트라 해도 막아낼 가능성이 낮다.

게다가 걱정거리는 그밖에도 있었다.

"흐음…… 역시 강도가 떨어졌군."

덤벼드는 유그스트를 '미라지 스텝'으로 피한 후, 미라는 측면에서 온힘을 다해 선술 '연충'을 박아 넣었다.

직격하면 상당한 부상을 입고도 남을 일격이었지만 상대는 약간 몸이 뒤로 넘어갔을 뿐이었다.

"언제까지 도망칠 수 있을까."

유그스트는 잠시 멈춰서더니 입가를 일그러뜨려 웃었다. 차가운 눈빛에 극도로 사디스틱한 일면이 더해진 그 표정은 악당 정도가 아니라 악마 그 자체로 보일 정도였다.

"그나저나 어째 술식의 상태가 좋지 않은 듯한데, 어찌 된 일인지 아느냐?"

미라는 그런 유그스트를 향해 떠오른 의문을 그대로 물었다.

어째 술식의 효과가 약해진 것 같다고 미라는 느끼고 있었다. 발동했을 때의 느낌이 이전과 명백하게 달랐던 것이다.

모종의 장치가 있는 게 틀림없다고 미라는 예상했다.

"글쎄, 어째서일까."

유그스트는 그렇게 말하며 씩 웃었다. 그런 걸 알려줄 것 같으냐고 말하는 듯한 미소다.

당연한 일이다. 하지만 그에 대한 답변은 다른 방향에서 들려왔다.

"그건, 이 방에 설치된 결계 술구 때문이야."

그 목소리는 라노아의 것이었다. 불과 조금 전까지만 해도 알몸이었던 그녀가 지금은 옷을 입고 있었다.

꽤나 담력이 있는지 다른 유녀들과는 달리 갑자기 시작된 미라와 유그스트의 전투를 보고도 동요한 낌새가 없었다.

심지어——

"그 효과는, 술식에 반응해 소리를 냄과 동시에, 구축되는 술식의 마나 농도를 반감시키는 거고."

유그스트가 밝히지 않은 사실을 낱낱이 밝히기까지 했다.

"라노아, 어디서 그런 이야기를……."

결계 술구. 그 존재는 아무에게도 알려주지 않은 비밀인 듯했다. 유그스트는 놀라움과 의문이 뒤섞인 표정으로 그녀를 쳐다보았다.

그러자 라노아는 고개를 갸웃하더니 새침하게 "어디였을까"라고 말하더니 희미한 미소를 지었다.

"아무래도 너도 나중에 귀여워해 줄 필요가 있을 것 같군. 각오해둬라, 모조리 다 불게——."

라노아에 대한 불신감. 유그스트는 나름대로 가지고 있던 애정이 그대로 분노로 바뀐 듯했다.

하지만 그러던 도중.

"——해주즈아으아악!"

말을 하던 중에 참으로 우스꽝스러운 소리를 내며 호쾌하게 날아갔다.

“어허, 한눈을 팔면 쓰나.”

미라가 당당하게 기습을 하고서 대담한 미소를 지어 보였다. 라노아에게 정신이 팔려있던 유그스트의 얼굴에 있는 힘껏 날아차기를 먹인 것이다.

“적당히 봐줬더니, 기어오르는군…….”

그럭저럭 먹혀들었는지 일어선 유그스트는 입가에서 약간의 피를 흘리며 전에 없이 농밀한 살기를 내뿜기 시작했다.

방금 말한 대로 지금까지는 봐줬던 모양이다. 하지만 지금의 일격으로 유그스트의 분노에 불이 붙은 듯했다. 그가 두른 기운이 지금까지와는 명백하게 달라지고 있었다.

〈14〉

(투기를 두르기 시작한 것 같군…….)

투기는 전사 클래스가 사용하는 힘이다. 그것을 고조시키고 빚어내면 여러 가지 '투술'이라는 기술을 쓸 수도 있었다.

또한 온몸에 둘러 기초 능력을 강화하는 것도 가능하다.

유그스트는 상당한 고수로 보였다. 본래 술사는 육안으로 볼 수 없는 투기가 눈에 보일 만큼 농밀하게 중첩되어 그의 몸을 뒤덮어 나갔다.

투기의 갑옷으로 완전 무장한 지금의 유그스트에게 조금 전과 같은 날아차기는 먹히지 않을 거다.

"그 팔다리를 분지르고 나서 귀여워해 주마."

유그스트에게서 뿜어져 나온 힘은 위압감이 되어 보는 이들을 위축시켰다.

유녀들은 그 자리에 주저앉아 몸을 떨었다. 라노아 역시 꿋꿋하게 버티고는 있지만 눈에 약간의 초조함이 떠올라 있었다.

그녀들의 반응으로 미루어 유그스트가 싸우는 모습을 보인 건 처음인 듯했다. 그냥 돈 많은 변태가 아니었음을 뼈저리게 느낀 듯한 표정이다.

하지만 마주한 미라는 아주 태연한 얼굴로 옅은 미소까지 띠고 있었다.

(좋구나, 좋아. 술식의 효과가 반감된다면 지나치다 싶은 술식

도 실험해볼 수 있다는 뜻이니……!)

미라는 조금 전까지의 유그스트를 그럭저럭 실력이 있는 고수 정도로 인식했다.

하지만 투기를 두르고 완전한 전투태세에 돌입한 그는 달랐다.

조금 전까지도 충분히 튼튼했지만 투기를 둘렀으니 분명 그를 능가할 거다. 그렇다면 지금의 그는 절호의 실험대인 셈이다.

생각지 못한 곳에서 실험 기회를 발견하자 미라는 몹시 신이 나기 시작했다.

"그대야말로 박살 나지 않도록 조심하거라. 소환술의 미래를 위해서 말이야!"

그렇게 말하는 미라의 표정은 광기에 물들어 있어서, 유그스트와는 다른 의미로 악마처럼 보이기 시작했다.

"네놈에게는 절망부터 가르쳐주도록 하마."

"그대는 희망의 양식이 되어주어야겠다."

서로 마주 보고 눈싸움을 벌인 끝에, 싸움의 막이 올랐다.

먼저 움직인 것은 유그스트였다. 투기로 인해 격상된 신체능력은 초인적이라 속도도 힘도 상급 모험가의 그것을 웃돌았다.

그런 신체능력으로 내지른 기술은 그야말로 일격필살의 것이라 해도 과언이 아니었다.

하지만 미라는 몇 번이나 날아든 유그스트의 공격을, 타워 실드를 부분 소환해 막아냈다.

하지만 술식의 효과가 반감된 탓에 강도가 떨어졌다. 따라서 유그스트의 주먹에 박살났지만 문제는 없었다.

미라는 방어가 아니라 시선 교란용으로 사용하고 있었기 때문이다. 유그스트의 시야에서 사라져 잽싸게 돌아들어서 반격하는 것이다.

하지만 상대도 그렇게 쉽게 맞아주지는 않았다. 꽤나 감이 좋은지, 미라의 날렵한 움직임에 다소 늦게 반응했음에도 모든 공격을 막고 피했다.

또한 그뿐 아니라 서서히 적응해서 카운터까지 날리기 시작했다.

심지어 그 정확도는 점점 올라서 살짝이기는 해도 미라의 옷을 스쳤다.

(상당한 수준의 무투가로군. 같은 수법은 안 통하려나——.)

미니스커트 기모노는 옷깃 부분부터 크게 찢어져, 속살을 전혀 감춰주지 못하는 상태가 되어 있었다.

하지만 미라는 전혀 개의치 않고 그 상태 그대로 다시 자세를 잡았다.

(——허나, 메이린 정도는 아니야.)

십여 차례 주먹을 섞고서 미라는 유그스트를 그렇게 평가했다.

하지만 그것은 격투전을 주축으로 하는 메이린과 겨뤄본 경험이 많았던 미라이기에 가질 수 있는 판단 기준이었다.

정면승부부터 꼼수까지, 온갖 전법을 구사하는 메이린에 비해 기동성과 완력뿐인 유그스트는 대처하기 쉬운 상대였다.

미라는 기동성을 살려 날리는 유그스트의 필살의 일격을 몇 번이나 피했고, 빈틈이 보이면 반격했다.

그러나 유그스트도 호락호락하게 당하지는 않았다. 신출귀몰

하는 흑검을 부수는 것은 물론이고 팔로 참격을 막아내 보이기도 했다.

술식의 효과가 반감되었다고는 해도 흑검의 예리함은 상당한 수준이다. 그것을 팔로 막아낼 만큼 그가 두른 투기의 갑옷이 엄청나다는 뜻이었다.

"정말이지 정신없게도 움직이는군. 하지만 슬슬 그 움직임에도 적응이 됐다."

몇 장째인지 모를 타워 실드를 발차기로 부수고서 유그스트가 그런 말을 입 밖에 내더니 몸을 돌려 오른팔을 내질렀다.

타워 실드 뒤에서 유그스트의 사각으로 파고들던 미라는 순간적으로 그 자리에서 도약해 물러났다. 그러자 원래 있던 장소를 중심으로 주변에 있던 것들이 날아갔다.

"어이쿠, 제법이로군그래."

전사 클래스의 기술 중에서도 상위에 속하는 '원거리 타격'의 일종이다. 그 위력과 숙련도는 결코 얕잡아볼 수 없을 듯했다.

"피했나. 뭐 됐다, 다음엔 확실하게 맞춰주마."

자세를 바로잡는 유그스트의 표정에는 냉정함이 돌아와 있었다. 격렬한 투기의 유동으로 기초대사가 활성화되어 정력 증강제의 성분도 자정 작용으로 사라진 듯했다.

그 때문에 전투 개시 전보다 움직임을 예측하기 어려워졌다.

"다음이라. 그럼 이 몸도 다음으로 끝내도록 할까."

도전을 받아주겠다는 듯이. 미라는 도발적인 미소를 지어 보였다.

유그스트는 그 노골적인 도발에 코웃음을 치고서 천천히 두 다리에 힘을 주었다.

미라는 유그스트의 움직임을 주의 깊게 살피며 여섯 기의 홀리 나이트를 소환해 전위에 세웠다. 그 위압감과 존재감은 상당했다.

미라와 유그스트는 조용히 서로를 노려보았다.

그리고 그 균형은 찰나의 순간에 깨졌다. 유그스트가 아무런 예비 동작도 없이 몸을 날린 것이다.

마치 초기 동작 부분이 누락된 듯 보이는 힘찬 도약이다. 그 폭발적인 가속으로 그의 몸 자체가 포탄이 되었다.

그리고 홀리나이트 여섯 기가 그에 맞섰다. 그것은 반사적이라 할 만한 속도로 벽을 이루어 유그스트의 앞을 막아섰다.

이번에는 부분 소환이 아니라 본체를 포함한 여섯 개의 타워 실드다. 반감되었다고는 해도 연계하는 여섯 기의 방어력은 철벽과 같다 해도 과언이 아니었다. 상급 마수라 해도 쉽게 돌파할 수 없을 정도다.

그러나 전력을 다한 유그스트의 돌격력은 상상을 초월했다.

유그스트가 돌격하자마자 여섯 기의 홀리나이트가 튕겨 나간 것이다.

묵직하게 버티고 있던 홀리나이트 여섯 기가 모두 간단히 돌파당했다. 그 모습은 마치 폭주열차를 보는 듯해서, 유그스트의 전력을 다한 기술의 위력을 실감케 했다.

(호오, 멈칫거리지도 않다니.)

생각 이상의 위력에 미라는 놀랐지만, 그대로 충돌하기 전에 한 장의 타워 실드를 양측의 사이에 소환했다. 시선 교란용이다.
"잔재주를 부리는군!"
그 타워 실드 앞에서 유그스트가 오른손을 움켜쥐었다. 그리고 그 주먹을 타워 실드에 처박으려던 순간.
"아니, 거기다!"
타워 실드에 다다르기 직전에 손을 멈추고는 잽싸게 몸을 날려 다른 방향으로 다시 주먹을 내질렀다.
순간, 투기가 부풀어 올라 주먹에서 파괴의 격류가 터져 나오더니 더없이 요란한 진동과 굉음이 일었다.
"제대로, 맞았군."
유그스트는 입가를 일그러뜨려 웃었다. 확실히 직격했다 생각하며.
그 판단은 무술가로서의 감각과 경험——이 아니라 소리에 의한 것이었다. 울리는 소리 중 벽이 깨지는 소리 이외의 것이 섞여 있는 것을 유그스트는 알아챈 것이다.
하지만 그 소리에만 귀를 기울인 탓에 반응이 다소 늦어졌다. 그보다는 그 소리의 정체가 무엇이었는지에 더 주의를 기울여야 했다.
"음, 괜찮은 일격이로구나!"
그런 말과 함께 나타난 미라는 유그스트의 등에 살며시 손을 가져다 대며 칭찬의 말을 보냈다. 속도도 위력도 반응속도도 근사했다면서.
미라는 타워 실드의 뒤에서 움직이지 않았다. 지금까지 해왔던 것처럼 시선 교란용으로 삼아 어딘가로 이동한 척을 한 것이다.

"뭣——?!"

그의 입장에서 그것은 예상치 못한 방향에서 들려온 목소리였으리라. 갑작스레 찾아온 위기에 놀라움과 초조함으로 물든 얼굴을 하고서 그 자리에서 물러나려 했다.

하지만 그 반응도 한발 늦었다.

【무장 소환 : 프리즌 프레임】

미라가 행사한 그 소환술은 지금까지의 것들과 달랐다. 그것은 자신이 아니라 타인에게 무구 정령의 갑옷을 주기 위한 것이었다.

그렇다, 미라는 유그스트에게 비장의 갑옷을 주었다.

하지만 이번 무장 소환에는 평범한 것들과 다른 부분이 하나 있었다.

"큭…… 뭐냐, 이건……?! 움직, 일 수가, 없다……?!"

그것은 관절부의 가동 영역을 없애버린 갑옷이었다. 더불어 장갑도 최소화하고 소환술에 부여되는 방호 효과도 해제한 특제 갑옷이다.

"흠…… 예상했던 것보다 훨씬 효과적인 듯하군."

몸부림치는 유그스트의 말을 무시하며 미라는 술식의 완성도를 차분히 평가했다.

마치 구속구 같은 갑옷이라 겉모습은 다소 볼품없었다. 하지만 구속을 위해 조정한 그것은 유그스트의 폭발적인 완력으로도 그 자리에서 파괴할 수 없는 듯했다.

"이제 소환 범위 내에서의 행사가 가능하게 되면 더할 나위 없을 텐데 말이지."

끝내주는 효과라며 그 완성도에 기뻐하던 미라는 딱 한 가지가 아쉽다며 중얼거렸다.

무장 소환은 자신에게만 행사 가능한 술식이었다. 따라서 타인에게 입히려면 조금 전과 같이 접촉을 해야만 했다.

멀리 떨어진 곳에서 구속하는 식으로 사용할 수는 없는 것이다.

"대체 어떻게 그곳에…… 분명 소리가 들렸는데……!"

몸부림을 치려해도 그럴 수 없자 유그스트는 분해하며 그렇게 물었다.

소리. 유그스트는 분명히 들린 소리를 통해 미라의 움직임을 파악했다.

몇 번이나 충돌하며 그는 미라가 타워 실드의 뒤편에서 사라질 때의 소리를 파악했던 것이다.

사라진 듯 이동하는 '축지'라는 선술사의 기능은 고속 이동인 탓에 당연히 가속 돌입시와 종료시에 발소리가 발생한다.

유그스트는 그중에서도 종료시의 소리에 주의를 기울여 미라가 어디로 이동했는지를 파악하는 데 성공했다. 그것이 처음에 '원거리 타격'을 날렸을 때의 일이다.

그리고 그의 예상은 보기 좋게 적중하여 이렇게 되기 직전에도 또렷한 발소리를 들었다. 또한 '원거리 타격'의 타격감도 느꼈다.

하지만 미라는 생각지 못한 곳에서 나타났다.

그렇기에 유그스트는 도저히 이해가 안 된다는 투로 소리쳤다. 그것은 패배를 인정하지 않으려는 모습처럼 보이기도 했지만, 그는 승리를 자신했기에 이유가 궁금한 듯했다.

"흠, 굳이 알려줄 필요는 없겠다만…… 특별히 말해주도록 하마——."

어떠한 전술을 세웠는지, 그것을 상대에게 알려줄 필요는 없다.

하지만 미라는 유녀들을 흘끔 쳐다보고서 그렇게 답했다.

그녀들은 톱클래스의 유녀다. 분명 이름난 모험가들과도 인연이 있을 거다. 그렇다면 언젠가는 이번에 벌어진 싸움을 화제로 삼을지도 모른다.

그렇게 생각한 미라는 소환술에는 이런 사용법도 있다는 점을 특히 강조하여 말했다.

"그때 그대가 소리를 알아챘다는 사실을, 이 몸도 알아챘다. 아닌 게 아니라 그걸 간파하려면 기본적으로 소리를 들어야 하니 말이야——."

미라는 유그스트에게…… 아니, 유녀들을 향해 그렇게 이야기했다.

소리를 통해 '축지'를 간파하는 것은 미라와 같은 이들에게 상식이었다.

그리고 그렇기에 여러 가지 페인트 기술도 생겨났다.

"이 몸은 그저, 이렇게 발소리를 낸 것뿐이다. 그러고서는 타이밍을 맞춰서——."

타워 실드 뒤에서 미라가 한 일은 '축지'의 돌입시와 비슷한 발소리를 낸 것뿐이다. 그리고 그다음에 본격적으로 소환술을 응용했다고 강조하여 설명한 후, 그것을 재현해 보였다.

"방금 그 소리는…… 하지만 어떻게……."

슥── 이라는 작은 소리가 방구석 쪽에서 들려왔다. 하지만 그곳에는 아무것도 없어서 유그스트는 더더욱 당황했다.

유녀들 역시 두 사람의 대화를 좇아 그쪽을 보더니 두 번, 세 번, 아무것도 없는 장소에서 계속 소리가 나자 불안한 표정을 지었다.

"답은, 이거다."

미라는 이게 해답이라는 듯이 그 정체를 밝혔다.

다크나이트다. 그렇다, 미라는 스텔스 상태로 대기시켜 두었던 다크나이트를 사용해 발소리를 위장했던 것이다.

가속 돌입시의 발소리를 낸 후, 다크나이트를 이용해 종료시의 발소리를 연출한다. 그 결과, 유그스트는 종료시의 발소리가 난 곳에 일격을 날려 다크나이트를 격파한 것이다.

그가 느낀 것은 미라가 아니라 다크나이트를 친 타격감이었다. 그리고 그 차이를 알아채기 전에 미라에게 구속된 것이다.

"설마, 어느새……── 아니, 그렇군, 그때, 하얀 녀석을 여섯 기 소환했을 때 준비한 거야. 그렇지?"

대체 스텔스 상태의 다크나이트는 언제부터 그곳에 있었을까. 유그스트는 그 답에 관해 생각했고, 이내 알아챘다.

술식을 사용하면 경보가 울리는 이 방에서 몰래 사전 준비를 하기는 어렵다. 그렇다면 하나의 술식에 반응하는 동안 또 하나를 몰래 행사하면 그만이다.

"음, 바로 보았다. 소환술은 소환 지점을 먼 곳으로 지정해두고 정면에 의식을 묶어둔 상태로 측면에서 기습을 노리는 식으로도 쓸 수 있다!"

계속해서 미라는 유그스트가 아닌 유녀들을 향해 해설했다.

홀리나이트 여섯 기를 소환한 것은 유그스트의 공격을 막기 위해서가 아니라 그 후의 작전을 실행하기 위한 포석이었다.

홀리나이트 여섯 기의 위압감은 상당하다. 그렇기에 누구 할 것 없이 그쪽을 의식할 수밖에 없다.

그렇게 미라가 소환술의 근사함에 관해 설파하자 유그스트가 문득 큭큭, 하고 웃기 시작했다.

"과연, 그런 식으로 쓰는 방법도 있었나. 그래, 알았다. 기억했다. 하지만 두 번은 안 통할 거다."

끙끙대던 좀 전과 달리 유그스트는 갑자기 대담한 미소를 짓더니 "강의는 잘 들었다. 그럼, 이번엔 내 차례로군"이라고 말을 이었다.

직후, 유그스트에게서 단숨에 투기가 흘러넘쳤다. 놀랍게도 조금 전보다 더욱 농후한 투기가 유그스트를 감싸기 시작했다.

"이 정도로, 나를 잡았다고 생각하나? 이 정도로 나를 잡을 수 있다고, 생각했나? 물러터졌군!"

투기를 다루는 데 있어 유그스트는 천재라 할 수 있었다. '프리즘 프레임'은 강고한 구속구지만 모든 투기를 근력으로 변환한 유그스트는 압도적인 힘으로 억지로 구속을 풀려고 발버둥 치기 시작했다.

"호오…… 설마 이 정도일 줄이야."

그 완력은 놀라울 정도라 구속구에 균열이 가기 시작했다. 십초 정도만 있으면 그는 구속을 깨뜨릴 것이다.

유그스트가 숨기고 있던 힘은 그만큼 방대했다.

"그런데 이 술식은 아직 실험 단계라 말이다, 아직 이름이 정해지지 않았다."

하지만 미라는 지극히 냉정한 투로 그런 소리를 한 후, 미소를 띤 채 "뭐, 딱 맞는 후보가 하나 있기는 하지만"이라고 하고서 환희에 찬 눈빛으로 말을 이었다.

"아이언 메이든이라는 이름은, 어떨 것 같으냐?"

거의 구속을 깨기 직전이었던 유그스트의 눈에, 마치 처형 도구처럼 보이는 대형 망치가 보였다. 그것이 허공에, 심지어 무수히 많이 나타났다.

"이봐…… 잠깐――."

그 광경을 보고 유그스트는 무언가를, 자신의 운명을 깨닫고 입을 열었다. 하지만 그 목소리는 누구에게도 닿지 않았다.

그칠 줄 모르는 방범 장치의 경보음 사이로, 무언가를 둔기로 때리는 충격음이 하염없이 울려 퍼진다. 그리고 괴로움에 찬 유그스트의 비명과 용서를 구하는 목소리는 그 소음들에 묻혔다.

15

“어떠냐, 아이언 메이든. 딱 어울리는 이름 같지 않으냐? …… 어이쿠, 이젠 안 들리겠군.”

20초 후, 흠씬 두들겨 맞은 유그스트 앞에 서서 미라는 고개를 절레절레 흔들었다.

구속된 상태로 백 발 이상의 철퇴를 맞은 유그스트는 살아있는 게 용한 상태였다.

온몸에 타박상을 입고 퉁퉁 부어, 잘생긴 얼굴은 흔적도 찾을 수 없었다.

미라가 힘 조절을 잘한 것인지, 아니면 유그스트가 튼튼했던 것인지. 이럼에도 치명상이라 할 만한 상처가 하나도 없다는 점이 놀라울 따름이다.

“미미……? 너, 대체 뭐니?”

유녀들은 갑자기 시작되어 갑자기 끝난 전투를 보고 쩔쩔매고 있었지만 그중 한 명이 결심을 굳히고 말을 걸어왔다.

소녀의 몸으로 미디트리아 제일의 거물인 임금님── 유그스트를 철저하게 때려눕혔다.

그런 일을 해낸 소녀는 대체 무엇일까. 그런 의문이 떠오르는 건 당연한 일이었다.

“흠, 그것은 말이다──.”

그에 반해 미라는 이곳에 오기 전에 써먹었던 설정을 다시 한

번 입 밖에 냈다. 신입 유녀로 위장했지만, 자신은 이 도시의 치안을 비밀리에 수호하는 비밀 풍기 위원회에서 온 자라고.

"이 남자의 행위가 문제시되고 있어서 말이다, 숙청하러 온 게다. 그대들의 일을 빼앗게 된 점은 미안하다만, 용서해주면 고맙겠구나."

거짓말을 늘어놓으면서도 미라는 끝에 사과를 덧붙였다.

유그스트가 유녀들을 상대로 수많은 문제를 일으켜 왔다는 것은 누구나 아는 사실이지만 이곳에 있는 그녀들에게는 수입의 큰 부분을 차지하고 있는 굵직한 손님이다.

이번 일은 그걸 뺏는 것이기도 하니 원망을 사도 어쩔 수 없다고 생각했다.

하지만 그녀들의 반응은 미라가 상상했던 것과 상당히 달랐다.

"그런 말 마, 미미!"

"응응, 정말 잘 와주었어."

"드디어 해방이야!"

"이 녀석, 독점욕이 너무 심해서 난감했거든."

그녀들이 미라에게 보낸 것은 감사와 칭찬의 말이었다.

듣자 하니 아무래도 유그스트는 이곳에 있는 유녀들 중 대부분에게 전속 계약을 강요했다는 듯했다.

그 내용은 계약 요금을 치르는 대신 다른 손님은 받지 않고 언제든 호출에 응할 것이라고 한다.

계약 요금은 파격적인 액수라 몇 년 일하면 평생 놀고먹을 수 있을 정도였다.

그러나 임금님의 온갖 억지스러운 행위에 어울려줘야 할뿐 아니라 상당히 높은 빈도로 불러내서 사생활이고 뭐고 없었다며 아주 넌더리를 냈다.

"비밀 조직이 몇 개 있다는 소문은 들었지만, 그런 조직도 있었구나."

"덕분에 겨우 쉴 수 있겠어."

"한두 달 정도는 쉬어버려야지~."

유녀들은 드디어 계약에서 풀려났다며 매우 기뻐했다. 잔뜩 들떠서 오늘은 다 같이 파티라도 하자는 소리까지 하기 시작했다.

조금 전 대화에서 잠깐 언급된 비밀 조직의 존재. 그러고 보니 샐리도 그런 소문을 들어본 적이 있다고 했었지, 라는 생각을 미라가 하고 있던 그때.

"어라? 라노아, 어디 갔다 왔어?"

문득 그런 소리를 한 유녀의 시선을 좇아 돌아보니, 입구 근처에서 돌아오는 라노아의 모습이 있었다.

그러고 보니 유그스트를 두들겨 팬 후. 쩔쩔매는 유녀 중에 라노아의 모습이 없었던 것 같다는 생각이 들었다.

또한 동시에 이 방에 설치된 결계 술구에 관해 알려준 것도 그녀라는 사실이 생각났다.

게다가 라노아가 그 말을 했을 때 보인 유그스트의 반응으로 미루어, 그것은 본래 그녀가 알 리가 없는 정보였을 것으로 추측된다.

대체 어디서 그걸 알아낸 걸까. 미라는 라노아에게서 다른 유녀들과는 조금 다른 무언가를 느끼고 생각했다. 혹시 라노아야말로 진짜——.

"잠깐 밖에서 경비원들을 쫓아내고 있었어. 그만큼 몇 번이나 방범 장치가 울렸잖아. 일단, 임금님이 또 무모한 놀이를 시작했다고 설명했더니, 납득하고 돌아가 줬어."

라노아는 아무 일도 없었다는 표정으로 그렇게 답했다.

듣고 보니 한참 동안 경보가 울렸더랬다. 무슨 일인가 하고 경비원들이 쇄도해도 이상할 게 없을 정도였다.

하지만 지금 그렇게 되지 않은 것은 라노아가 그런 사태를 예상하고 미리 행동해준 덕분이었다.

그러자 유녀들은 그녀에게 아주 절찬을 쏟아냈다.

"그렇구나, 맞아, 쉴 새 없이 울렸잖아."

"고마워, 라노아! 역시 라노아야!"

"그 녀석들 중 절반은 임금님의 사병이나 다름없으니까…… 들이닥쳐서 이 상황을 봤으면 어떻게 됐을지."

유녀들은 그러한 말을 나누며 잘됐다며 안도했다. 그 대화의 내용으로 미루어, 아무래도 이 도시의 경비병 중 절반은 유그스트의 뇌물을 받은 모양이다.

그런 자들이 이 현장을 봤다면 어떻게 됐을까. 보나 마나 아주 난리가 났을 거다.

그렇게 됐다면 모처럼 임금님을 혼쭐내줬음에도 불구하고 미라가 범인으로 붙잡혔을지도 모른다.

그래서 경비원들을 또 상대했을 경우, 느긋하게 목표물을 찾을 수도 없었을 거다.

(저토록 냉정하게 움직이다니…… 역시 보통내기가 아닌 듯하군.)

명백하게 다른 이들과는 뭔가가 다르다. 그렇게 느낀 미라는 유녀들과 함께 들뜬 투로 오늘 파티는 어떻게 할까 이야기하는 라노아를 바라보았다.

하지만 그렇게 모두와 웃음을 주고받는 그녀에게서는 이상한 점이 보이지 않았다.

단순히 기지와 냉정함, 그리고 배짱을 겸비한 것뿐일까.

그런 생각을 하며 문득 시선을 돌린 미라는 유그스트의 무참한 모습을 발견하고는 또 하나의 중요한 목적을 위해 다가갔다.

이곳까지 온 목적은 '이라 무에르테'의 최고 간부인 유그스트를 체포하는 것뿐이 아니다. 그가 지닌 특별한 술구를 입수하는 일도 중요했다.

그것은 '이라 무에르테'의 보스가 있는 장소를 특정하는 데 필요한 네 개의 조각 중 하나다.

이걸 찾기 전에는 임무를 완료했다고 할 수 없다.

하지만 미라는 순간 아차 싶은 눈으로 유그스트를 바라보았다.

(살짝 지나쳤나…….)

아주 마음 놓고 실험대로 써먹은 탓에 딴사람처럼 너덜너덜해진 유그스트는 어지간해서는 깨어나지 못할 상태였다.

일단 미라는 구속을 느슨하게 하고서 유그스트를 포박포로 둘둘 휘감았다.

그리고 수중에 있던 약을 써서 약간 회복시켜보았지만 정신을 차릴 낌새는 없었다.

이래서는 본인을 심문해서 술구의 소재를 알아낼 수가 없다.

참고로 갈로바에게서 캐낸 정보에 따르면 유그스트가 지닌 술구는 지도처럼 생겼다고 한다.

혹시나 하는 마음으로 미라는 유그스트가 침대 위에 팽개쳐둔 옷을 조사해 보았다. 하지만 지도는커녕 종잇조각 하나 나오지 않았다.

그 대신 알아챈 것이 있다. 그 옷에는 강력한 정령의 힘이 깃들어 있다는 것이다.

그렇다, 정령 무구였다. 유그스트가 이걸 입은 상태로 싸웠다면 전투가 좀 더 길어졌을 거다.

경우에 따라서는 이 방 전체가 날아가 버렸을 가능성도 있었다.

유녀 중 한 명으로 잠입하여 정사 도중에 전투로 몰고 간다. 그 작전이 완벽하게 들어맞았다는 생각을 하며 미라는 의기양양한 미소를 띤 채 그 옷에서 정령을 해방해주었다.

아무튼 그건 둘째 치고 다시 침대 주변을 살펴보았지만 지도로 보이는 것은 어디에도 없었다.

"으~음…… 난감하게 되었군."

물건이 물건인 만큼 간단히는 찾을 수 없을 거다. 경우에 따라서는 이 방이 아니라 다른 특별한 장소에 숨겨뒀을 가능성도 있다.

어떻게 찾으면 좋을까. 전갈한테 정신이 들게 하는 약이라도 받아둘 걸 그랬나── 따위의 생각을 하며 미라가 고민하던 때였다.

"왜 그래, 미미?"

유녀 중 한 명이 말을 걸어왔다.

돌아보니 몇 명이 침대 주변으로 다가와 있었다. 아무래도 옷을 입으려고 온 모양이다. 침대 주변에 널려 있던 그걸 주워 저마다 입기 시작했다.

그러던 중에 복잡한 얼굴로 끙끙대는 미라가 신경 쓰여서 말을 건 것이다.

또한 그녀의 옆에는 라노아도 있었다.

순간, 미라는 좋은 생각이 났다. 그녀는 유그스트가 비밀로 했던 결계 술구에 관해서도 알고 있었다. 어쩌면 지도가 있는 장소, 혹은 그러한 물건이 있는 곳을 알지도 모른다.

"사실 이 남자에게는 다른 용의도 있어서 말이다. 그 악행의 증거품을 회수해야만 한다만, 어디 숨겨두었는지 모르겠어서 난감한 참이었다. 그대들은 그러한 것을 숨겨둘 만한 장소를 아느냐?"

우선 미라는 중요한 부분에 관해서는 언급하지 않고 그렇게 말하고서 슬그머니 라노아의 반응을 살폈다.

"으음~ 악행의 증거라아……."

기억을 더듬는 유녀 옆에서 라노아도 "글쎄에"라면서 생각에 잠긴 표정을 지었다.

아무리 그녀라도 그것까지는 모르는 걸까. 라노아의 반응을 통해 그렇게 판단하려던 순간.

"아, 그 방 아니야?! 왜, 절대로 못 들어가게 한 방이 있었잖아?"

라노아가 아니라 기억을 더듬던 유녀가 뭔가 생각난 듯 소리쳤다.
그러자 그 소리를 들은 다른 유녀들도 무슨 일인가 하고 모여들었다.
"뭐야뭐야, 왜 그래?"
"그 방이라면, 거기? 아, 혹시 들어가 보려고?!"
"좋아, 찬성. 계속 궁금했거든!"
아무래도 유그스트가 절대로 누군가와 함께 들어가지 않은 방이 있는 모양이다.
그녀들의 이야기로 미루어 그 방은 이곳에 오는 도중에 보았던 각 시추에이션 룸 중 하나인 듯했다.
(……확실히 수상쩍기는 하지만, 과연 맞을까 하는 생각도 버릴 수 없군.)
이야기의 흐름상 그곳에 중요한 것을 숨겨두었을 가능성은 있다. 하지만 다른 이도 아닌 유그스트다. 그 변태성의 정수를 모은 궁극의 변태 플레이 룸일 뿐일 가능성도 충분히 있다.
조사해 봐야 하나 말아야 하나…… 미라가 채 결론을 내리기도 전에 유녀들이 빠르게 행동에 나섰다.
"가보자!"
궁극 변태 플레이 룸일지도 모른다는 생각보다 호기심이 앞선 걸까. 애초에 그건 문제라고도 생각지 않는 걸까. 라노아가 그렇게 말하자 유녀들은 입을 모아 "그러자!"라고 하더니 달려 나갔다.
(참으로 기운 넘치는 아이들이로구먼…….)
유녀들은 옷도 대충 입고 가버린 탓에 침대 주변에는 몇 사람의 속옷이 그대로 떨어져 있었다.

다시 말해서 저 중 몇 명은, 옷은 입었지만 노 팬티 상태라는 뜻이다.

그리고 때때로 그것은 알몸보다 끝내주는 효과를 발휘하기도 한다.

그런 그녀들의 스커트 속을 상상하며 미라는 일단 찢어진 기모노를 벗고 수중에 있던 간단한 원피스를 입은 후, 씩씩하게 그 뒤를 쫓았다.

"으~음…… 어떻게 할까아."

여러 가지 시추에이션 룸이 늘어선 복도. 그중 하나의 문이 열려 있기에 그리로 들어가 보니 그 방에는 문이 또 하나 있었다. 그리고 유녀들은 난감하게 됐다는 듯이 그 문을 쳐다보고 있었다.

"무어냐? 무슨 문제라도 있는 게야?"

망상에 젖어 있던 탓에 조금 늦게 도착한 미라는 무슨 문제냐고 물었다.

그러자 지극히 단순한 답이 돌아왔다. 유그스트가 절대로 못 들어가게 했던 방 안에 있는 또 하나의 문이 잠겨 있었던 것이다.

이 방이 아니라 이 안으로 가는 문에 자물쇠가 걸려 있었다. 그 말인 즉, 중요한 무언가가 이 안에 있다는 뜻이리라. 거기까지 생각하고서야 미라는 그녀들이 무엇 때문에 난감해하고 있는지를 알아챘다.

그렇다, 열쇠가 없는 것이다. 더불어 그 열쇠를 유그스트가 어디에 숨겼는지도 짚이는 바가 없는 눈치다.

이래서는 그 방을 확인할 수가 없다.

하지만 미라는 그다지 초조하지 않았다. 원래부터 열쇠가 없으면 부술 생각이었다.

분명 또 경보가 울리겠지만 그땐 또 라노아에게 대응해 달라고 하면 어떻게든 될 거라 생각했다.

"으~음…… 저 녀석, 열쇠를 어디 숨겼을까."

"캐물으려 해도 상태가 저렇잖아."

"차라리 부숴버릴까? 미미라면 할 수 있을 것 같지 않아?"

문 앞에서 유녀들이 생각에 잠겼다. 그러던 도중에 미라가 생각한 것과 같은 방법이 언급되었다.

그걸 계기로 미라가 '맡겨둬라'라고—— 대답하기 직전에 라노아가 중요한 사실을 말해주었다.

"아니, 부수지 않는 게 좋을 것 같아. 이곳에는 다른 곳과 다른 술구가 설치되어 있는 것 같으니까."

그 말에 모두가 돌아보자 라노아는 살며시 천장을 가리켜 보였다.

다 같이 위를 올려다보니 그곳에는 정체 모를 문양이 새겨져 있었다. 라노아의 말대로라면 그 역시 방범용 무언가일 거다.

문을 부수거나 하면 무슨 일이 일어날지 모른다.

다만 그렇게까지 해서 감추고 싶은 무언가가 이 문 안에 있다고 해석할 수도 있었다.

유녀들도 그렇게 생각했는지 큰일 날 뻔했다고 하며 더욱 흥분해서 의논하기 시작했다.

(이 문양은…… 술식을 해석해 보니 상당히 위험한 물건인 듯하군.)

미라는 그것을 본 순간 얼굴에 긴장감이 가득해졌다. 만약 그것이 발동되었다면 유녀들은 분명 무사하지 못했을 것이라고 확신할 수 있는 술식이 새겨져 있었기 때문이다.

또한 그것은 문을 억지로 열려 하면 발동하는 구조로 되어 있다는 것도 술식을 통해 알 수 있었다.

역시 이 앞에 있는 방에는 중요한 무언가가 있구나, 하는 생각에 미라 역시 기대가 커졌다.

하지만 지금은 그 문을 어떻게 열 것인가가 문제다.

(이 몸 혼자라면 어떻게든 될지도 모르지만…….)

자신 혼자라면 어떤 술식이 발동하건 막을 수단이 있다.

미라는 그렇게 생각했지만 연동되는 술식이 문 안쪽에도 설치되어 있으면 성가셔진다.

요컨대 다른 이의 손에 넘어갈 바에는 차라리…… 라는 방식의 증거 은멸일 수 있다. 그렇게 될 우려가 있는 이상, 지금은 올바르게 열쇠를 사용하여 문을 여는 게 하나뿐인 안전한 방법일 거다.

하지만 그 열쇠의 행방을 모르겠다.

미라는 어떻게 해야 하나, 하고 신음했다. 유녀들도 열쇠가 있는 곳을 알아낼 힌트가 없을지 유그스트의 행동을 떠올리며 이러쿵저러쿵 의논을 하고 있었다.

“저 옷장은?”

“의상밖에 없었을 거야.”

"역시 상황상 평소 우리가 손을 대지 않을 장소에 있을 것 같아."

그런 대화가 여러 차례 반복되던 중에.

"아, 그러고 보니 전에 그 사람이 이 방에서 나오는 걸 본 적이 있는데, 그 후 놀이를 시작하기 전에 저 벽 근처에 있는 작은 책상에서 뭔가를 했던 것도 같아……."

방금 기억났다는 듯이 라노아가 그런 소리를 했다.

이 방에서 나온 후에는 분명 문을 잠갔을 거다. 그렇다면 그때는 열쇠를 소지하고 있었을 걸로 추측된다.

그 열쇠를 지닌 채로 그는 자신이 좋아하는 라노아에게 달려들지 않고 벽 근처에 있는 작은 책상으로 향했다.

라노아의 말은 답을 이끌어 내는 데 큰 힌트가 될 듯했다.

"저 책상…… 분명 일할 때 쓴다고 했었지?"

"뭔가 어려운 게 잔뜩 적혀 있는 종이가 있었어."

"그러고 보니 뭐가 들어있을까."

어쩌면 사용한 열쇠를 넣기 위해 이 방에서 나온 후에 업무용 책상으로 향한 것은 아닐까.

라노아의 말을 통해 그렇게 추측을 한 유녀들은 기대에 찬 얼굴로 "분명 그럴 거야!"라고 하며 방에서 뛰쳐나갔다.

그녀들의 뒷모습을 배웅한 후, 미라는 문득 뒤를 돌아보았다.

"그대는 안 가봐도 되겠느냐?"

라노아다. 그녀는 유녀들과 함께 가지 않고 그곳에 남아 천장을 바라보고 있었다.

"응, 만일의 사태에 대비해서 이 술식을 해석해둘까 해서."

라노아는 그렇게 답하더니 "이런 게 설치되어 있다니, 대체 뭘 숨겨둔 걸까"라고 말을 이었다. 하지만 그 얼굴에는 기대감이 아니라 일종의 확신이 떠올라 있었다.

마치 이 방 안에 무엇이 있는지 짐작이 된다는 듯한 표정이다.

"이 몸은 증거품만 찾으면 그만이다만."

어딘가 다른 유녀들과는 다르다. 그런 무언가를 새삼 느끼기는 했지만 그녀의 진의까지는 알아낼 수가 없었다.

그러나 신비롭기는 해도 악의 같은 것은 느껴지지 않았다. 그 때문에 미라는 그 이상은 신경 쓰지 않기로 하고 "아아, 그리고 이 술식은 말이다――"라면서 겉으로 보고 파악한 구조와 효과를 라노아에게 알려주었다.

16

"굉장하네, 미미. 술식의 실력뿐 아니라, 이런 것도 잘 알고."

"음, 이 정도 해석은 누워서 떡 먹기지!"

설치된 강력한 술식과 그 발동 조건을 상세히 설명한 미라는 라노아의 칭찬을 듣고 가슴을 활짝 폈다.

술구 등에 새겨진 술식은 기본적으로 아홉 종류의 술법에 사용되는 것과 같다.

따라서 입장상 소환술뿐 아니라 다른 술법의 술식들도 숙지하고 있는 미라에게 그것을 해석하는 것은 어렵지 않은 일이었다.

이번에 이 천장에 새겨진 술식을 통해 알 수 있는 것은 크게 두 가지였다.

하나는 전용 열쇠 이외의 것으로 열려고 할 경우, 술식이 기동된다는 것.

또 하나는 그럴 경우, 이 방 전체에 괴멸적인 파괴가 발생한다는 것.

아무튼 그러한 해설을 일단 열쇠만 찾으면 안전하게 열 수 있을 거라 이야기한 참에――.

"찾았어!"

그런 말이 저쪽에서 들려왔다.

"오오, 찾은 모양이로군!"

유그스트에게 캐내지 않는 한 찾아내려면 고생 꽤나 할 것 같다고 생각했건만 무사히 열쇠를 발견한 모양이다. 왁자지껄 떠드는 유녀들의 목소리가 들려왔다.

"응, 다행이야."

라노아는 오히려 찾는 게 당연하다는 듯이 살며시 미소를 지을 뿐이었다.

어쩌면 열쇠가 있는 곳을 처음부터 알고 있었던 걸지도 모른다. 라노아가 보이는 표정, 그리고 지금까지의 상황을 통해 그렇게 생각한 미라는 단순히 궁금해져서 그걸 묻고자 고개를 돌렸다.

하지만 그러기 전에 우다다다 소란스러운 발소리가 가까워지더니 유녀들이 반짝반짝 빛나는 미소를 띤 채 방으로 뛰어 들어왔다.

"찾았어! 있었어!"

"자, 이것 봐, 찾았어!"

"라노아가 알려준 덕분이야!"

방으로 돌아온 유녀들은 뿌듯한 얼굴로 그걸 내밀었다.

전체적으로 검고 모종의 술식이 새겨진 열쇠다. 그녀들의 말에 따르면 그 열쇠는 라노아가 말했던 작은 책상 안에 숨겨둔 듯이 놓여 있었다고 한다.

그런 가운데 한 유녀가 가슴을 편 채 "있잖아, 라노아. 내가 찾았어"라고 했다.

어지간히 자랑을 하고 싶었는지. 그녀는 이 열쇠를 이중으로 되어 있던 책상 서랍의 바닥에서 발견했다고 의기양양하게 이야기했다.

듣자 하니 책상 서랍을 전부 빼서 뒤집자 서랍의 바닥이 떼어졌고 거기서 열쇠가 나왔다고 한다.

책상 안에 숨겨져 있던 열쇠. 그녀는 이게 분명하다고 자신만만하게 말했다.

"어때, 미미?"

검은 열쇠에는 작은 술식 같은 것이 새겨져 있었다. 그것을 봤는지 라노아는 전문가에게 확인을 구하듯 미라에게 물었다.

"흐음, 어디 보자."

미라는 유녀들에게서 열쇠를 건네받아 거기 새겨진 술식을 조사했다. 그리고 곧장 이게 맞다는 결론을 내놓았다.

열쇠에 새겨진 술식은 두 가지다.

하나는 적정량의 마나를 흘려 넣으면 형상이 변화하는 것.

요컨대 그대로 사용하려 하면 곧장 대폭발을 일으키는 효과다.

그리고 또 하나는 형상을 변화시킴으로써 천장에 새겨진 폭발을 일으키는 술식을 비활성화시키는 것이었다.

이 두 가지로 미루어 이 방의 열쇠가 분명해 보인다.

미라가 그렇게 말하자 유녀들은 더욱 흥분해서 "자, 어서 열어봐!"라고 하며 방 밖으로 대피했다.

열쇠가 틀림없기는 하지만 머리 위에 함정이 있는 상황은 겁이 나는 모양이다.

어쨌든 그게 평범한 사람의 심리인 것이다. 미라는 개의치 않고 손에 든 열쇠에 적정량의 마나를 흘려 넣으며 문의 열쇠 구멍에 꽂았다.

"그대는 방 밖으로 나가지 않아도 괜찮은 게냐?"
미라는 문득 손을 멈추고 옆을 보며 그렇게 말했다.
그러자 그곳에 서 있던 라노아는 웃으며 "응, 괜찮아"라고 말했다.
틀림없다는 미라의 판단을 믿는 것인지, 아니면 단순히 배짱이 있는 것인지. 그녀의 얼굴에는 한 점의 두려움도 보이지 않았다.
아무렴 어떤가. 미라는 열쇠를 돌렸다.
달칵, 이라는 작은 소리와 함께 천장에 있던 술식이 옅어지고 흐려졌다. 그리고 문손잡이를 돌리자, 아무렇지 않게 문이 열렸다.
"오오, 이것은——."
문 앞에서 안을 들여다 본 미라는 그 광경에 자신도 모르게 가슴이 뛰었다. 그리고 직후에 쇄도한 유녀들이 눈 깜짝할 새에 눈앞을 가로막았다.
"우와, 굉장해!"
"역시 임금님이야. 그야말로 임금님의 보물이야!"
"뭔가 잔뜩 있네!"
함정이 무효화되었음을 알아채자마자 유녀들은 앞다투어 문 안으로 들이닥쳐 다 함께 놀라움과 감동이 뒤섞인 탄성을 질렀다.
하지만 그럴 만도 했다. 그 방에는 보물이라는 걸 한눈에 알 수 있는 물건들이 잔뜩 쌓여 있었기 때문이다.
"이거, 상상했던 것 이상이네……."
유녀들에 이어 그 방에 발을 디딘 라노아 역시 놀란 표정이었다. 그리고 닥치는 대로 집어들며 "굉장해"라느니 "예뻐"라는 소리를 하며 난리를 치는 유녀들과는 달리 차분하게 그것들을 둘러보기 시작했다.

"자아, 여기 있으면 좋으련만……."

미라 역시 유녀들과 마찬가지로 잔뜩 들뜨기는 했지만 마음을 다잡고 목적한 물건을 찾아 나갔다.

대륙 최대의 범죄 조직 '이라 무에르테'의 진정한 보스가 있는 장소를 알 수 있는 네 개의 술구. 그중 하나인 유그스트가 소지한 것에 관한 상세 정보는 갈로바 덕분에 알았다.

우선 지도의 형태를 띠고 있다는 듯했다.

그 지도는 특제 잉크를 사용해서 마나를 흘려 넣으면 그림이 떠오르도록 되어 있다고 한다.

그리고 모퉁이에 각 술구를 연결하기 위한 작은 금속구가 붙어 있다고 했다.

(그리고 분명 양피지로 되어 있다고 했는데…… 꽤 많군그래.)

보물이 잔뜩 늘어선 선반에는 찾는 물건과 비슷한 것도 잔뜩 있었다.

어느 보물의 위치를 표시한 듯한 지도.

현실을 초월한 듯 환상적인 풍경화.

모종의 약의 조합 방법이 적힌 레시피 등.

양피지라면 얼핏 봐서는 보물 같지가 않을 것이다. 따라서 보물투성이인 이 방에서는 오히려 찾기 쉬울 듯했지만, 그런 생각은 착각이었다.

대충 둘러보아도 상당한 숫자의 양피지가 여기저기 널려 있었기 때문이다.

심지어 태반이 둥글게 말려 있어서 척 봐서는 무엇인지 전혀 알 수 없는 상태다.

(흐음~ 일단 모서리에 달린 금속이라는 것을 표식 삼아 찾는 게 좋을 것 같군.)

미라는 그렇게 목표를 정하고 확인을 계속해 나갔다.

하지만 취사선택의 조건을 추가한 덕에 확률이 다소 올라가기는 했지만 고정이나 보강을 목적으로 한 작은 금속구가 달린 것들도 드문드문 있어서, 금방은 찾을 수가 없었다.

그렇게 미라가 열심히 찾고 있던 중에.

"아, 이거 괜찮다! 난 이게 갖고 싶어."

"난 이거~. 완전 한눈에 반했어."

보물을 대충 다 둘러보았는지, 유녀들이 이 중 어떤 게 제일 탐나는지를 이야기하기 시작했다.

하지만 어떤 유녀가 내뱉은 말 때문에 미라는 순식간에 화제의 중심에 휘말려들게 되었다.

"근데 임금님을 잡은 건 미미니까, 여기 있는 물건들도 전부 미미 것 아니야?"

붙잡은 사람한테 보물의 소유권이 넘어간다는 이야기도 비약이 심한 듯했지만 어째서인지 그 말은 그녀들의 가슴에 박힌 듯했다.

"듣고 보니……."

"그렇긴 하네……."

유녀들은 그렇게 납득했다. 하지만 그녀들의 얼굴에 체념한 빛은 조금도 보이지 않았다. 열심히 물건을 찾는 미라에게 슬금슬금 다가가서는 교태 어린 목소리로 "미미야~"라고 말을 붙였다.

"흠, 무어냐? 왜 다들 모여드는 게야?"

뒤를 돌아보니 유녀들이 빙긋 웃는 얼굴로 늘어서 있었다. 미라가 대체 무슨 일인가, 하고 고개를 갸웃하자 유녀 중 한 명이 그 말을 입 밖에 냈다.

"근데 미미는, 여기 있는 걸 어쩔 예정이야?"

"흠…… 어쩔 것이냐고 물은들. 딱히 생각한 바는 없다만…… 어찌할까."

목적은 하나였다. 다른 것에 관해서는 딱히 생각한 적이 없어서, 오히려 그 말을 듣고서야 그러고 보니 어쩔까, 라는 의문이 떠올랐을 정도다.

그러자 그런 미라의 반응을 보고 유녀 중 한 명이 "이 도시에는 규칙이 있는데 말이야――"라면서 어떤 규정에 관해 설명해 주었다.

그것은 범죄 행위에 관한 규정이었다.

환락가를 중심으로 북적거리는 미디트리아에서도 이 유곽 특구는 특히 단속이 엄격하다고 한다.

듣자 하니 악행을 한 자는 가차 없이, 사정과는 무관하게 강제 퇴거를 당한다고 한다.

"분명 미미는 아까 악행의 증거가 어쩌니저쩌니 했잖아? 그에 따라 악행이 입증되면 임금님은 여기서 추방되는 거야."

유곽 특구라는 장소는 생각보다 훨씬 엄중하게 보호되고 있었다. 규정상 어디의 누가 되었건 악당은 가차 없이 추방하기로 되어 있다는 모양이다. 그리고 강제 집행이 이루어질 때는 개인적인 물건들을 챙길 틈조차 주지 않는다고 한다.

그럼 남은 개인적인 물건들은 어떻게 되는가 하면. 집행자, 혹은 집행 조직이 맡게 되어 있었다. 굳이 말하자면 현상금 사냥꾼들이 의욕적으로 일을 하도록 이런 규칙이 만들어진 것이다.

"임금님이 어떤 나쁜 짓을 했는지는 모르겠지만, 이번에는 붙잡은 미미가 집행자니까 증거를 찾으면 규정상, 여기 있는 물건은 미미가 관리하게 될 거야."

그 유녀는 만면에 기대 섞인 미소를 지은 채 기쁜 듯이 그렇게 말했다.

하지만 그때, 라노아의 말이 그녀를 현실로 되돌려놓았다.

"분명 규정상으로는 그렇게 되어 있지만, 당연히 그 규정을 적용하려면 상응하는 증거와 증명이 필요해. 아직은 저 남자가 범죄자라고 미미가 주장하고 있을 뿐이니까, 그걸 적용하기는 어려워."

라노아의 말이 맞았다. 현재로서는 미라가 일방적으로 임금님을 범죄자로 단정하고 있을 뿐, 구체적인 증거가 없었다.

다시 말해서 지금은 아직 날조라 해도 이상할 게 없는 상태인 것이다.

"아…… 그렇구나."

라노아의 설명을 듣고 유녀들이 정신을 차렸다. 임금님이 이 도시에서 추방할 만한 악당이었으면 좋겠다는 마음이 앞섰던 것이다.

현재 그녀들에게 가장 이상적인 상황은 임금님이 악당이고 미라가 집행인이 되는 것이다. 기대감이 너무 커서 그런 기본적인 사실도 잊고 있었던 것이리라.

"미미야……."

단숨에 미라가 의심을 받는 입장이 되었다. 하지만 그녀들은 미라의 말이 진실이기를 바라는 마음이 컸다. 그리고 무엇보다도 미라가 자신들을 속였다고 생각하고 싶지 않은 것인지. 기도하는 듯한, 기대하는 듯한 시선이 미라에게 쏟아졌다.

"분명 그 말도 일리가 있군그래……."

라노아의 말은 일리가 있었다. 미라는 깊이 고개를 끄덕이고서 잠시 생각을 하는 시늉을 한 후, "이건 마지막 수단으로 맡아두고 있었던 것이다만 어쩔 수 없지"라고 하며 한 다발의 서류를 꺼냈다.

니르바나를 떠날 때 아르마에게서 받은 상자와 서류.

상자에는 유그스트를 찾는 데 도움이 된 그의 머리카락이 들어 있었다. 그럼 나머지 하나. 서류 쪽은 무엇이었는가 하면, 예상되는 문제에 대응하기 위한 비장의 카드였다.

미라는 그 서류를 보란 듯이 내밀며 말했다.

"미안하지만 그대들이 증인이 되어주겠느냐."

그 서류는 미라가 좀 전에 말했듯이 마지막 수단으로 준비된 것이었다.

그럼 그 내용이 무엇인가 하면, 니르바나의 여왕 아르마가 서명하고 보증한 '유그스트 그라딘'의 국제 지명수배서였다.

또한 서류에는 지명수배범의 술식 인감 증서라는 것이 붙어 있었다. 이는 범인을 구분하기 위해 사용되는 것으로 대상에게 접촉시키면 반응하는 물건이다.

이번에는 유그스트의 머리카락을 감응 촉매로 썼으니 저 임금님에게 이 술식 인감 증서를 사용해 본인임을 증명하면, 니르바나가 공식으로 인정한 국제 지명수배범이라는 움직이지 않는 증거가 생기는 것이다.

(설마 이런 모양새로 이걸 꺼내게 될 줄이야…….)

아르마에게서 이 서류를 받았을 때는 다른 상황을 예상했었다.

바로 유그스트의 권력이 미디트리아 전체에 미쳤을 경우다.

도시의 모든 권력자들이 결탁하여 유그스트를 노리는 미라와 적대할 우려가 있었다. 상황에 따라서는 유그스트를 쓰러뜨린다 해도 미라가 중상모략을 당해 체포당할지도 모른다고 예상했다.

그렇기에 정당성을 입증하고 그러한 권력자들을 봉쇄할 필요가 있었다. 그 때문에 아르마가 준비한 것이 바로 이 국제 지명수배서다.

이번에는 권력자들을 봉쇄하는 게 아니라 유녀들의 신뢰를 얻기 위해, 그녀들을 안심시키기 위해 그것을 사용하게 되었지만.

"아, 변했어! 정말 변했어!"

"그렇다면, 이 녀석은 국제 지명수배범으로 확정된 거네!"

몇 가지 설명을 하고서 너덜너덜해진 상태로 포박포에 둘둘 말려 있는 임금님에게 술식 인감 증서를 가져다 대자, 그 반응을 보고 유녀들이 와 하고 환호성을 질렀다.

알고는 있었지만 그 결과로 인해 임금님이 국제 지명수배범 유그스트 그라딘이라는 사실이 정식으로 증명되었다. 심지어 이곳에 있는 모든 유녀가 증인이었다.

그 말인 즉, 미디트리아에서 임금님을 추방하는 것은 결정사항이고, 미라가 집행자로 인정되었다는 뜻이었다. 더불어 이곳에 있는 모든 보물이 미라의 몫이 되었다는 사실을 의미하기도 했다.

그래서인지 유녀들의 눈빛이 단숨에 바뀌었다.

"이제 정말 아무 문제도 없는 거지?"

"그래서 말인데, 이렇게 많이 있으니까, 괜찮지?"

"뭐든 좋으니 하나만 주면 안 돼~?"

문제가 해결됐으니 이제 교섭만 하면 된다고 생각했는지, 유녀들은 때는 지금이라는 듯이 미라에게 바짝 다가섰다.

(흐음~ 그러고 보니 그런 이야길 하고 있었지.)

그러자 미라는 어떻게 할까, 생각했다. 유녀들의 신뢰를 얻기 위한 비장의 카드였지만, 생각해 보니 발단이 된 것은 임금님의 보물을 어떻게 처리할 것인가, 하는 이야기였다.

그것이 이 유곽 특구의 규칙이라면 보물을 받는 것도 썩 나쁘지는 않을 것 같다.

보아하니 이곳에 있는 것들은 대부분 미술품이라 모험에는 도움이 안 될 듯했다. 따라서 그렇게까지 관심은 없었지만, 값비싼 미술품이 모두 자신의 것이라는 이야기를 듣고 나자 마음이 조금 바뀌었다.

분명 팔아치우면 꽤나 돈이 될 거다. 정련 소재를 구입하고, 최강 장비 제작 계획의 자금으로도 쓸 수 있다.

그리고 무엇보다도 맛있는 음식을 마음껏 먹고, 호화스러운 숙소에서 마음 편히 숙박할 수 있다.

이 얼마나 멋진 규칙인가. 미라는 그밖에도 여러 가지 요소를 고려하여, 유곽 특구는 근사한 곳이라고 마음속으로 칭찬했다.

돈은 많으면 많을수록 좋다. 보물도 많으면 많을수록 좋다.

이곳에 있는 물건을 모두 돈으로 바꾸면, 말 그대로 꿈만 같은 생활을 할 수 있을 거다.

그런 망상을 펼치던 중, 유녀들의 목소리가 미라를 현실로 다시 끌고 왔다.

"어떻게 생각해, 미미?"

"제발!"

"하나만, 딱 하나면 돼!"

그렇게 애원하는 유녀들은 이미 마음에 드는 물건을 골라온 듯했다. 그것을 들고 촉촉한 눈으로 미라에게 바짝 다가섰다.

미라는 그런 그녀들의 귀여운 애원 공격에 헤벌쭉해졌다. 그리고 신이 나서 답하려던 순간.

"그만해, 너희들. 떼쓰지 마. 분명 지명수배범과 악당이라는 사실은 증명됐지만, 아직 미미가 말한 증거를 못 찾았잖아."

라노아가 유녀들을 단호하게 나무랐다. 그리고 보물을 원래 위치에 돌려놓고 오라고 말하고는 "이 술식 인감 증서뿐 아니라, 증거품도 추가로 필요한 거지?"라고 말을 이었다.

"아니, 뭐어…… 음…… 그 말이 맞다."

그렇게 확인하는 라노아의 말과 보물을 선반으로 다시 가져가는 유녀들의 모습을 보니 미라는 어쩐지 죄책감이 느껴졌다.

왜냐하면 애초에 증거를 찾는다는 게 유그스트의 개인 물품을 조사하기 위한 구실이었기 때문이다.

하지만 그 덕에 상황은 출발점으로 돌아갔다. 환한 미소만이 가득했던 유녀들의 얼굴에 순식간에 다시 먹구름이 끼었다. 라노아에게 혼이 났을 뿐더러 이만한 보물이 앞에 있는데 보고 있을 수밖에 없는 상태로 돌아갔기 때문이다.

그냥 구경만 하고 있자니 유녀들은 우울해질 수밖에 없었다.

미라 역시 그녀들의 모습에 뭐라 형용할 수 없는 기분이 들었다. 그리고 하나씩은 챙겨도 상관없다고 말하려던 참에――.

"으음~ 맞아. 미미, 다 같이 증거를 찾아서 우리가 발견하면 주는 건 어때?"

우울해 하는 유녀들의 모습을 못 봐주겠다고 생각한 것인지 라노아가 그런 제안을 했다.

술식 인감 증서와 증거품. 이것이 갖춰지면 미라의 완전 승리다. 게다가 이곳에 있는 모두에게 선물을 해도 문제가 없을 만큼 많지 않느냐고 라노아가 말을 이었다.

"음, 그러마!"

유녀들의 모습을 보고 가슴 아파하고 있던 미라는 때는 지금이라는 듯이 그 제안을 받아들였다. 증거품―― 아니, 목적한 술구만 손에 넣으면 유녀들이 무엇을 가져가건 문제가 없기 때문이다.

그러자. 그 즉시 유녀들의 표정이 환해지기 시작했다.

"찾을게! 온 힘을 다해서 찾을게!"

"맡겨만 줘, 미미! 개미 새끼 한 마리도 안 놓칠게!"

"나는, 저쪽을 찾아볼게!"

증거만 찾으면. 그런 희망을 얻은 유녀들은 신속하게 행동했고, 훌륭한 연계를 이루었다.

하지만 의욕만 앞서서 출발한 탓인지 잠시 후, 유녀 중 한 명이 돌아와서 말했다.

"그런데, 어떤 증거를 찾아야 해?"

"그건 말이다——."

미라는 모퉁이에 금속구가 달린 지도 같은 물건이라고 답하고서 자신도 수색을 재개했다.

생각지 못한 일이기는 했지만 인력이 늘어나 든든할 따름이었다. 이 정도 인원이 달라붙으면 분명 찾을 수 있을 거라는 생각에 미라도 기대감으로 가슴을 부풀렸다.

〈17〉

유녀들의 손을 빌려 지도를 찾기 시작하고서부터 20여 분이 지났을 즈음. 열한 명이 닥치는 대로 조사한 덕에 어느덧 대략적인 조사가 완료되었다.

그러나 목적했던 물건은 보이지 않았다.

"끄응…… 대체 어디 있는 게야."

지도 종류가 몇 장 나오기는 했지만 금속구가 없거나 마나에 반응하지 않는 걸 보니 찾는 물건이 아닌 듯했다.

갈로바에게서 캐낸 정보는 카구라의 자백술을 통한 것이라 오류가 있을 리는 없다.

오히려 유그스트가 갈로바에게 거짓된 정보를 알려주었거나 애초에 이 방에 두지 않았을 가능성도 있었다.

"어머, 이 그림, 카난이 좋아할 것 같네."

어쩐 일인지. 발견한 지도를 꼼꼼히 다시 확인하던 중에 라노아가 그런 소리를 했다.

돌아보니 라노아는 벽에 걸려 있는 수십 장의 그림 중 하나를 바라보고 있었다.

"아, 정말. 이 포근포근한 느낌은 카난 취향이야."

"그 애는 이런 걸 좋아했지."

"카난, 이제 건강해졌을까……."

생각한 대로 보이지가 않자 집중력이 바닥나기 시작했는지, 라노아의 말을 들은 유녀들이 하나둘씩 모여들었다.

그리고 그 그림을 함께 바라보며 어쩐지 그리운 듯한, 쓸쓸한 듯한 얼굴로 이야기하기 시작했다.

들려오는 대화의 내용으로 미루어, 이전에 임금님 전속 유녀 동료 중에 카난이라는 여성이 있었던 모양이다.

포근포근한 분위기를 좋아하고 성격도 온화하고 포근했다는 모양이다. 하지만 그렇게 순진했던 그녀는 사디스틱한 임금님의 취향에 딱 들어맞았다.

그 결과, 카난이라는 아이는 마음에 상처를 입고 은퇴했다고 한다.

(저 녀석…… 이대로 거세해 두는 게 좋으려나.)

이리스에게 트라우마를 준 것만 봐도 알 수 있지만, 유그스트는 아주 오래 전부터 난폭했던 모양이다. 그녀들의 말투로 미루어 카난이라는 여성도 수많은 피해자 중 한 명으로 추측되었다.

"이 그림을 보면 카난이 좋아할까아."

추억 이야기를 하던 도중, 유녀 중 한 명이 그림을 손에 들고서 다소 쓸쓸한 투로 중얼거렸다. 특히 사이가 좋았는지 지금도 한 달에 한 번씩 편지를 주고받고 있다는 듯했다.

편지와 함께 이 그림을 보내주면 조금은 위로가 될까 싶었던 것이리라.

하지만 증거가 발견되면 모두 다 미라의 물건이 된다. 따라서 유녀들은 하다못해 이것만이라도 줄 수 없겠냐고 애원하는 듯한 눈으로 미라를 쳐다보았다.

그래서 사정을 들은 미라는 '꼭 보내주거라'라고 대답하려고 입을── 열려다가.

"카난이 걱정되는 건 알겠지만, 그밖에도 임금님 때문에 괴로워하고 있는 애들은 많아. 그중 한 명만 특별 취급하는 건 좀 그렇지 않을까……."

라노아가 그렇게 쓴소리를 했다.

그것은 분명 일리가 있는 의견이었다. 카난과 마찬가지로 임금님 때문에 많은 여성들이 마음에 상처를 입었다. 그중 한 명만 특별 취급을 받았다는 사실을 알게 되면 그녀들은 어떻게 생각할까.

"그리고 한마디 더 하자면, 원인을 제공한 임금님의 물건을 보내는 건 그만두는 게 좋지 않을까."

세세한 문제는 둘째 치고 위로를 위해 선물을 보내는 건 나쁘지 않다. 하지만 아무리 주인이 바뀌었다지만 직전까지 임금님이 소유하고 있던 보물이다. 그걸 선물하는 건 좀 그렇지 않느냐고 라노아는 말을 이었다.

"듣고 보니…… 그러네."

"라노아 말이 맞아."

카난만 특별한 게 아닌 데다 애초에 마음에 상처를 입은 원흉의 물건을 보내는 건, 어떻게 보면 괴롭힘이나 다름없다.

그 사실을 알아챘는지 유녀들은 아쉬운 얼굴로 들고 있던 그림을 원래 위치에 돌려놓았다.

하지만 그림이 잘 걸리지 않아서 여러 번 덜컥덜컥 흔들던 참에, 그것이 팔랑 떨어졌다.

"어머, 뭐가 떨어졌어."

그림 뒷면에 숨겨두기라도 한 것일까. 그것을 발견한 유녀 중 한 명이 떨어진 무언가를 집어 들었다.

"오오, 그것은 설마?!"

겉보기에는 큼지막한 봉투처럼 생겼다. 안에도 뭔가가 들어있는 듯해서 미라의 가슴 속에서 기대감이 커졌다.

"정말 진짜로 찾은 거야?!"

"이번에야말로 찾은 거 아냐?!"

꽁꽁 숨겨둔 걸로 미루어 찾고 있던 증거가 아닐까 싶었는지 유녀들의 시선이 집중되었다.

하지만 지금까지 발견된 그럴싸한 양피지 중에는 책 사이나 선반 틈새 등, 척 봐도 수상한 곳에 숨겨져 있던 것도 있었다.

또 헛물만 켜게 될지도 모른다. 모두가 속으로 그런 생각을 하면서도 드디어 발견된 게 아닐까 싶은지 잔뜩 흥분했다.

"그럼…… 열게."

한 차례 심호흡을 하고서 유녀는 주워든 봉투를 열어 나갔다. 미라는 그 모습을 유녀들과 함께 마른침을 삼키며 지켜보았다.

봉투 안에서 나온 것은 접힌 상태의 양피지였다. 첫 번째 조건 클리어라면서 유녀들이 탄성을 질렀다.

이어서 펼쳐보니, 그것은 완전히 하얀 백지였다. 심지어 구석에는 금속구까지 붙어 있었다.

그것은 명백하게 지금까지 발견한 어느 양피지보다 특수하다는 것을 알 수 있었다.

"미미야……."

확인을 부탁한다는 듯이 유녀가 그 양피지를 내밀었다.

"음……."

미라는 긴장한 얼굴로 그것을 받아, 마지막 확인을 위해 천천히 마나를 흘려 넣었다.

그러자 놀랍게도. 순식간에 지도 같은 그림이 떠올랐다.

그 결과, 갈로바에게 알아낸 모든 조건과 맞아떨어지는 상태가 되었다. 다시 말해서 이 양피지가 바로 '이라 무에르테'의 보스가 있는 장소를 알아내기 위한 술구 중 하나라는 사실이 판명된 것이다.

"이거다, 이게 찾고 있던 증거품이다~!"

몇 번이나 헛방을 쳤지만 드디어 찾았다며 미라는 기뻐했다. 하지만 그런 미라보다 유녀들은 훨씬 더 기뻐했다.

"그럼 다시 말해서, 저 임금님은 범죄자로 확정됐다는 거지?"

"임금님, 체포되는 거 맞는 거지?"

"유곽 특구에서의 강제 퇴거를 집행하는 건가요?"

기대에 찬 얼굴로 그렇게 말하며 미라에게 바짝 다가섰다.

사실 증거를 찾는다는 것은 구실에 불과했지만 미라는 그 말이 맞다고 답한 후, 이제 저 남자가 발뺌할 방법은 없다고 말해 주었다.

그러자 그녀들은 얼싸안고 서로의 건투를 칭찬했다.

임금님에게서 해방되었다는 기쁨 때문이기도 하겠지만, 가장 큰 이유는 보물인 듯했다.

이로써 임금님의 재산은 무사히 미라의 것이 되었다. 유녀들은 한동안 기쁨을 나누더니, 기다렸다는 듯이 흩어져 온힘을 다해 보물을 고르기 시작했다.

순식간에 혼자 남은 미라는 참으로 씩씩한 자들이라는 생각을 한 후, 꼼꼼히 다시 한번 확인을 하고서 아이템 박스에 지도를 넣었다.

"난 이걸로 할래!"

지도가 발견되고서 십여 분이 지난 후. 한 유녀── 카난의 친구라는 자가 보물 중에서 고른 것은 이곳에 있는 것들 중에서도 유독 비싸 보이는 보석 장식품이었다.

"우와아, 굉장해! 그런 게 여기 있었어?!"

"아~ 한발 늦었네! 분명 저게 제일 비싼 걸 거야."

아무리 예술성이 뛰어나건, 그리고 희귀하건 임금님의 재산이었던 물건이다. 그걸 선물하는 건 그만두라는 라노아의 말은 그녀들의 선택에도 영향을 미친 듯했다.

그 결과, 척 보아도 임금님이 생각나는 물건은 필요 없다는 답에 도달했는지, 좌우간 환금성이 뛰어난 물건을 가려내서 고르려고 혈안이 되어 있었다.

그런 가운데 처음으로 선택된 보물은, 희귀한 보물이 잔뜩 박힌 브로치였다.

예술품과 골동품류는 대부분 일반인이 가치를 헤아리기 어려운 것들이었다.

하지만 대표적인 장식품인 보석류는 지식이 없더라도 어느 정도 비싼 것을 구분해낼 수 있다.

그렇기에 그녀는 그것을 고른 것이리라. 분명 최소한 일억 리프는 할 것으로 보이는 보물이었다.

저것 이상의 물건은 없을 거라며 다른 유녀들이 아쉬워하는 가운데, 카난의 친구인 그녀는 잠시 생각하다가 충격적인 발언을 했다.

"나도 라노아 씨의 말을 듣고 동감하기는 했지만……. 그래도 카난이 걱정되기는 하니까, 나는 이걸 판 돈의 절반을 카난한테 보낼래!"

임금님의 피해자는 카난 말고도 많다. 그러니 누군가를 특별 취급하는 건 좋지 않다. 라노아는 그렇게 말했지만 그녀는 그럼에도 카난을 위해 무언가를 하고 싶다고 생각한 듯했다.

"노라…… 너도 참……."

그런 그녀…… 노라의 말에 라노아는 어이가 없다는 듯이 한숨을 내쉬었다. 하지만 그럼에도 얼굴에는 다정한 미소가 떠올라 있었다.

다른 피해자들을 생각하면 칭찬할 만한 일은 아니다. 하지만 그녀의 다정함은 결코 폄하해도 될 것이 아니기 때문이다.

그러자 어떻게 된 일인지, 다른 유녀들도 그런 노라의 말에 영향을 받은 것인지.

"그럼 나도! 나도 절반! ——……으음, 4분의 1을 다른 애들을 위해 쓸래!"

"나도 그렇게 할래! 그 애들이 기운을 차릴 수 있도록 4분의 1

을 기부할래요!"

"응, 그거, 나도 동참할래!"

유녀들 모두가 차례로 그런 소리를 하기 시작했다. 그리고 끝으로 한 사람이 웃는 얼굴로 "저기, 라노아. 이렇게 하면 공평하지 않을까?"라고 말했다.

모두가 임금님의 모든 피해자를 조금씩 나누어 지원하면 카난만 특별 취급을 받았다고 생각할 사람은 없다. 참으로 단순한 발상이다.

"응, 그러네. 그거라면 문제없을 거야. ……정말, 다들 착해빠졌다니까."

노라에 이어 그렇게 선언한 유녀들 앞에서 라노아는 또다시 어이가 없다는 듯이 웃었다.

아무리 임금님의 플레이를 이겨내지 못하고 마음에 상처를 입었다지만 그건 이 일을 선택한 본인들의 책임이다.

그리고 이곳에 있는 유녀들과 라노아는 같은 상황임에도 굴하지 않고 그걸 견뎌낸 사람들이다.

하지만 그녀들은 마음에 상처를 입은 이들을 비웃지도, 깔보지도 않았다. 그러기는커녕 괴로워하는 그녀들에게 다정하게 살며시 다가서려 했다.

(참으로 착한 아이들이로구나.)

카난을 위해서, 그리고 다른 이들을 위해서 힘내자며 유녀들은 기합을 넣고 보물찾기를 재개했다. 방침이 정해졌으니 이곳에 있는 보물 중 상위 열 개를 보기 좋게 골라내 보이겠다며 의욕을 불살랐다.

조금이라도 많은 지원금으로 만들기 위해, 그리고 무엇보다도 자기 자신의 몫을 위해 필사적으로 찾았다.

동료를 생각하는 마음만큼이나 돈도 좋아하는 것이다.

미라는 그런 그녀들을 바라보며 한 가지 결심을 했다.

"그런데 우리가 제일 비싼 보물 열 개를 가져가면 미미가 침울해하지 않을까?"

"괜찮아. 이렇게나 많잖아. 제일 비싼 열 개를 가져가도 총액은 그것보다 많을 거야."

"게다가 마음에 드는 걸 가져가도 된다고 한 건 미미잖아!"

분명 그렇게 말했으니 값비싼 보물을 마음껏 가져가도 상관없을 거다. 그런 자신감을 가슴에 품은 채 유녀들은 모두의 지식을 총동원해 보물을 감정해 나갔다.

그 옆에서는 가장 비싼 보물 후보로 선별된 휘황찬란한 보석 장식품들이 선반에 놓여 있었다.

"호오호오, 참으로 비싸 보이는 것들을 골랐구나."

미라는 그 선반을 유심히 쳐다보며 다소 과장스럽게 말했다.

그러자 유녀들 사이에 약간의 긴장감이 퍼졌다. 이제 와서 한도를 정하는 건 아닐까. 고를 범위를 축소하는 건 아닐까, 생각한 것이다.

그런 그녀들을 보고 미라는 이어서 이렇게 말했다.

"허나 더 이상 그렇게 애쓰지 않아도 된다."

"어?"

"무슨 뜻이야?"

혹시 고르지 못하게 하겠다는 걸까. 너무 욕심을 부린 걸까. 그런 생각이 유녀들의 머릿속에 떠올랐다. 하지만 그 말을 한 미라가 그야말로 천사처럼 다정한 표정을 짓고 있어서 당혹스럽기도 했다.

미라는 그런 그녀들의 앞에서 미소를 지은 채 잠시 뜸을 들인 후, 자신의 진의를 털어놓았다.

"동료를 생각하는 그대들의 마음, 실로 훌륭하다. 따라서 이곳에 있는 것들을 모두 그대들에게 줄까 한다. 일일이 고를 게 아니라 전부 가져가거라!"

유녀들의 이야기를 통해 임금님의 잔학무도한 행위로 인한 피해자들의 상황을 단편적으로나마 알 수 있었다. 또한 그녀들을 위해 뜻을 모은 노라 일행에게 미라는 감명을 받았던 것이다.

생활면에서의 원조, 심적 치료에 드는 비용, 그리고 약값. 그것들을 보조하고 사회에 복귀할 수 있도록 이곳에 있는 보물을 모두 사용한다.

오히려 그것이야말로 가장 유익한 사용법이라 할 수 있다.

미라는 그렇게 설명한 후, "물론 동료들을 위해 사용하겠다고 약속하겠다면 말이다"라고 말을 잇고서 모두의 반응을 기다렸다.

"어……——."

미라의 제안을 들은 노라 일행은 에이, 설마, 하는 표정으로 침묵했다.

대충 보아도 평생이 아니라 몇 대는 놀고먹을 수 있을 정도의 보물이다. 그걸 전부 주겠다니. 제 정신인지 의심이 될 수밖에 없으리라. 오히려 그게 일반적인 반응일 거다.

그녀들의 입장에서는 농담이었다고 말하는 편이 안심이 될 정도로 뜬금없는 제안이었던 것이다.

"정, 말로?"

하지만 미라는 농담을 하는 분위기가 아니라서 노라는 확인을 하듯이 물었다.

그 물음에 미라는 힘껏 고개를 끄덕여 답한 후, 거짓이 아님을 증명하듯 노라를 바라본 채 "그대의 마음가짐이 결정을 내리는 데 가장 큰 역할을 했다"라고 말했다.

"미미야……——!"

그런 미라의 태도와 말을 듣고서야 그것이 거짓이 아니라는 것이 마음에 와닿았는지, 당혹스러워 하던 노라 일행의 얼굴에 놀라움, 그리고 흥분과 기쁨의 감정이 빠르게 스쳐 지나갔다.

"응, 모두를 위해 쓰겠다고 약속할게!"

"맡겨줘, 미미야!"

이곳에 있는 보물은 피해자들을 위해 사용하겠다. 그렇게 약속한 노라에 이어 다른 유녀들도 힘차게 답했다. 반드시 그렇게 하겠다고.

"음, 그렇다면 그대들에게 맡기마!"

유그스트가 소유하고 있던 대량의 보물들. 가지고 돌아갔다면 분명 궁극 장비 제작을 위한 자금으로 쓰고도 남았을 것이다.

하지만 미라는 노라 일행의 다정함을 존중하여 미련은 없다고 단언했다.

"역시 미미야!"

"정의의 집행자 만세!"

미라의 선언을 듣고 유녀들은 한층 더 흥분했다. 중간부터는 그런 식으로 추어올리는 소리도 나오기 시작해서, 축제라도 열린 듯 모두가 흥분했다.

또한 이 자리에 미라의 지인이 있었다면, 미라가 따뜻한 마음으로 한 제안이기는 하지만 미인들 앞에서 폼을 잡고 싶어서 한 말이라는 것을 간파했을 것이다.

미라의 얼굴에 약간의 미련과 기쁨이 동시에 떠올라 있었기 때문이다.

"너도, 정말 착해빠졌구나."

그런 미라의 표정에서 속마음을 꿰뚫어 본 것인지, 어이가 없다는 듯한 미소를 지은 채 라노아가 말했다.

"무얼, 그냥 그러고 싶어진 것뿐이다."

미련은 있지만 후회는 눈곱만큼도 없다. 그렇게 생각하며 미라는 마음속으로 웃었다.

〈18〉

유그스트가 모아두었던 보물은 최선이라고 할 수 있는 방법으로 활용하게 되었다. 이제 뒷일은 이들에게 맡겨도 될 것이다.

그런 생각을 하며 문득 노라 일행에게로 시선을 옮긴 미라는 그녀들의 씩씩한 모습에 쓴웃음을 지었다.

더는 고르지 않아도 된다, 전부 가져가라. 그렇게 말했는데도 노라 일행이 선별 작업을 재개했기 때문이다.

처음에 약속했던 한 사람에 하나씩을 고른 후에 나머지를 지원에 쓰기로 하고, 우선 가장 좋은 물건을 찾고 있는 것이다. 실로 욕망에 솔직한 자들이다.

"어디 보자."

보물찾기 중인 노라 일행은 내버려두고 미라는 메인 룸으로 돌아갔다. 그리고 실내를 가볍게 둘러보고서 침대 옆으로 시선을 옮겼다.

그곳에는 유그스트가 무참한 상태로 널브러져 있었다. 다소 시간이 경과하기는 했지만 아직 깨어날 낌새는 없었다.

또한 포박포로 둘둘 휘감고서 무장소환을 구속구처럼 장착시켜 신체의 자유를 박탈한 상태라 정신을 차리더라도 입으로 떠드는 것밖에 하지 못할 거다.

만약 예상 이상으로 저항이 거셀 경우에는 구속구가 더욱 강하게 조여듦과 동시에 미라에게 신호가 가도록 되어 있어서 이 상태에서 달아나는 건 불가능하다 할 수 있었다.

"흐~음…… 역시 빠르게 하늘로 가볼까."

미라는 유그스트의 신병을 어떻게 옮길지 고민했다.

다크나이트 등에게 짊어지게 해서 연행할 경우, 많은 사람들의 눈에 띌 테고 당연히 경비원들이 제지하려 들 것이다.

그때마다 비밀 풍기 위원회에 의한 비밀 임무다, 라고 변명을 하자니 귀찮았다.

나아가 이 도시의 뒷사정에 밝은 높으신 분들과 맞닥뜨리는 날에는 더더욱 귀찮아질 것이다. 그러한 위원회는 없다고 단언하는 순간, 유괴범으로 몰리고 말 거다.

또한 그와 비슷한 조직은 있는 듯하지만, 미라와 같은 멤버는 없다는 사실이 들통 날 패턴도 예상되었다.

따라서 미라는 유그스트를 하늘로 운반하기로 결정했다. 누가 목격한다 해도 의문의 비행물체라고 우길 수 있도록.

【소환술 : 히포그리프】

소환술을 발동함과 동시에 경보가 울렸다. 하지만 더 이상 문제는 없었다. 경계하게 만들고 싶지 않았던 유그스트는 이미 잡아들였고 경비원들에게도 라노아가 잘 둘러대 두었으니.

그런 가운데, 떠오른 마법진에서 믿음직한 동료인 히포그리프가 모습을 드러냈다.

몸의 앞부분이 독수리, 뒷부분이 말인 독특한 모습의 히포그리프는 나타나자마자 살며시 미라에게 머리를 내밀었다. 히포그리프 나름의 충성을 표하는 행동이다.

"무슨 일이야?!"
"무슨 일 생겼어?!"
미라가 히포그리프의 이마를 쓰다듬던 중, 노라 일행이 허겁지겁 나왔다. 경보음을 듣고 무슨 일인가 하고 달려온 듯했다.
하지만 도착하자마자 그 상황을 보고 놀라 멈춰 섰다.
"아아, 미안하구나. 살짝 도와줄까 싶어서 말이다. 히포그리프를 소환한 것뿐이야."
"그, 그렇구나……."
우람하게 자란 히포그리프는 그야말로 위압감 넘치는 모습을 하고 있었다. 때문에 노라 일행은 주춤거릴 수밖에 없었다.
하지만 한 유녀가 이마를 쓰다듬는 미라와 그 손길에 매우 기뻐하는 히포그리프를 보고 조금 관심이 생겼는지, 쭈뼛쭈뼛 앞으로 나오며 "나도, 쓰다듬어 봐도 될까?"라고 말했다.
"흠. 괜찮겠느냐, 히포그리프여."
미라가 묻자 히포그리프는 살며시 날개를 펼치더니 그런 그녀의 앞으로 천천히 다가갔다. 그리고 '자아, 만지도록'이라고 말하듯이 그 자리에 웅크려 앉았다.
"폭신폭신해~!"
히포그리프를 쓰다듬은 유녀는 그 감촉에 환한 미소를 지었다. 그러자 그 모습을 보고 있던 이들도 앞다투어 쇄도했다.
히포그리프는 마음껏 즐기라는 듯이 그런 그녀들을 모두 받아들였다. 그야말로 임금님으로 착각할 만큼 당당한 모습이었다.
그리고 미라는 미녀들에 둘러싸여 마구 쓰다듬을 받는 히포그리프의 모습을 부럽다는 눈으로 쳐다보고 있었다.

"자아, 뒷일은 맡겨도 되겠지? 이 몸은 어서 이 남자를 연행하고 싶어서 말이다."

노라 일행이 마음껏 히포그래프의 감촉을 즐긴 후, 미라는 그렇게 입을 열었다.

그러자 노라는 벌써 가느냐는 얼굴로 돌아보았다. 미라에 대한 아쉬움인지, 아니면 히포그리프에 대한 아쉬움인지는 알 수 없었지만 아쉽다는 감정이 얼굴에 가득 담겨 있었다.

하지만 그것이 가장 중요한 일이라는 사실을 알아서인지 그녀들은 그 이상 아무 말도 하지 않았다.

"응, 괜찮아. 맡겨만 줘!"

"꼭 또 와. 그때 다 같이 감사 인사를 할 테니까."

"고마워, 미미야. 건강해!"

그녀들은 웃는 얼굴로 작별의 말을 입밖에 냈다. 만난 지 서너 시간밖에 지나지 않았건만 마치 몇 년 사귄 친구와 헤어지는 듯했다.

노라 일행이 조금 물러섬과 동시에 히포그리프는 일어섰다. 그리고 미라의 곁으로 돌아오더니 갈고리발톱이 있는 앞발로 유그스트를 덥석 잡았다.

"힘내, 비밀 풍기 위원님."

돌아보니 그곳에는 라노아가 있었다. 그녀는 이미 가지고 갈 보물을 결정한 듯, 예쁘게 조각된 브로치를 들고 있었다.

그 브로치는 예술성이 높은 물건인 반면, 눈에 띄게 비싼 보석류는 박혀 있지 않았다.

어쩌면 라노아는 미술품의 가치를 꿰뚫어 보는 안목을 지녔는지도 모른다.

“음, 이쪽은 맡겨두거라.”

역시 유곽 특구 제일이라 일컬어지는 유녀답게 톱클래스들이 모인 이곳에서도 라노아는 격이 다른 듯했다.

그녀가 있으면 알아서 잘해줄 거다. 그렇게 느낀 미라는 이제 아무 문제도 없을 거라 생각하며 걸음을 떼어 방 안에 자리한 창문을 활짝 열었다.

“그럼 잘 지내거라!”

미라는 그대로 히포그리프의 등에 올라타, 한 차례 돌아보고 작별 인사를 했다. 그리고 일동의 목소리를 등진 채 하늘로 날아올랐다.

“아…… 깜박했군.”

라노아, 그리고 노라 일행과 깔끔하게 작별을 했지만 유곽 특구의 하늘을 벗어난 직후에 미라는 깜박한 것이 있다는 사실을 기억해냈다.

샐리다. 그녀에게 빌린 출장증 등을 돌려주어야만 하는 것이다. 더불어 멍슨도 그곳에 두고 왔더랬다.

“히포그리프여. 미안하다만 먼저 가서 기다려주겠느냐. 볼일이 좀 남았었다.”

미라가 말하자 히포그리프는 문제없다는 듯이 울어서 답했다.

"좋아, 그럼 부탁하마."

실로 믿음직한 동료다. 그런 동료에게 감사하며 미라는 그대로 훌쩍 뛰어내렸다. 그리고 '공활보'를 사용해 하늘 위에서 유곽 특구의 입구 근처에 내려섰다.

"……방금 하늘에서 내려오지 않았어?"

놀란 사람들의 목소리가 곳곳에서 들려오는 가운데, 미라는 냉큼 유곽 특구로 들어가 그대로 섀리와 멍슨이 기다리고 있는 숙소로 향했다.

"——그런고로, 임금님은 이쪽에서 체포했으니. 더 이상 그대들과 같은 신입이 고된 일을 강요당하는 일은 없을 게다."

섀리가 기다리는 방에 도착하자마자 미라는 사건의 전말을 이야기해주었다. 신입만 노려 마음에 깊은 상처를 입혔던 임금님은 처벌했다. 그러니 두 번 다시는 그러한 비극이 일어나지 않을 것이라고.

더불어 출장증을 돌려주고 피해자들에 대한 지원금에 관해서도 알려준 후, 피해를 입은 동기 아이도 분명 언젠가 기운을 차릴 것이라고 위로해 주었다.

"그런 일이……! 고마워, 비밀 풍기 위원님! 게다가 그런 지원까지 해주다니…… 정말로 고마워!"

섀리는 미라의 보고를 듣고 진심으로 안도한 듯했다.

유녀들 사이에서 악명 높은 임금님. 그 호랑이굴로 들어간 미라. 일이 일인 만큼 섀리는 계속 걱정을 하고 있었던 듯했다.

하지만 미라는 무사히 돌아온 것도 모자라 완전 공략에 성공했다고 웃는 얼굴로 보고했다. 샐리는 그 이야기를 듣고 말로 다 하지 못할 정도의 안도감을 얻었다.

"되었다, 되었어. 이게 다 그대가 협력해준 덕분이니 말이야. 그런데…… 이것 말이다만……."

미라는 살짝 시선을 돌린 채로 그렇게 말하며 너덜너덜해진 의상도 반납했다. 유그스트와의 전투 중에 찢어지고 만 미니스커트 기모노다.

"이건……."

샐리는 무참한 상태의 의상을 보고 처음에는 고개를 갸웃했다. 하지만 빤히 들여다보다가 이내 알아챈 듯했다.

"응, 괜찮아, 괜찮아. 임금님이 찢었다고 하면 그만이니까."

상황을 파악한 샐리는 그렇게 말하며 웃었다. 이래저래 변태 플레이를 즐기는 임금님을 상대하다 보면 이런 일이 흔하다는 이야기를 들었다는 모양이다.

"그러하냐. 그렇다니 다행이구나. 아, 그럼 협력해준 답례 말이다만——."

미라는 잠시 생각하고는 아이템 박스에서 답례품으로 상급 회복약 몇 개를 꺼냈다. 큰 상처를 입어도 고칠 수 있을 뿐 아니라 아무리 피곤하더라도 곧장 기운을 차릴 수 있는 약이다. 분명 유녀라면 가지고 있어서 나쁠 건 없을 물건이리라.

때문에 미라는 건강해지는 약이라면서 그것을 건네주었다.

"그렇구나, 고마워!"

자양강장에 활력 증강. 그럭저럭 값이 나가지만 이런 곳에서는 자주 쓰이는 약이라 샐리도 기뻐하며 그것을 받아들였다.

또한 샐리가 이 약의 가치를 알고 까무러치게 놀라게 되는 것은 다소 시간이 지난 뒤의 이야기다.

샐리에게 빌린 물건들을 반납하고, 멍슨의 노고도 치하하고서 송환한 후, 미라는 그대로 히포그리프가 기다리는 장소로 향했다.

그러던 도중. 어느 치료원 앞을 지나던 참에 미라는 그 남자의 모습을 발견했다.

치료원에서 훌쩍 나온 남자. 무슨 일이 있었는지 그의 얼굴에는 절망이 가득했다. 아닌 게 아니라 내버려 두면 내일쯤…… 그런 생각이 절로 들 정도로 표정이 어두웠다.

그런 남자가 미덥지 못한 발걸음으로 옆에 있는 벤치로 걸어왔다. 직후, 아무것도 없는 곳에서 발이 걸려 털썩 쓰러졌다.

그로부터 몇 초 후. 괜찮은 건가, 하고 지켜보았지만 움직일 낌새가 없었다.

"이봐라, 그대. 꽤 심하게 넘어졌는데 괜찮은 게냐?"

우울한 사람이야 얼마든지 있으니 평소 같았으면 그냥 지나쳤을 거다. 하지만 이번에는 너무나도 비장한 표정을 하고 있었던 데다, 좋지 못한 곳을 부딪혔나 걱정이 되어서 미라는 말을 붙였다.

"응……? 아아, 아니. 괜찮아……."

아무래도 크게 다치지는 않은 모양이다. 하지만 일어날 의욕이 나지 않을 만큼 좌절했는지 남자는 미약한 반응만 보일 뿐 넋이

나간 듯한 상태였다.

"어째 표정이 어두운데, 무슨 일이냐?"

상대는 일어나고 싶지 않은 듯했지만 그대로 둘 수는 없는 일이다. 미라는 우선 남자를 영차, 하고 들어 올려 벤치에 앉혀놓고 확인했다.

"아니…… 아무것도 아니야……."

남자는 하염없이 허공만 쳐다보았다. 심한 부상을 입은 걸까, 아니면 큰 병이 난 걸까. 치료원 앞에서 발견한 탓에 그런 생각이 머리를 스쳤지만 언뜻 봐서는 건강해 보였다.

오히려 표정을 통해 짐작할 수 있는 정신 상태를 제외하면 매우 건강해 보인다.

그럼 그는 무엇이 문제일까.

"어허, 아무것도 아니기는. 말해보거라. 누군가에게 털어놓고 나면 마음이 편해지는 경우도 있으니."

정신을 차려보니 미라는 걱정과 호기심이 반반씩 섞인 투로 그렇게 묻고 있었다. 피부 상태도 좋고, 몸에서는 기력이 넘쳐나는데도 불구하고 이러고 있는 이유가 무엇인지 몹시 궁금해진 것이다.

"아무것도 아니라고――."

남자는 좀 내버려 두라는 듯이 눈살을 찌푸렸다. 하지만 그렇게 미라를 노려본 순간, 그의 두 눈이 휘둥그레졌다.

"……마이 엔젤."

남자는 아무도 듣지 못할 만큼 작은 목소리로 중얼거리더니 갑자기 태도를 바꾸었다. 이 세상 모든 것에 넌더리가 난 듯 보였지만 미라에게만은 마음을 허락한 듯한 얼굴로 몸을 돌린 것이다.

"으음, 그래서, 뭐라고 했지?"

긴장한 것인지 남자는 다소 횡설수설하며 말했다. 그런 그에게 미라는 다시 한번 "표정이 어두운데 무슨 일 있었느냐?"라고 물었다.

순간, 남자는 겸연쩍은 듯한 표정으로 시선을 돌렸다.

하지만 그런 식으로 굴면 더더욱 궁금해지는 것이 인지상정. 미라는 "말해보래도, 뭔가 일이 있었던 게야?"라고 캐물었다.

그러고서 몇 마디를 나누고 나자 결국 단념한 남자는 이런 곳에서 넋을 놓고 있던 이유를 털어놓았다.

치료원에서 나오자마자 절망했던 이유.

그것은 몇 달이나 돈을 모아 겨우 유곽 특구에서 한눈에 반한 유녀를 지명한 데다 최고급 정력제까지 써서 임한 일생일대의 승부가 시작되기 전에 끝나버렸기 때문이었다.

원인은 최고급 정력제였다고 남자는 눈물지으며 말했다. 치료원측은 약을 쓰는 데 익숙지 않은 몸으로 갑자기 강력한 약을 사용하면 효력이 지나치게 강하게 나타나 의식이 끊기게 된다고 설명했다고 한다.

"오늘을 위해 열심히 일해서 돈도 많이 모았는데…… 결과도 내지 못하고 모든 게 다 사라져버렸어……."

만전을 기하고자 한 일이 역효과가 났다며 남자는 머리를 싸쥐었다. 그리고 그 일을 다시 떠올린 탓인지 다시금 얼굴에 비장함이 감돌기 시작했다.

(정력제 때문에 쓰러졌다…… 어째, 어디서 들어본 이야기 같은데——.)

성의 있게 남자의 이야기를 들어주던 미라는 순간적으로 어떤 에피소드가 떠올랐다.

그것은 패밀리 레스토랑 같은 가게에서 라노아와 처음 만났을 때, 그녀와 함께 있던 금발 미녀가 했던 이야기였다.

금발 미녀는 손님이 강한 약을 먹고 쓰러지는 바람에 일이 빨리 끝나 시간이 비었다고 말했다.

다시 말해서 눈앞에 있는 이 남자가 바로 그 장본인인 것이다.

(과연…… 이 남자는 그 미녀를 앞에 두고 손도 못 대본 겐가. 이 무슨 비극이란 말인가…….)

남자가 한탄하는 이유를 알게 된 미라는 동정하지 않을 수 없었다. 그리고 그를 위해 해줄 수 있는 일이 없을지 생각했다.

하지만 금전적인 지원은 어려웠다. 수중에 있는 돈이 그렇게 많지도 않았거니와 애초에 지나가다 만난 자가 거금을 준들 난감하기만 할 것이다.

그럼 또 뭐가 있을까.

어느 날, 이리스의 방에 있던 바에서 몰래 가지고 나온 아르마의 비장의 과실주라도 건네줄까.

아니면 마텔 특제 과일로 또 다른 극상의 체험을 시켜줄까.

그도 아니면……—— 그런 생각을 하던 중에 미라는 주머니에 그것이 들어있다는 사실을 기억해냈다.

"그것참 괴로웠겠구나. 그런 그대에게, 이걸 주마."

그렇게 말하며 미라가 내민 것은 우연히 만난 유곽 마스터에게 받은 할인권이었다. 심지어 두 장이다.

"이건 무려 가격이 절반이 되는 엄청난 할인권인데 말이다. 두 번 쓰면 실질적으로 한 번은 무료가 아니냐. 이거라면 오늘의 손해를 만회할 수 있을 게야."

50퍼센트 할인가에 두 번 놀면 한 번이 무료인 것이나 다름없다. 미라는 이미 끝난 것은 헤아리지 않고 그런 엉성한 계산으로 남자를 위로했다.

그러자 남자는 예상했던 것 이상의 반응을 보였다. 휘둥그레진 두 눈으로 할인권을 바라본 채 "뭐…… 뭐……"하고 말의 형태를 이루지 못한 목소리를 내며 바들바들 몸을 떨었다.

(음음, 뭐어 무리도 아니겠지. 이걸 사용하면 하룻밤에 백만 리프는 하는 최상급의 놀이가 오십만으로 줄어드니 말이야.)

유곽 마스터의 말에 따르면 이 할인권은 모든 가게에서 사용할 수 있다고 한다. 다시 말해서 고급점에서 사용할수록 혜택이 늘어나는 것이다.

남자가 놀랄 만도 했다. 그리고 그렇기에 이 선택은 정답이었다고 미라는 확신했다.

"저, 정말 이걸 줘도 되겠어? 심지어 두 장이나……!"

"괜찮다, 괜찮아. 그러니 자, 기운을 내거라."

믿기지 않는 듯한 얼굴로 묻는 남자에게 즉답한 후, 미라는 남자의 손을 잡아 할인권을 쥐어주었다.

"그럼 이만. 다음에는 약을 먹고 쓰러지지 않도록 조심하거라~."

할인권을 줬을 뿐인데 남자의 얼굴은 좀 전과 딴판이 되었다. 저 정도면 분명 앞으로도 열심히 살아갈 수 있을 거다.
모르는 남자지만 그를 구원했다는 생각에 만족하며 미라는 그대로 의기양양하게 유곽 특구를 뒤로 했다.

또한, 여담이지만 미라가 건넨 할인권은 평범한 할인권이 아니었다.
그것은 유곽 특구에 대한 공헌도가 높은 극소수의 손님에게만 주어지는 골든 티켓이었다.
그리고 골든 티켓이 지닌 특전은 할인뿐이 아니다. 극락으로 이끌어주는 여러 가지 한정 서비스를 받을 수 있는, 그야말로 특권 계급이 될 수 있는 티켓인 것이다.
거래 가격으로 치면 백만 리프를 가볍게 넘는 물건이다.
다시 말해서 남자는 일생일대의 승부에서 대패한 덕분에 그보다 더 가치가 있는 물건을 손에 넣은 것이다.
"마이, 가디스(goddess)……."
유곽 특구에서 여신을 만난 기적에 감사하며, 남자는 이날을 계기로 정력적으로 일하기 시작했다. 그 결과, 그는 커다란 호텔 그룹의 대표 자리까지 올라가게 되지만 그건 미라가 알지 못하는 이야기이다.

"흠, 내일 아침 무렵에는 도착하겠구먼."
상공 이천 미터. 미라는 가루다가 운반하는 왜건 안에서 느긋하게 저녁 식사를 즐기고 있었다. 창밖은 이미 밤의 장막으로 뒤덮여 있다.

무사히 목적한 지도를 손에 넣고 유그스트를 체포하는 데도 성공했다. 나아가 유그스트의 변태성에 괴로움을 겪고 있던 여성들을 위해 비축되어 있던 보물도 내주었다. 완벽한 성과라 할 수 있으리라.

“이 녀석은…… 뭐, 이대로 두어도 되겠지.”

왜건 구석으로 시선을 옮긴 미라는 그곳에 널브러져 있는 유그스트를 확인한 후, 아무 문제도 없을 것이라고 판단했다.

현재 유그스트는 포박포에 둘둘 말려 있는 상태다. 더불어 그 위에 ‘프리즌 프레임’이 장착되어 신체의 자유를 빼앗았다. 심지어 ‘아이언 메이든’ 때와 달리, 장갑을 최대한 두껍게 만든 타입이었다. 그렇다 보니 구속구라기보다는 차라리 철로 된 조각상에 가까운 모습이 되어 있었다.

유그스트가 투기를 최대한 끌어올려도 이걸 부수는 건 불가능할 것이다.

하지만 녀석은 무시무시한 변태다. 밖에 매달아두는 편이 낫지 않을까, 싶기는 했지만 중간에 실수로 떨어뜨리기라도 하면 여러모로 일이 귀찮아진다.

따라서 확실하게 왜건 안에 처박아둔 것인데 아침까지 한숨 자려던 순간, 어쩐지 조금 망설여지기 시작한 것이다. 아주 꽁꽁 구속해두기는 했지만 이 변태 앞에서 무방비 상태로 잠을 청하는 건 여러모로 위험할 것 같았기 때문이다.

그렇게 얼마간 생각한 끝에 미라는 벽장 안에서 잠을 자기로 했다. 물론 벽장 앞에는 잿빛 기사를 불침번으로 세워두고서.

한편, 그 무렵. 유곽 특구에서는 생각보다 훨씬 바빠진 노라 일행이 이리저리 분주하게 돌아다니고 있었다.

"으음, 그림은…… 윌리엄 씨한테 보내면 돼?"

"아니, 그 사람은 그리는 게 전문이야. 감정은 화상(畫商)인 로버트 씨. 하지만 이건 연대상 카테노프 시대의 것이니까, 루비르 미술관이 좋겠어."

유녀들의 물음에 라노아가 적절한 지시를 내리고 있었다.

유그스트는 그야말로 막대한 양의 보물을 모아두었다. 그녀들은 미라와 약속한 대로 그중 하나씩만 가진 후, 나머지를 어떻게 돈으로 바꿀 것인가 하는 문제에 직면해 있었다.

그곳에 모여 있는 것은 휘황찬란한 보석뿐이 아니었다. 명품에 앤티크, 수집품을 비롯한 미술품 등도 잔뜩 수집되어 있었다.

어느 것 할 것 없이 희소성이 높았고, 당연히 그에 상응하는 값어치를 지닌 물건들이다.

하지만 당연히 이것들을 팔려면 그 가치를 알 만한 상대를 찾아야만 한다. 앤티크 가구를 널리고 널린 재활용품점에 가져간들 중고 가구로만 취급될 게 뻔하기 때문이다.

더불어 수집품에는 규칙성이 없어서 장르며 연대가 모두 제각각이었다.

거래 상대를 신중하게 고를 필요가 있었다. 오히려 힘든 일은 이제 시작이라고 할 수 있는 것이다.

"라노아가 있어서 다행이야~. 우리만 있었으면 어떻게 됐을지 몰라."

"대단한 것도 아닌걸. 게다가 너희라면 단골손님 중에 안목이 있는 사람이 있을 것 아냐."

"종류가 하도 많아서 어느 걸 누구에게 보여줘야 할지 모르겠는걸……."

라노아는 미술품뿐 아니라 다른 장르에도 박식했다. 노라 일행은 그 지식을 빌려 모든 보물을 분류해 나갔다.

어느 것을 어디로, 누구에게 가져갈지를 정하고 있는 것이다.

(정말, 착해빠졌다니까…….)

유녀 일동은 왁자지껄 소란스럽게 뛰어다니며 작업을 계속했다. 라노아는 그런 그녀들을 바라보며 살며시 웃었다.

노라 일행이 이렇게 애를 쓰고 있는 것은 오로지 임금님에게 희생된 동료들을 위해서다.

하지만 미라와 약속했다고는 해도 어차피 구두약속이었다. 이토록 많은 보물을 앞에 두고 있으니 마음이 바뀌는 사람이 나와도 이상할 게 없는 것이다.

그럼에도 그녀들은 작업을 하면서 어떤 식으로 동료들을 지원해나갈지 적극적으로 의논하고 있었다.

하지만 그런 가운데서도 신경 쓰이는 것은 있는 모양인지——.

"그나저나 미미 정말 대단하더라."

"응, 강했어. 게다가 뭔가 지명수배서도 갖고 있는 게, 평범한 사람 같지는 않았지?"

"니르바나의 아르마 여왕님이랬던가? 게다가 그거 진짜로 도장이 찍힌 서류였잖아."

"비밀 풍기 위원……. 이 도시에 그런 게 있다는 이야기는 들었지만, 니르바나하고도 이어져 있는 걸까……?"

임금님을 처벌하고 연행해 간 정의의 사도. 비밀 풍기 위원인 미미와 니르바나 사이에는 어떤 관계가 있을지 궁금한 모양이었다.

"자자, 잡담은 그만하고 손을 움직여. 비밀을 깊이 파고들다가 험한 꼴을 당해도 난 몰라."

이 도시에는 또 어떤 비밀이 있을지, 흥분해서 수다를 떨기 시작한 유녀들을 라노아가 나무랐다.

"네, 이미 다 잊었어요!"

"와아~ 어째서인지는 모르겠지만 보물이 잔뜩 있네~."

대국의 뜻에 거스르거나 무턱대고 비밀을 캐내려 한들 좋을 게 없다. 그렇게 판단한 유녀들은 세세한 사정은 모두 기억에서 지웠다고 답하고서 작업을 재개했다.

(이 도시의 관계자가 아니란 건 분명하지만…… 뭐, 신경 쓰지 않는 게 좋겠지.)

유녀들은 이래저래 대충 흘려 넘겼지만, 때로는 그게 정답일 때도 있다. 따라서 라노아 역시 이 이상은 신경 쓰지 않기로 결심한 듯했다.

"라노아~ 이거 말인데――."

"그래그래, 이번엔 또 뭘까――."

(목적한 물건은 손에 넣었으니, 더는 이곳에 볼일이 없지만…….
뭐, 이 애들은 내버려두면 홀랑 속을 것 같으니 어쩔 수 없나.)

더는 볼일이 없다. 힘들게 임금님 옆에까지 숨어든 목적은 달성했다. 따라서 라노아에게 이곳에 머무를 이유는 없었다.

하지만 그녀는 노라 일행의 작업에 어울려주고 있었다. 부르면 곧장 달려가 적절한 교섭 상대를 제시했다.

그녀 역시 남 말할 처지가 아닐 만큼 착해빠진 성격인 모양이다.

〈19〉

미라를 태운 가루다 왜건이 니르바나의 수도, 라트나트라야에 도착한 것은 아침 식사 시간대였다.

자기 전에 부탁했던 대로 가루다가 울음소리를 내주어 깨어난 미라는 잠에 취한 눈으로 벽장에서 느릿느릿 기어 나왔다. 그리고 잠옷에서 평소 입는 옷으로 갈아입기 시작한 참에 뭐라 형용할 수 없는 한기를 느끼고 뒤를 돌아보았다.

"아아── 좋군──."

자세히 보니 유그스트가 정신을 차렸다. 그리고 무방비한 속옷 차림의 미라를 잡아먹을 듯이 두 눈을 부릅뜨고서 응시하고 있었다.

"……이 변태 같으니!"

기본적으로 누가 보더라도 별다른 감흥이 없었지만, 이 남자가 쳐다보자 소름이 돋아서 미라는 반사적으로 그의 머리를 걷어찼다.

"아아──!"

고통……스러운 것인지 희열에 찬 것인지 알 수 없는 소리를 내며 유그스트는 기절했다. 미라는 그 모습을 보고 생각했다. 그는 엄청난 사디스트지만, 마조히스트의 특성도 겸비하고 있는 건 아닐까.

변태도 이런 상변태가 없다. 오싹함을 느끼며 잽싸게 옷을 갈아입은 후, 미라는 유그스트에게 눈가리개를 추가하고서 서둘러 니르바나성으로 향했다.

유그스트의 신병을 인도하자 곧장 심문이 시작되었다.

하지만 할 일은 간단했다. 에스메랄다가 술식을 써서 제대로 말을 할 수 있을 정도까지 회복시킨 후, 카구라의 술식으로 필요한 정보를 모조리 불게 한 것이다.

하지만 유그스트에게서 새로 얻어낸 정보는 그리 많지 않았다. 이미 그가 아는 것 중 태반을 이리스가 폭로했기 때문이다.

하지만 그런 이리스의 능력으로도 알아내지 못할 만큼 꽁꽁 숨기고 있었던 여러 가지 비밀들도 밝혀졌다.

그중 가장 중요한 것은 그가 비장의 카드로 들고 있던 마지막 암흑 통상로와 또 하나의 보물의 소재── 비밀 무기고의 위치였다.

그 방에 그렇게나 많았던 보물조차 일부에 불과했던 것이다. 무구 관련은 다른 장소에 있었다. 또한, 그곳에 설치된 함정에 관한 정보도 모두 캐냈다.

그렇게 심문이 끝난 유그스트를 감옥 깊은 곳으로 끌고 간 후, 미라 일행은 회의실에 모였다.

자리에는 미라와 카구라, 아르마에 에스메랄다, 그리고 노인이 앉아있었다.

"이번에 알아낸 정보 쪽은 나중에 조사반을 편성해 조사하기로 하고, 우선은 다들 수고했어. 정말로 고마워, 할배. 이제 이리스를 밖으로 내보내줄 수 있겠어."

유그스트를 연행해 오고서 세 시간 남짓이 지나. 겨우 마음을 놓을 수 있게 되자 아르마는 기쁜 듯이 그렇게 말했다.

"모처럼 이토록 큰 축제를 벌이고 있으니. 남은 시간은 마음껏 즐기게 해주고 싶을 테지."

미라 역시 아르마와 같은 심정이었다. 감사 인사를 받을 일은 아니라는 듯이 가슴을 펴고서 이리스를 생각하며 미소를 지은 채 대꾸했다.

그런 대화로 시작된 회의는 그대로 현재 상황의 확인과 다음 움직임에 대해 논의하는 장이 되었다.

우선 현재 상황.

미라가 미디트리아에서 활동하는 동안에도 카구라는 어렵지 않게 미션을 달성해 냈다.

주작인 피스케가 갈로바의 은신처에 도착하자마자 위치를 바꾸어 무사히 술구를 발견. 다시 위치를 뒤바꿈으로써 가장 빨리 회수 작업을 완료한 것이다.

"이 정도는 누워서 떡 먹기지."

정확한 심문에 장거리에서의 목표물 회수. 이를 어렵지 않게 해낸 카구라는 매우 의기양양해 보였다.

다음은 트루리 공작.

트루리 공작은 라스트라다가 변장한 퍼지다이스에 의해 악행이 폭로되어 감옥으로 보내졌다.

그런 그가 소유하고 있던 술구는 현재 증거품 등과 함께 그림다트의 관리하에 있다.

이 건에 관해서는 아르마가 그림다트에 교섭을 했다. '이라 무에르테'를 완전히 괴멸시키기 위해 그 물건을 빌리고 싶다고.

"그래서 말이야, 일단은 빌려주기로 했는데. 살짝 일이 성가셔졌거든——."

대륙 전토를 위협하는 일대 범죄조직 '이라 무에르테'. 그 위협을 제거하기 위한 작전은 자국 공작의 불상사이기도 했다. 따라서 기꺼이 힘을 빌려주겠다는 것이 그림다트의 답변이었다고 한다.

하지만 거기에 한 가지 조건을 붙였다는 듯했다.

그 조건이란 선출한 그림다트측의 군인 두 명을 그 작전에 참가시키라는 것이었다.

감시역이기도 하지만 작전이 성공하면 명예의 일부를 나누어 가지려는 속셈이다.

하지만 상대는 온 대륙에 영향력을 떨치고 있는 삼신국 중 하나다. 때로는 그런 식으로 체면치레를 할 필요가 있다는 것 또한 이해하지 못할 바는 아니었다.

그도 그럴 게 자국의 공작이 범죄에 가담했기 때문이다. 이대로 타국에게 모두 맡겨둘 수 있을 리가 없는 것이다.

"흠, 뭐 걸리적거리지만 않는다면야 문제없겠지."

"응, 맞아. 아무리 그래도 이럴 때 도움이 안 되는 인재를 보내올 리는 없을 테니 괜찮겠지."

미라와 카구라는 매우 속편한 소리를 했다. 하지만 아르마를 비롯한 니르바나 세력은 참으로 복잡한 표정을 짓고 있었다.

그림다트측에서는 '이라 무에르테'와의 최종 결전을 위해 특별한 인재를 보내올 거다. 그렇다면 군에 속한 자들 중에서도 상당히 지위가 높은 자일 가능성이 높다.

그런 높으신 분을 맞이하려면 나라로서도 상당히 주의를 기울여야만 하는 것이다.

"예의범절에 까다로운 사람이면 귀찮아질 텐데……."

여왕으로 지낸 세월이 길기는 해도 근본에는 여전히 서민 기질이 남아 있는 탓에 아르마는 아직도 격식에 맞게 행동하는 게 불편한 모양이었다.

"우리 여왕님이 겉만 번지르르하다는 게 들키지 않으면 좋겠네……."

그런 여왕 대신 여러 가지 응대를 맡는 일이 많은 에스메랄다는 매우 걱정스러운 눈으로 아르마를 바라보았다.

"뭐, 처음에 얼굴만 보고 나머지는 대신들에게 맡기는 게 무난하려나……."

알고 지낸 세월만큼 아르마를 잘 아는 노인은 정말 필요할 때에만 접촉하게 하면 된다고 생각하는 눈치였다.

"자아, 그럼 다음! 다음은, 그게…… 예정보다 빨리 끝날 가능성이 생겼습니다!"

약간 우울했던 분위기를 바꾸려는 것인지 아르마는 밝은 투로 말했다.

갈로바, 트루리 공작, 유그스트에 이어 '이라 무에르테'의 마지막 한 명인 이그나츠에 관해 이야기하려는 것이다.

아크 대륙의 중앙부를 좌지우지하는 힐베란즈 도적단. 이그나츠는 주변 군국들은 손도 못 댈 만큼 강대한 힘을 지닌 이 도적단의 두령이기도 했다.

그런 도적단을 상대하려면 주변국들의 이해는 물론이고 상당한 전력을 투입할 필요가 있다.

그 전력으로 기대하고 있는 것이 바로 아틀란티스 왕국의 '이름 없는 사십팔장군'이다.

그중 다섯 명을 파견해주기로 약속했었지만 놀랍게도 에스메랄다가 교섭한 결과, 그 숫자가 열 명으로 늘었다는 것이다.

"그것참, 통도 크구나."

그 정도면 타국을 기울어지게 하는 것도 가능할 전력이다.

듣자 하니 힐베란즈 도적단의 섬멸은 '이라 무에르테'를 소탕하는 데 필요한 일이라면서 에스메랄다가 이점을 상세히 설명한 결과라는 듯했다.

아틀란티스는 파견을 결정했을 뿐 아니라 추가로 다섯 명을 더 보내기로 약속해 주었다고 한다.

아홉 현자에 필적하는 장군이 열 명이나 참가하게 되었다. 또한, 이 결정은 힐베란즈 도적단에 의해 고충을 겪고 있던 주변국들을 움직이는 데도 큰 도움이 되었다는 모양이다.

저 '이름 없는 사십팔장군'이 열 명이나 협력해준다면 자신들도 가만히 있을 수 없다며, 현재 많은 나라들이 출병을 확약해주고 있다는 듯했다.

"그런고로 순조롭게 되고 있어. 아마도 다음 주에는 본거지로 쳐들어가서 목적한 물건을 회수할 수 있을 것 같달까?"

요전만 해도 도적단 사냥 준비에만 1, 2주가 걸릴 것으로 예상되었지만, 이대로 가면 훨씬 빨리 끝날 것 같다는 말로 아르마는 이야기를 끝맺었다.

"흠…… 그만큼 많다면, 이대로 기다리고 있어도 될 것 같군그래!"

상대는 군국들도 선뜻 손을 대지 못하고 있는 도적단이다. 경우에 따라서는 참전도 염두에 두고 있었지만, 미라는 그 이야기를 듣자마자 냉큼 대기 쪽으로 마음을 돌렸다.

귀찮다는 이유도 있지만 무엇보다도 아틀란티스의 장군이 열 명이나 오면 아무리 도적단이 거대하다 해도 확실하게 괴멸될 것이라는 이유가 컸다. 이제 갈 필요도 없는 상황이 된 것이다.

이대로 기다리고 있으면 모든 술구가 모인다. 그리고 그러고 나면 '이라 무에르테'의 진정한 보스를 공략하는 일만 남는다.

미라가 그런 생각을 한 참에, 아르마가 약간 걱정되는 점이 있다며 입을 열었다.

"그래도 괜찮——을 거라 생각했는데 말이야. 아까 그림다트 쪽에서 추가로 들어온 보고가 영 찜찜하거든."

그런 말로 운을 뗀 아르마는 그림다트측에서 트루리 공작을 심문했을 때 얻었다는 정보에 관해 이야기했다.

트루리 공작이 '이라 무에르테'에서 맡고 있던 일. 그것은 인신

매매를 비롯한 생명의 거래다. 그 생명에는 사람 말고도 여러 종류가 포함되어 있었다.

밀렵된 동물에 성수와 영수. 이리스와 같이 특이한 힘을 지닌 자와 정령 등, 그야말로 다양했다.

그리고 그중에는 마물, 마수와 같은 부류도 포함되어 있었다는데. 트루리가 말하길, 그중 몇 퍼센트는 보스가 직접 의뢰를 해서 제공하고 있었다는 듯했다.

또한 그러한 마물과 마수는 보스가 준비한 배에 태워두면 어느샌가 바다 저편으로 사라져 버렸다고 한다.

"——그런고로. 어쩌면 보스가 있는 장소에는 이 마물과 마수들이 수두룩하게 도사리고 있을지도 몰라."

대체 보스가 어떠한 이유로 마물과 마수를 준비시킨 것인지까지는 전혀 알 수가 없다.

어쩌면 단순한 수집가일지도 모른다. 그도 아니면, 별로 생각하고 싶지는 않지만 애완동물처럼 키우고 있는 걸지도 모른다.

박제를 했을 가능성도 있다. 그리고 무엇보다 파수견 같은 용도로 그것들을 배치해두었을 가능성도 충분히 있는 것이다.

보스가 있는 거점을 수많은 마물과 마수가 지키고 있을 경우, 그곳의 공략 난이도는 상당히 높아질 수밖에 없다.

미라 일행이 개인적으로 특출한 전력을 지녔다 해도 한계는 있기 마련이다.

개중에서도 특히 주의가 필요한 것이 바로 마수였다. 아르마의 말에 따르면 '아왕(牙王) 그랑기슈'를 제공했다는 이력까지 있었다는 듯했다.
그 마수는 미라와 노인 같은 실력자들도 애를 먹을 정도의 난적(難賊)이었는데 무슨 수로 잡은 것인지 모르겠다.

심지어 그러한 마수가 그밖에도 잔뜩 운반되었다고 한다.
"흐음…… 그건 좀 성가시겠군."
"게다가 지형적으로도 저쪽이 우세할 테고. 까다롭겠네……."
만약 방어 전력으로 배치해 두었다면 이곳에 있는 인원들만으로는 상당히 애를 먹게 될 것이다.
미라와 카구라는 그것참 성가시게 됐다며 눈살을 찌푸렸다.
"그림다트에서 올 군인이라는 게 장군이라면 만사 해결일 터인데. 나라에서 좀처럼 나오질 않으니 말이다."
삼신국이 자랑하는 방어의 중심. 인류 최강의 삼신장. 그중 한 명이 와준다면 어떠한 마수가 도사리고 있다 해도 두려워할 필요가 없다.
하지만 방어의 중심인 삼신장이 나라에서 나오는 건 그리 기대할 수 없는 일이다.
따라서 '이라 무에르테'의 보스를 타도하고 조직을 완전히 붕괴시키려면 레이드급 마수가 앞을 가로막더라도 이를 돌파할 만큼의 전력을 자신들 쪽에서 갖추어야만 하는 것이다.
"우선 노인 군은 확정 멤버라 치고, 할배랑 카구라한테도 부탁해도 될까?"
"음, 상관없다."

"당연하죠, 내버려 둘 순 없으니까요."

다시금 아르마가 협력을 요청하자 미라와 카구라는 원래부터 그럴 생각이었다고 답했다.

그리고 이리스의 호위에서 해임되어 자유로워진 노인 역시 쓴 웃음을 지은 채 "그럴 줄 알았습니다"라며 고개를 끄덕였다.

현 시점에서의 전력은 미라와 카구라, 그리고 노인까지 세 명. 여왕 아르마는 물론이고 에스메랄다도 바쁜 탓에 나라를 벗어날 수 있을 것 같지가 않다고 한다.

"그나저나 그대들 중에서 참가할 수 있을 듯한 자는 또 없는 게냐?"

남은 십이사도의 멤버 열 명 중 사정이 되는 이는 없는가. 미라가 그렇게 묻자 아르마는 가만히 팔짱을 끼고 생각에 잠겼다.

그리고 십여 초쯤 지나 어려울 것 같다고 답했다.

"할배 덕에 적의 간부를 둘이나 처리해서 어느 정도는 경비 체제를 변경할 수 있을 줄 알았는데——."

그렇게 운을 뗀 아르마는 현재 상황에 관해 설명했다.

우선 십이사도의 배치.

현재 '이라 무에르테'를 괴멸시키기 위해 목숨 바쳐 활약하고 있는 각국의 중역이 네 명 있었다. 그 네 명에게 십이사도가 두 명씩 호위로 붙어 있었던 것이다.

그들은 완벽하게 임무를 수행해서 이미 습격해온 자들을 몇 명이나 체포한 상태다.

그러나 붙잡기는 했지만 습격자들은 고용된 자에게 다시 돈을 받고 고용된 자들뿐이라 유익한 정보는 그다지 얻어내지 못했다고 한다.

하지만 그 덕분에 악행에 손을 댄 중소 조직 몇 개가 판명되어 이를 괴멸시켰다는 모양이다. 예정과 다르기는 하지만 유의미한 결과라 할 수 있으리라.

"——그래서 말인데, 할배가 변태를 붙잡은 덕에 이리스를 노리는 녀석들은 줄어들 것 같아. 왜냐하면 저 변태가 여기 있는 한, 이리스의 능력을 봉인해 봐야 의미가 없으니까."

아르마는 안심한 얼굴로 그렇게 말하더니 계속해서 배치 상황에 관해 설명했다.

우선 중진들을 호위해야 하니 여덟 명은 움직일 수 없다. 이는 그 중진들이 위험한 역할을 수락하는 조건으로 제시해 배치한 것이기 때문이다.

최고 간부 네 명을 확보했어도 완전히 안전하다고 단언할 수는 없다. 따라서 여덟 명은 그대로 두어야 한다.

다만 호위 임무가 끝난 뒤에는 그들 모두를 전력으로 투입할 수 있다. 하지만 그 임무가 끝나는 건 투기대회가 종료되는 것과 같은 시기다. 그렇게 되면 본거지 공략의 신속성이 떨어져, 상대에게 대처할 시간을 주는 꼴이 되기에 기다리면 그만이라고 단언할 수가 없는 상황인 것이다.

움직일 수 있는 가능성이 있었던 것은 이리스의 방까지 가는 통로 및 왕성 내부의 경비를 맡은 두 사람이었다. 하지만 이쪽도 안전상의 문제로 어려울 듯하다.

더불어 지금은 절대 방어 대상이 더 늘었다.

그것은 최고 간부 두 명인 갈로바와 유그스트를 유폐해둔 감옥이다.

따라서 그중 한 명은 그곳을 지키게 될 것이라고 한다.

분명 '이라 무에르테'측에서는 무슨 수를 써서든 해방하고 싶을 테니 말이다.

심지어 감옥은 한 차례 침입을 허용한 적이 있기도 하다. 그렇기에 십이사도 중 한 명을 배치할 필요가 있는 것이다.

"흠, 분명 그래서는 어렵겠구나."

"확실성을 추구하자면 그렇지."

상황상 노인을 제외한 십이사도는 참전이 어려울 것이라 말하지 않을 수 없었다.

그렇다면 어쩔 수 없겠다며 미라와 카구라도 납득했다.

하지만 미라와 카구라는 경험에 근거해 이대로는 전력이 부족하다고 발언했다.

게임이었던 시절의 일이기는 하지만, 두 사람은 마물과 마수의 혼합 세력을 상대로 한 난전을 경험한 적이 있었다.

만약 '이라 무에르테'의 본거지가 그때와 비슷한 상태라면 미라 일행과 같은 급의 전력이 최소한 다섯 명은 필요하다는 게 두 사람의 판단이었다.

상위 마수의 존재는 그만큼 성가신 것이다.

"우리 쪽 대(對) 마수 전대도 추가하면 안정이 되기는 하겠지만…… 기동성이 문제란 말이지……."

아르마는 잠시 생각에 잠겨 있더니 그렇게 말하며 복잡한 얼굴로 신음했다.

니르바나군이 자랑하는 대 마수전용 특수 부대. 그 전력을 투입하면 미라 일행을 충분히 보조할 수 있을 것이라고 아르마는 장담했다.

그러나 수백 명 규모로 이루어진 중대급 부대라, '이라 무에르테'의 보스가 있는 곳을 정확히 알지 못하는 현재로서는 투입할 수 있을지 어떨지 판단하기가 어렵다는 듯했다.

갈로바에게 캐낸 바에 따르면, 보스의 거점은 망망대해 어딘가에 있다고 한다. 그렇다면 부대를 이송할 때 배나 비공선이 반드시 필요한데, 당연히 그에 따른 준비도 필요할 테니 작전 진행이 늦어질 수밖에 없는 것이다.

게다가 그만한 부대를 움직이면 눈에 띌 수밖에 없다. 그러다가 눈치를 채고 도망치기라도 하면 작전이 수포로 돌아간다.

따라서 '이라 무에르테'와의 최종 결전은 눈에 띄지 않게 신속하게 움직일 수 있는 소수 정예로 치를 필요가 있다.

"더 할 수 있는 걸 꼽자면, 도적단 사냥에 참가하는 인원 중 몇 명을 그대로 보내줄 수 없을지 아틀란티스측과 교섭하는 것 정도이려나."

그밖에 전력이 될 만한 자를 꼽자면 역시 '이름 없는 사십팔장군'뿐이리라. 아르마는 어떻게든 본거지 공략 작전으로도 끌어들일 수 없을지 궁리 중인 듯했다.

또한 당연하게도 또 하나의 가능성도 염두에 두고 있는지 "할배 쪽은 어때? 누구 없어?"라고 말을 이었다.

"흐음…… 전력이라……."

아르마는 아홉 현자의 추가 참전을 염두에 두고 한 말이었다.

현재, 공적으로는 루미나리아를 제외한 나머지가 행방불명인 것으로 되어 있지만 이미 그중 절반을 미라가 발견해냈다. 그렇기에 아르마는 기대에 찬 얼굴로 어떻게든 올 수 있는 사람은 없겠느냐고 물은 것이다.

⟨20⟩

"일단 메이린은 설득할 수 있을 듯하구나. 강한 마수가 잔뜩 있다고 하면 넙죽 따라올 게야."

결전에 참전 가능한 전력은 없는가. 그런 아르마의 질문을 듣고 미라의 머리에 가장 먼저 떠오른 것은 이미 이 도시에 있는 메이린이었다.

위치도 파악하고 있는 데다 성격도 예상하기 쉽다. 상황을 설명한 금방 따라올 것이다.

"아, 그렇구나. 이렇게 큰 대회를 열었으니 왔겠지."

미라의 그 말을 듣고 가장 먼저 반응한 것은 카구라였다.

니르바나에 오자마자 정신없이 일한 탓에 그녀는 아직 메이린이 이 도시에 있다는 사실을 알지 못했던 것이다. 그래서인지 미라를 노려보며 "좀 더 빨리 말해주면 어디 덧나?"라고 쏘아붙였다.

미라는 "왜, 바쁘지 않았느냐"라고 답하며 슬그머니 시선을 돌렸다.

"하지만 메이짱이라면 확실하게 참전하겠네. 덕분에 승률이 확 올랐어."

어쨌든 분명 틀림없이 참전해줄 거라며 카구라는 고개를 끄덕였다.

하지만 미라에게는 한 가지 걱정거리가 있었다.

"음, 그러할 테지만…… 투기대회 시합 일정이 쬐끔 걱정이구나."

현 시점에서 시기상 '이라 무에르테'의 본거지 공략은 투기대회의 예선 중에 이루어질 것이다.

다시 말해서 예선 조합에 따라서는 본거지 공략 중의 메이린이 부전패가 될 가능성도 있는 것이다.

그리고 강한 상대와 싸우기를 좋아하는 메이린은 그중에서도 특히 대인전을 즐기는 경향이 있었다. 경우에 따라서는 그 최고의 무대라 할 수 있는 투기대회를 우선시할 가능성도 있는 것이다.

"해서 한 가지 상의하고픈 게 있다만——."

상황에 따라서는 메이린을 설득하지 못할지도 모른다. 하지만 이곳에는 그 원인인 예선 조합에 간섭할 수 있는 인물이 있다.

투기대회를 지휘하고 있는 여왕 아르마가.

미라는 걱정거리에 관해 설명한 후, 예선을 조정할 수는 없겠느냐고 물었다.

"아~…… 듣고 보니 그러네. 메이린이라면 그럴 것 같아. 하지만 그런 거라면 맡겨줘. 완벽하게 조정해줄 테니까!"

메이린을 설득하는 데 필요한 것. 그에 관해 들은 아르마는 납득함과 동시에 가슴을 편 채 답했다.

게다가 그뿐이 아니었다.

"그럼 협력해주면 본선에서 강한 사람과 우선적으로 싸울 수 있도록 조정해 주겠다고도 전해줘"라는 소리를 한 것이다.

예선 결과를 보고 특히 우수했던 자를 우선적으로 배치해주겠다는 것이다.

"호오, 그거라면 분명 좋아라고 달려들 테지. 이미 함락됐다 해도 과언이 아닐 게다."

그렇게 전하면 메이린은 분명 YES라고 말할 거다. 아주 눈을 반짝반짝 빛내면서. 게다가 이렇게까지 좋은 조건을 갖춰주면 메이린의 기분은 최고로 고조되어, 사자분신(師子奮迅)의 활약을 보여줄 것이다.

이로써 여섯 명이 갖춰졌다. 일단 작전 수행은 가능할 것으로 보이는 인원수지만 그 중 둘은 그림다트에서 파견될 자들이다. 실제로 보기 전까지는 그 실력이 어느 정도인지 판단할 수가 없다. 과연 미라 일행을 따라올 수 있을지 어떨지가 문제인 것이다.

더불어 적측의 전력도 불명확하니 더 많은 전투 요원이 필요할 거다. 그렇게 생각한 미라는 "흐음, 어디 끌어들일 만한 자는 없으려나……" 하고 생각했다.

"……그런데 아르테시아 씨는 부른 게냐?"

아르마는 아르테시아를 만나기 위해 고아원 아이들을 투기 대회에 부르겠다고 했다. 문득 생각이 나서 미라가 잘 되어가냐고 묻자, 아르마는 이미 알카이트 왕국으로 보낸 비공선이 도착해 있을 즈음이라고 답했다.

이미 거기까지 이야기가 진행된 모양이다. 며칠 안에 니르바나에 도착할 예정이라고 한다.

"아, 그렇구나. 아르테시아 씨도 오면 그야말로 천군만마를 얻은 격이 되겠네!"

"오오, 아르테시아 씨라. 그렇게 되면 패할 일은 없겠어."

미라가 찾아낸 아홉 현자 중 한 명이 곧 니르바나에 도착한다. 그대로 전력으로 참가해 준다면 지원에 대한 걱정은 안 해도 되리라.

기뻐하는 아르마와 노인에 이어 카구라가 놀란 투로 "아르테시아 씨가 온다고?!"라고 소리쳤다.

놀랄 만도 했다. 아이들에게 둘러싸여 있는 그녀를 움직이는 것이 몹시 어려운 일이라는 것을 그녀도 알기 때문이다.

"음. 아이들과 함께 초대하기로 했지."

"역시 니르바나네……."

니르바나의 여왕은 아르테시아뿐 아니라 아이들까지 초대한 것은 물론이고 체류 중의 생활도 책임지겠다고 보장했다.

이스즈 연맹의 세력도 상당하기는 하지만, 이것이야말로 대국이기에 가능한 일인 듯해서 카구라는 통도 크다 생각하며 허탈한 웃음을 지었다.

"그나저나 아르테시아 씨 말이다만, 단박에 참전하겠다는 답을 듣기는 어려울 게다."

미라는 다시금 확인을 하듯 그렇게 말을 이었다. 분명 아르테시아는 본거지 공략에 와주지 않을 것이라고.

"아르테시아 씨는 알다시피 아이라면 사족을 못 쓰니 말이야. 이번에는 카라낙 고아원 아이들도 함께 오기로 했으니, 분명 아이들 곁을 떠나려 하지 않을 테지."

원래부터 아르테시아가 돌보고 있던 고아들 백여 명에 다른 고아원의 아이들까지 합치면 이백 명이 넘는다.

하지만 돌보는 것은 그렇게까지 큰 문제가 아니다. 돌볼 자들이 함께 오기도 하거니와 아르마의 이름으로 니르바나성에 초대한 것이기 때문이다. 당연히 여왕을 섬기기에 걸맞은 메이드들이 대응할 것이다.

문제는 아르테시아 본인이었다. 돌보는 것도 좋아하지만 아이들과 노는 걸 더 좋아하다 보니 이백 명도 더 되는 아이들에게 둘러싸인 그녀를 낙원에서 끌어내려면 고생 꽤나 해야 할 거다.

"아~……."

가장 먼저 납득한 것은 카구라였다. 아이와 관련된 이런저런 일들을 몇 번이나 직접 봐온 탓에 그건 어쩔 수 없다며 쓴웃음을 짓고 있었다.

"듣고 보니……."

"무리일 것 같네……."

아르테시아의 아이들에 대한 사랑은 상당히 유명했다. 아르마와 에스메랄다 역시 짚이는 바가 있는지, 그들의 표정에는 체념에 가까운 무언가가 떠올라 있었다.

"응? 그런데 할배는 왜 아르테시아 씨 얘기를 꺼낸 거야?"

완벽한 지원은 포기하는 수밖에 없겠다. 그런 분위기가 감도는 가운데 아르마가 문득 무언가를 알아채고 말했다.

애초에 그 사실을 처음부터 알고 있었으면서 왜 아르테시아에 관한 이야기를 한 것이냐고.

"아아, 그건 한 사람이 더 있기 때문이다――."

고아원과 관련된 아홉 현자는 아르테시아뿐이 아니다. 그렇다,

라스트라다도 그 중 한 명이었다.

듣자하니 그는 이미 괴도 퍼지다이스로서의 활동을 그만두었다. 그렇다면 이미 알카이트에 돌아가 있을지도 모른다.

그도 그 나름대로 괴도로서 활동하는 한편, 오랫동안 고아원에서 아이들을 돌봐온 것이다. 그리고 아이들도 그를 무척 따랐다.

아르마가 고아원을 통째로 초대했다면 라스트라다도 따라올 거다. 같이 가고 싶다는 아이들의 목소리를 뿌리쳐야 할 마땅한 이유가 없는 한은.

"——해서, 그 고아원에는 라스트라다도 관계하고 있어서 말이다. 같은 배에 타고 있을지도 모른다는 뜻이다."

라스트라다가 퍼지다이스라는 부분은, 직접 정체를 밝히는 걸 기대하고 있던 그의 즐거움을 빼앗지 않기 위해 덮어두었다. 두 사람이 힘을 모아 고아원을 운영하고 있었다는 이야기와 그렇기에 함께 올 가능성이 높다고만 말했다.

"왜 고아원에 있는지는 모르겠지만, 그럼 기대해도 되겠네!"

역시 그들의 관계가 신경 쓰이는 눈치이기는 했지만 그건 그거다. 아르마는 그 가능성에 기대를 품었다.

보스가 있는 곳은 많은 마물과 마수가 있을 것으로 추측되는 장소다.

그러한 마물, 마수들의 힘을 자신의 것으로 만들 수 있는 강마술사 라스트라다는 그들과의 싸움에서는 스페셜리스트라 해도 과언이 아니다.

상대가 어떠한 능력을 지니고 있는지, 어떤 식으로 싸우면 될지에 관한 정확한 조언을 해주리라.

"그럼 남은 건 루미나리아와 소울하울이다만, 이쪽은 확인해봐야 알겠구나. 루미나리아 녀석은 일단 나라의 기둥이니 말이야. 소울하울도 슬슬 나라에 도착했을 테지만 도통 짐작이 안 되는군. 뭐, 그런 점까지 모두 솔로몬에게 물어보도록 하마."

떠오른 가능성을 모두 제시한 후, 미라는 끝으로 그렇게 말하여 이야기를 끝맺었다.

현재 상황의 확인과 향후 지침 확정. 그러한 것들을 대략적으로 마치고 일시적으로 해산한 후, 미라는 그대로 여왕의 집무실 옆에 있는 통신실에 와 있었다.

"——그렇게 되었다만, 어떨 것 같으냐?"

『아하…… 그런 상태였구나.』

미라의 대화 상대는 솔로몬이었다. 곧장 상황을 설명하고 라스트라다와 루미나리아, 소울하울의 파견 가능 여부를 물은 것이다.

『일단 묘군(昴君)—— 라스트라다라면 괜찮아, 이미 돌아왔거든. 그리고 어제 그쪽에서 보낸 비공선이 도착해서 이것저것 돕고 있는 것 같아. 그리고 그대로 아이들과 함께 가겠다고…… 아아…… 그러고 보니 놀라게 해주고 싶으니 비밀로 해달라고 했는데. 근데 뭐, 상관없겠지. 그쪽에서는 예상하고 있었던 것 같으니까.』

예상한 대로 라스트라다는 이미 귀환했고, 그대로 아르테시아 일행과 함께 니르바나로 올 모양이다.

이제 놀란 척을 하고 미소를 지은 채 맞아주기만 하면 두 번째 전력이 확보되는 것이다.

"흐음, 역시 오는 겐가. 해서, 루미나리아 쪽은 어떠냐? 그래봬도 뭐, 있으면 쓸 데가 많지 않으냐."

현재 알카이트 왕국에서 공적으로 건재하다고 알려진 현자는 루미나리아뿐이다.

그렇기에 그 지위는 매우 무거웠고, 국방의 중심으로서의 역할도 하고 있기에 그리 간단히는 움직일 수가 없었다.

다만 그녀가 지닌 압도적인 공격력과 범위 섬멸력은 아홉 현자 중에서도 특출했다. 대량의 마물과 마수가 도사리고 있을 것이 예상되는 지금으로서는 가능하면 함께 하고 싶은 전력이었다.

『뭐야, 그 츤데레 같은 소리는. 내가 가줬으면 좋겠지? 응? 솔직히 말하라고.』

문득 솔로몬과 다른 목소리가 들려왔다. 하지만 미라는 놀라지 않고 한숨을 내쉬며 "무어냐, 있었던 게냐"라고 답했다.

그렇다, 목소리의 주인공은 루미나리아 본인이었다.

『당연하지.』

자신만만하게 웃는 그녀의 말에 따르면, 건국제에 관해 논의하던 중에 미라가 연락을 해왔다고 한다. 그래서 자리에 없는 척 이야기를 듣고 있었다는 모양이다.

"나 원……. 해서, 어떠냐, 솔로몬이여."

일단 추근대는 루미나리아의 말을 흘려들으며 미라는 다시 한 번 물었다.

『응, 알겠어. 사정이 그렇다면 상관없어. '이라 무에르테'와의 싸움을 마무리할 수 있다면 전력을 아껴둘 때가 아니니까.』

솔로몬은 흔쾌히 승낙했다. 대륙 전토를 좀먹는 악의 범죄조직을 타도하는 일이다. 그들을 괴멸하는 게 목표라면 아홉 현자를 움직일 이유로는 충분하다면서.

『하지만 그 이유를 그대로 쓸 수는 없으니까――…… 음~ 글쎄에. 투기 대회의 게스트로 초대되었다는 걸로 해두라고 아르마 씨에게 전해줘.』

"오오, 오냐오냐. 그 정도쯤이야."

아홉 현자를 전력으로서 움직이겠다고 하면 주변국들이 가만히 있지 않을 거다.

하지만 대국 니르바나가 초대했다는 구실이 있으면 출국을 인정할 수밖에 없을 것이다.

또한 그렇다면 마침 잘됐다며 루미나리아도 아르테시아 일행과 같은 비공선을 타겠다고 했다.

루미나리아는 쓸데없이 요염해서 무구한 아이들의 정서가 다소 걱정되기는 하지만, 그 부분은 분명 아르테시아가 어떻게든 해줄 거다.

어쨌든 루미나리아의 참전도 무사히 결정되었다.

"헌데 소울하울 녀석은 어떠냐? 슬슬 돌아가겠다고 약속한 시기가 되었을 터인데, 돌아가지 않았느냐?"

라스트라다, 루미나리아에 이어 소울하울까지 편입시키면 상당히 전력이 탄탄해질 거다.

반드시 돌아가겠다고 약속했으니 시기상 도착했어도 이상할 게 없다. 하지만 소울하울이 도전한 성배 제작은 터무니없이 어려운 작업이다. 예정대로 되지 않았을 가능성 또한 있는 것이다.

『아아, 내 힘이 필요한 거야?』

그러자 또다시 예상치 못한, 솔로몬도 루미나리아도 아닌 목소리가 통신 장치에서 들려왔다.

그 즉시 미라는 놀란 표정을 지었다.

"오오! 그 목소리는 소울하울이로구나! 그대도 거기 있었던 게냐!"

그렇다, 그 목소리는 소울하울의 것이었다. 돌아갔을지 어떨지 —— 미라는 굳이 말하자면 아직 돌아가지 않았을 거라 생각했지만, 그가 이미 그 자리에 있다는 사실을 알고 반색했다.

상황상 전력은 조금이라도 많을수록 좋다. 다만 지금은 그보다 신경 쓰이는 것이 있었다.

"그렇다는 것은, 성배 제작은 다 끝난 게냐? 해서, 어찌 되었느냐, 잘 되었어?"

몇 년에 걸쳐 소울하울은 신명광휘의 성배 제작에 몰두해 있었다. 그 이유는 죽을 운명인 여성을 구하기 위해서였다.

그가 알카이트 왕국으로 돌아갔다는 것은 다시 말해서 성배가 완성되었다는 뜻이리라.

일전에 정령왕은 말했다. 소울하울이 구하려 하는 여성이 죽음의 구렁텅이에 빠진 원인은 바로 성흔이라고. 그리고 신명광휘의 성배는 그 성흔의 원인이 된 신의 힘을 정비할 수 있는 것이라고.

과연 그 시도는 성공했을까. 무엇보다도 소울하울의 노고는 결실을 맺었을까. 미라는 그의 답을 기다렸다.

『그래, 끝났어. 유감스럽게도――.』

잠시 후, 소울하울은 무거운 한숨을 내쉬며 그렇게 말했다.

그 목소리, 그리고 전해져 오는 분위기를 통해 미라는 순간적으로 최악의 결말을 상상했다.

성배 제작에 잠시 관여한 탓에 궁금하기는 했지만, 건드리지 않고 가만히 두는 게 좋을지도 모르겠다.

그렇게 생각한 순간――.

『생각했던 것보다 쌩쌩해졌어. 제대로 매장하라느니, 공양하라느니 시끄럽게 굴던 녀석이, 최근에는 진실된 사랑이 어쩌니저쩌니 하며 더 시끄럽게 굴어서 성가시기 그지없어.』

소울하울은 무거운 목소리로 그렇게 말을 이었다.

듣자 하니 정체의 술식을 해제하고서 신명광휘의 성배의 힘을 정령왕에게 배운 대로 사용한 결과, 그녀의 몸 안에서 폭주하고 있던 신의 힘이 안정되어 목숨을 건질 수 있었다고 한다.

그리고 정신을 차리고 다소 시간이 지난 지금, 이전과는 다른 이유로 잔소리를 한다고 아주 넌더리를 내며 말했다.

하지만 그 목소리에는 그가 필사적으로 숨기려 하고 있는 다정함이, 그리고 안심한 빛이 배어나고 있었다.

또한 현재는 성배의 힘을 써서 억지로 신의 힘을 안착시킨 탓에 그릇인 그녀의 몸이 아직 그 상태에 완전히 적응하지 못한 상태라고 한다.

그래서 그것이 안정되고 일상생활을 할 수 있게 될 때까지 그 여성은 매일 재활 치료를 하고 있다는 모양이다. 하지만 어쩌다가 그렇게 된 것인지, 사랑이 어쩌고저쩌고 떠들기 시작해서 더더욱 성가신 존재가 되었다고 소울하울은 푸념을 쏟아냈다.

『뭐어, 귀중한 피험체니까. 차분하게 데이터를 뽑아봐야지.』

여성은 데이터 수집을 위해 루나틱레이크에 있는 창약연구소 소속의 병원에 쳐박아 두었다고 소울하울은 말했다.

원래 있던 고대지하신전 근처에 있는 카라낙에도 충분한 재활 시설이 있는데 굳이 알카이트 왕국 제일의 병원으로 옮긴 것은 과연 데이터를 위해서일까, 아니면 그녀에 대한 그의 배려일까.

후자라 해도 소울하울이 그렇다고 인정할 일은 없겠지만.

"흠, 어찌 되었건 성공한 게로군. 그것참 다행이로구나."

그가 이뤄낸 일의 난이도를 아는 미라는 감개무량하다는 듯이 칭찬했다. 그리고 그의 노력을 칭찬하는 자가 약 두 명 정도 더 있었다.

『호오, 그렇군. 무사히 성공했군.』

『사랑의 힘이야, 사랑의 힘.』

정령왕과 마텔이다. 두 사람은 소울하울이 맞이한 여행의 결말을 듣고 살며시 눈물을 훔치며 기뻐했다.

"자아 그럼, 다음으로 넘어갈까."

그리하여 소울하울에게서도 참전하겠다는 확약을 받아냈다. 그 또한 앞서 언급된 두 사람과 마찬가지로 니르바나의 비공선에

동승하겠다고 한다.

또한 솔로몬도 흔쾌히 승낙했다. 아닌 게 아니라 이만큼 아홉 현자를 니르바나의 작전에 참가시켜두면 상당히 큰 빚을 지워둘 수 있다며, 아주 음흉한 미소를 띤 채로.

어쨌든 예상했던 것 이상의 성과를 얻어낸 미라는 의기양양하게 다시 한 번 손을 써보고자 통신실 안을 둘러보았다.

"……그나저나 참, 넓기도 하구먼."

이 장소는 니르바나에서 공적인 일에 사용되는 통신실이 아니었다. 말하자면 여왕이 은밀한 통신을 위해 사용하는 방인데, 나라의 규모만큼이나 상당히 넓었다.

"이쯤이 좋겠군."

이만큼 넓으면 문제없겠다고 판단한 미라는 곧장 아이템 박스에서 왜건을 꺼내 전개했다.

통신 장치의 종류는 다양했지만, 그것들은 서로의 번호를 등록해두지 않으면 연결되지 않는다. 따라서 이번에 연락할 상대――발렌틴의 거점으로 지정된 번호로는 미라의 왜건에 설치된 통신 장치에서만 연락할 수 있었다.

그렇다, 미라가 한 번 더 손을 써보려는 상대는 발렌틴이었다.

요전의 일도 있고 해서, 또 뭔가 용건이 생겼을 때를 위해 발렌틴 일행이 속한 조직의 거점으로 연락할 수 있는 번호를 받았더랬다. 다시 말해서 발렌틴뿐 아니라 그의 동료들에게도 인정을 받은 것이다.

"어디 보자~ 분명 번호가……."

미라는 왜건에 올라타, 그대로 평소처럼 벽장에 상체를 처박은 자세로 통신을 개시했다.

"좋아, 이제 녀석이 오기를 기다리기만 하면 되겠군그래."

완전히 동료로 인식되었는지, 통신으로의 이야기는 아주 매끄럽게 진행되었다. 금방 연락해서 말을 전달하겠다고 했다.

부탁한 전언의 내용은 '힘을 빌려줬으면 하는 용건이 있으니 직접 대화하고 싶다'였다. 발렌틴이 이 메시지를 받으면 곧장 달려와 줄 거다.

그렇게 전이의 표식인 막대형 술구를 손에 들고 얼마 동안 기다리자. 미라의 옆에 낯익은 마법진이 떠올랐다. 발렌틴이 사용하는 전이술의 출구가 되는 문이다.

"어이쿠, 이거 정말 으리으리한 방이네요. 그래서 무슨 일이신가요."

이제 전이는 일상다반사라는 듯한 얼굴로 나타난 발렌틴은 어딘가의 사령실 같은 통신실을 둘러보더니 그렇게 말하며 미라를 바라보았다.

"음, 이 몸에게도 전이를…… 이라고 말하고 싶지만, 살짝 큰 싸움이 일어날 것 같아서 말이다——."

왜건의 마부대에서 폴짝 뛰어내린 후, 미라는 전이를 당연하다는 듯이 사용하는 발렌틴에 대한 질투를 억누른 채 본래의 용건을 상세히 전달했다. 니르바나에 오고 나서 얽히게 된 '이라 무에르테'에 관한 모든 것을.

"——과연, 그 결전을 위해 전력을 모으고 있다는 거군요……."

최고 간부를 붙잡아 술구가 모이면 진정한 보스가 있는 곳을 알 수 있다. 하지만 그곳에는 대량의 마물과 마수가 도사리고 있을 것으로 예상된다.

그래서 발렌틴을 부른 것이다. 퇴마술사인 그의 힘은 마의 힘을 지닌 존재인 마물과 마수에게 큰 효과가 있다. 심지어 그는 아홉 현자, 대륙 최강의 퇴마술사다. 그 혼자서도 전황에 막대한 영향을 미칠 수 있다.

그렇기에 다음 작전에 반드시 참가시키고 싶은 전력이라 생각하며 미라는 기대 어린 눈으로 발렌틴을 바라보았다.

"알겠습니다. 바쁜 시기이기는 하지만, 작전 개시 때까지는 시간을 만들어두죠."

그도 상당히 바쁜 듯했지만 그 작전의 중요성도 이해한 것인지. 잠시 생각하는 눈치이더니 어떻게든 해보겠다며 흔쾌히 승낙해주었다.

그러고서 정확한 일시와 작전 내용을 정할 회의 일정 등이 정해지면 다시 연락하겠다는 말을 나누던 중에——.

"저기, 뭔가 등록되지 않은 반응이 갑자기 나타났는데 누가——."

갑자기 통신실의 문이 열리더니 아르마가 들어왔다. 그녀는 브로치 같은 것을 들고 무언가를 확인하듯이 통신실 내부를 살펴보았다.

그러면 당연히 이곳에 있다는 걸 아는 미라 이외의 인물이 그녀의 눈에 들어올 수밖에 없었다.

"어? 누구……? 가만…… 아, 그 얼굴! 그 느낌! 어?! 혹시, 발렌틴 군?!"

찌푸린 눈을 하고 있던 것이 반신반의하는 눈으로 바뀌었다. 하지만 거리가 가까워질수록 상대의 모습이 또렷이 보이게 되었고, 아르마는 그 얼굴이 아는 인물의 것이라는 사실을 알아챘다. 중간부터 크게 기뻐하며 발렌틴의 앞까지 달려와서는 그대로 얼굴을 바짝 대고 들여다보았다. 그리고 또다시 웃으며 기쁜 투로 "발렌틴 군 맞네!"라고 외쳤다.

"아, 저기, 오랜만입니다, 아르마 씨."

갑자기 다가와서 당황한 것인지 발렌틴은 허둥지둥 뒷걸음질을 쳤다. 그는 여성에게 이래저래 면역이 없는 듯한 반응을 보이는 일이 많았는데, 그러한 면은 지금도 건재한 듯했다.

"잠깐, 왜 맨날 도망치는 거야~?!"

하지만 그 행동이 아르마에게는 자신을 피하는 것으로 느껴졌는지. 불만이 가득한 얼굴로 다시 바짝 다가섰다.

"아뇨, 왜냐고 하신들, 너무 바짝 다가오셔서 그렇다고 밖에는……."

면역이 없어도 너무 없는 발렌틴은 아르마가 그렇게 접근하자 다시 한번 반사적으로 한 걸음 물러섰다. 그러자 이번에는 아르마가 "보통 이 정도 거리에서 대화하잖아?"라면서 한 걸음 더 앞으로 나섰다.

사실 처음의 거리는 남자라면 누구든 가슴이 설렐 거리였지만 두 번째 접근으로 좁힌 거리는 아르마의 말대로 평범한 거리였다.
"아뇨, 그게……."
하지만 발렌틴에게는 그것도 가까웠다. 때문에 다시 물러나려 했지만 더더욱 불만스러운 표정을 짓는 아르마를 보고 체념한 듯했다. 그 대신 시선을 돌려 대응하기 시작했다.
"그게, 뭣이냐. 들켰으니 어쩔 수 없지. 원래는 다음 전략 회의 때 등장시켜서 놀라게 해줄 생각이었다만. 이렇게 된 이상 아르마여, 그대도 공범이다."
발렌틴은 자타가 공인하는 숙맥이다. 따라서 미라는 그가 도망쳐버리기 전에 도움의 손길을 내밀었다. 아르마의 어깨에 턱 손을 올려놓고 장난기를 잔뜩 담아 그렇게 속삭인 것이다.
"……뭐야 그거, 재미있을 것 같네."
효과는 굉장했다. 보기 좋게 발렌틴에서 미라의 서프라이즈 작전으로 관심의 대상을 바꾼 아르마는 "그래서, 어떻게 할 건데?"라고 물었다.
"음, 그건 말이다──."
아르마의 관심을 끌기 위한 말이기는 했지만 실제로 절반 정도는 그럴 계획이었던지라 미라는 당일 결행할 생각이라고 말했다.
아홉 현자 세력은 발렌틴이 뒤에서 여러모로 움직이고 있다는 사실을 이미 알고 있으니 그렇게까지 놀라지는 않을 거다.
그러니 메인 타깃은 노인과 에스메랄다다. 또한 본래는 아르마도 놀라게 해줄 예정이었다.
"──그런 식으로 갑자기 두둥~ 하고 등장시키는 게다."

작전회의를 위해 모두가 모였을 때 갑자기 발렌틴이 전이술로 등장한다. 대량의 마물과 마수를 어떻게 처리할 것인가를 두고 지극히 복잡한 회의가 시작되려던 찰나, 최강의 퇴마술사가 등장하는 거다.

특히 탱커인 노인에게 그는 구세주나 다름없는 존재처럼 보일 거다. 미라는 분명 놀라움과 기쁨을 동시에 느껴줄 것이라고 호언장담했다.

"굉장해! 분명 엄청 놀랄 거야!"

아르마도 그렇게 단언했다. 하지만 즐겁게 웃다가 "응?" 하고 입을 다문 채 무언가에 관해 몇 초 동안 생각하더니.

"전이술? 그러고 보니 갑자기 미확인 반응이 나타나서 보러온 건데, 그게 발렌틴 군이었던 거지? 다시 말해서 발렌틴 군은 모두가 바라마지않는 일을 할 수 있다, 그런 뜻이야?"

서프라이즈 작전에 관해 듣고 기뻐하던 조금 전과는 달리. 아르마는 위정자로서의 태도로 전환하여 그에 관한 상세한 정보를 요구하며 발렌틴에게 바짝 다가갔다.

"네?! 아니……."

조금 전과는 다른 박력이 뿜어져 나오는 듯한 아르마의 모습에 발렌틴은 한 발씩 뒷걸음질을 쳤다. 아르마는 놓치지 않겠다는 듯이 더욱 다가섰다.

그 결과, 조금 전에 있었던 일을 다시 재현하게 되고 말았다. 하지만 한 가지 다른 점도 있었다.

발렌틴이 다시금 도움을 요청하는 눈빛을 보냈지만 미라가 슬그머니 눈을 감아버린 것이다.

이전에 전이술의 위험성 등에 관해서도 들었지만, 그건 그거고 이건 이거다. 기회가 있으면 반드시 배우고 싶다는 게 미라의 본심이었던 것이다.

니르바나라는 대국의 여왕이 부탁하면 어떻게 될지도 모른다. 그런 기대를 품지 않을 수 없는 것이다.

발렌틴은 보통 입이 무거운 게 아니다. 하지만 결국 벽이 있는 곳까지 내몰린 순간. 아르마에게 벽쿵을 당한 상태를 견딜 수가 없었는지 발렌틴은 "자세한 일정은 통신으로 말씀해주십시오!"라는 말을 남기고 전이술로 도망쳐버리고 말았다.

"……혹시 할배도 할 줄 알아?"

발렌틴은 놓쳤지만 아직 포기하지는 않은 눈치다. 아르마는 기대 어린 눈을 하고서 고개를 돌리자마자 미라에게 바짝 다가섰다.

하지만 이 건에 있어서는 미라도 아르마와 같은 처지였다. "이 몸도 몇 번이나 가르쳐달라 했다만——"이라고 운을 떼고서 발렌틴에게 들은 전이의 위험성에 관해 아르마에게 말해주었다.

"그렇구나. 그럼 신중해질 만도 하네……. 그나저나 애초에 발렌틴 군은 누구한테 배운 걸까……. 궁금해지네."

얼마나 위험한 것인지 이해한 듯, 아르마는 발렌틴에게 캐묻는 건 포기한 듯했다. 하지만 그를 대신할 가능성도 찾아냈다. 발렌틴이 알려주지 않더라도 그에게 그것을 가르친 자에게 배우면 되지 않겠느냐는 것이다.

"음, 이 몸도 그리 생각한다."
그리고 미라 역시 같은 생각을 가지고 있었다.

발렌틴과도 이야기를 마친 미라는 나머지 한 명인 메이린을 설득하기 위해 아르마와 헤어져 통신실을 뒤로 했다.

또한 아르마에게 물어보니 오늘 메이린—— 사랑의 전사 프리퓨어가 참가하는 예선 시합은 연장되지 않았다면 이미 끝났을 거란다. 그리고 미라와 한 약속을 잘 지키고 있는지 밤이 되기 전에는 아담스가로 돌아오고 있다고 한다.

(지금쯤 얌전히 아이들을 상대하고 있으려나.)

또한 바로 돌아가라고 하지 않고 밤까지만 돌아가라고 한 것은 그녀의 즐거움을 지나치게 억제하지 않도록 배려를 한 결과였다.

현재, 축제 중인 니르바나의 이곳저곳에서는 즐거운 행사들이 개최되고 있다. 개중에는 겨루기 같은 것도 있었다.

지나치게 눈에 띄지 않는 것도 중요하지만 참다가 욕구가 한계를 돌파하면 더더욱 일이 성가셔진다.

그렇기에 나름대로 양보를 한 것이었지만, 이번 회의로 정해진 바를 알려주면 더욱더 얌전히 지내줄지도 모른다.

(이번 싸움으로 욕구가 상당 부분 해소될 테니 말이야.)

듣자하니 정의의 히로인이자 전설의 전사 프리퓨어의 소문이 벌써부터 거리에 나돌고 있다는 듯했다.

예선 시합에서 활약한 것은 물론이고 거리를 휘젓고 다니던 깡패와 치한, 지나치게 껄떡대는 남자들, 바가지를 씌우려 드는 가게에서 고용한 호위 등을 가차 없이 때려눕히고 다니는 자가 프리퓨어를 자칭하고 있다는 모양이다.

분명 메이린은 강해 보이는 상대에게 승부를 요청하고 다니는 것뿐이겠지만, 결과적으로는 그러한 인상을 주고 있는 것이다.

그러나 분명 거리에 널린 사람 중 메이린을 만족시킬 만한 실력자는 없을 거다.

그런 생각을 하며 통신실에서 복도로 나온 참에 낯익은 붉은 새── 주작인 피스케가 참새 모드로 대기하고 있다는 사실을 알아챘다.

"카구라 녀석. 무슨 꿍꿍이지?"

회의실에서 해산한 후, 카구라는 일시적으로 이스즈 연맹 본거지로 귀환했다.

이스즈 연맹의 정보망을 구사해 보스가 있는 곳에 모여 있을 것으로 추측되는 마물과 마수에 관해 조사하기 위해서다.

특히 마수는 숲속에 발생하는 경우가 많다. 그리고 대부분의 숲은 보전 활동도 하고 있는 이스즈 연맹의 활동 범위다. 또한 일부는 감시 대상으로 지정되어 있기도 했다.

다시 말해서, 그 이스즈 연맹에 축적된 마수의 발생과 이동, 토벌 등의 정보를 정밀 조사해보면 보스의 거점에 있을 법한 마수의 종류와 숫자 등을 어느 정도 예상할 수 있을지도 모르는 것이다.

사전에 적을 알 수 있다면 대책도 세우기 쉬워질 거다.

카구라는 그런 이유로 돌아갔는데, 굳이 이렇게 어정쩡한 장소에 피스케를 두고 간 이유는 무엇일까.

다시 이곳으로 돌아오기 위한 교체 요원이라면 카구라에게 할당된 객실에 두고 가면 될 터다.

혹은 아르마의 어깨에라도 태워두면 돌아오자마자 바로 보고를 할 수 있을 거다.

그렇게 의문을 품은 순간. 미라를 알아챈 피스케가 작은 날개를 열심히 퍼덕여 그대로 미라의 머리 위에 오도카니 올라탔다.

『아, 할아버지. 나온 걸 보니 솔로몬 씨와의 대화는 끝났나 보네? 어땠어?』

그 결과를 들으려고 두고 간 것인지. 피스케에게서 카구라의 목소리가 들려왔다.

그러자 미라는 "음, 완벽하다!"라고 답하고서 간단하게 내용을 말한 후, 모두 다 니르바나의 비공선을 타고 올 예정이라고 전했다.

『아하, 소울하울 씨는 성공했구나. 다행이야.』

카구라 역시 소울하울의 노고가 결실을 맺었다는 사실에 안도한 눈치였다. 그렇게 기쁜 듯이 중얼거리는가 싶더니, 그녀는 그대로『그래서, 다음은 메이린한테 가는 거지?』라고 물었다.

"음, 그럴 생각이다."

미라가 그렇게 답하자『그럼 그대로 피스케도 데려가 줘. 나도 메이짱을 만나고 싶어』라고 카구라가 말했다.

아무래도 이런 곳에 피스케가 있었던 이유는 그것인 모양이다. 단순히 오랜 동료를 만나고 싶었던 것이다.

"알았다. 그렇다면 데려가주마."

돌이켜보니 카구라와 메이린도 사이가 좋았다. 아니, 어딘가 고양이 같은 메이린에게 카구라가 자꾸 참견을 하는 관계이기는 했지만 어쨌든 양호한 관계였던 것은 사실이다.

만나고 싶어할 만도 하다. 그렇게 납득한 미라는 피스케를 머리에 얹은 채 아담스가로 향했다.

〈21〉

“이 손은 악을 멸하기 위한 것, 이 손은 평화를 끌어안기 위한 것! 정의 집행 퓨어 크림슨!”

“마음은 희망으로 가득하고, 세상은 사랑으로 가득하다! 악멸천인(惡滅千刃) 퓨어 글라디오!”

“다정한 마음은 모두의 가슴에서 빛나고, 정열은 내 가슴에서 타오른다! 천지포옹 퓨어 미티어!”

아담스가의 도장을 찾자, 그곳에는 사랑의 전사 프리퓨어가 있었다. 심지어 세 명이나.

“대체, 어쩌다가 이렇게 된 게야…….”

그 광경 앞에서 미라는 망연자실할 수밖에 없었다.

자세히 보니 도장 구석에 아담스가의 차남인 라이언과 셋째 아들인 파비안이 있었다. 두 사람은 목검을 들고 모의전을 하고 있는 듯했다.

그리고 장녀 신시아와 차녀인 로즈마리는── 어디에도 없었다. 늘 함께 수련한다고 들었건만, 대충 훑어보니 그녀들의 모습은 어디에도 없었다.

아니, 사실 눈앞에 있기는 했다. 다만 가능하면 그녀들이 아니라는 가능성을 찾아내고 싶었던 것뿐이다.

도장 한가운데서 세 사람이 잘 알 수 없는 무언가를 연습하고 있었다. 그 한가운데에 있는 메이린을 제외한 나머지 두 사람이 바로 신시아와 로즈마리였던 것이다.

과연 무슨 일이 있었던 걸까. 두 사람은 메이린이 입은 프리큐어 의상과 색만 다른 것을 입고 요란한 포즈를 취하고 있었다.

"미라 누나, 안녕."

남의 집의 딸을 대체 무슨 길로 끌어들인 것이란 말인가. 의상을 가지고 온 사람은 자신이라는 사실도 잊고 미라는 아이들을 이끌고있는 메이린을 쏘아보았다.

그렇게 미라가 책임전가를 하던 중, 그녀가 왔다는 사실을 잽싸게 알아챈 파비안이 달려왔다.

그와 동시에 라이언도 기쁜 듯이 반짝반짝 빛나는 눈을 한 채 "아, 안녕"이라고 말하며 다가왔다.

"음, 잘 있었느냐. 해서…… 어찌하다가 저리된 게냐?"

재회의 인사를 대충 마친 후, 미라는 세 사람의 프리큐어에게로 시선을 보냈다.

다감하고 활발했던 신시아는 둘째 치고 소극적이고 얌전해 보였던 로즈마리까지 프리큐어 놀이를 하고 있다니.

이러한 사태가 되기까지 대체 무슨 일이 있었던 걸까.

"저기, 그게——."

프리큐어가 셋으로 늘어난 이유. 그것은 지극히 단순했다.

파비안의 말에 따르면, 아이들끼리 메이린이 출전한 예선 시합을 보러갔다고 한다.

듣자 하니 메이린은 성실하게도 미라가 제안한 대로 상당히 프리큐어에 몰입해 있었다고 한다. 전투 방식은 둘째 치고 등장과

시합 종료시, 상당히 멋진 포즈를 취했다는 모양이다.

아무래도 그게 관객들을 흥분시킨 것은 물론이고 자매들까지 매료시킨 모양이다.

프리퓨어는 정체를 숨기고 밤낮으로 악과 싸우는 귀엽고 강한 비밀의 히로인 전사다. 지리멸렬한 설정이지만 지금 두 사람이 푹 빠져 있는 만화와 공통점이 많았던 것도 원인 중 하나라고 한다.

더불어 세간에는 프리퓨어에 관한 소문이 떠돌고 있었다. 순식간에 나타나 깡패 같은 무리들을 화려하게 처벌하고 다닌다는 이야기는 그야말로 정의의 히로인 그 자체처럼 느껴졌으리라.

그 결과, 메이린이 변장한 프리퓨어에 대한 동경이 정점을 넘어서서 프리퓨어가 되고 싶다는 열망에 불을 붙이고 만 것이다.

요즘은 일과인 훈련 메뉴를 마친 후, 저렇게 프리퓨어로서의 특훈도 하고 있다는 듯했다.

"그렇, 구나아……."

설마 메이린의 정체를 숨기기 위한 작전이 이러한 피해를 초래할 줄이야. 미라는 생각지 못한 사태를 어떻게 수습하면 좋을지 생각했다.

개인의 능력을 격상시키기 위한 소중한 자율 연습시간에 그와는 완전히 무관한 포즈 연습을 해서 어디에 쓴다는 말인가.

하지만 마찬가지로 지금은 정해진 훈련을 마치고 자율 연습을 하는 시간이다. 그 시간에 무엇을 할지는 개인의 자유인 것이다.

그러나 프리퓨어 놀이에 빠져 있다가 그녀들의 재능이 묻혀버리면 큰일이다.

그렇게 미라가 고민을 하던 중, 프리퓨어 팀의 훈련이 다음 단계로 넘어갔다.

"자아, 시작한다해!"

"네!"

"잘 부탁드려요."

세 사람이 나란히 깔끔하게 포즈를 취하고 있던 프리퓨어들은, 이번에는 서로 마주하고 자세를 취했다.

대체 무엇이 시작되는 걸까. 미라가 마음을 졸이고 있자 파비안이 "미라 누나, 이쪽"이라면서 미라의 손을 끌었다.

그에 따라 도장 구석까지 이동한 직후, 그 이유가 판명되었다.

놀랍게도 등장 포즈 특훈을 하던 느슨한 좀 전의 분위기는 어디로 가버리고, 프리퓨어들이 본격적으로 모의전을 벌이기 시작한 것이다.

"이건, 뭔가 이전보다 격해지지 않았느냐?"

이전에 메이린과 아담스가 아이들의 모의전을 지켜본 바가 있었던 미라는 그때와 완전히 달라진 상황에 눈이 휘둥그레졌다.

그날 보았던 그것은 말 그대로 아이들을 사범인 메이린이 지도해주는 광경이었다.

하지만 지금은 실전을 방불케 하는 모의전을 치르고 있다. 귀여움이니 히로인 전사니 하는 장식적인 요소는 일체 없는, 방심하면 나락으로 떨어진다는 것이 느껴지는, 사자들의 그것을 보는 듯한 전투가 펼쳐지고 있었다.

프리퓨어 때문에 성장하지 못하면 어쩌지…… 라는 걱정은 물거품처럼 사라졌다. 아닌 게 아니라 몰라보게 성장한 듯 보인다.

하지만 그런 프리퓨어들의 특훈을 지켜보던 도중, 미라는 문득 위화감 같은 것을 느꼈다.

"뭔가 신시아랑 로즈마리도, 이전에 미라 누나를 보고 동경하게 됐대. 그리고 메이메이 누나가 미라 누나의 스승이라는 이야기를 듣더니. 제자로 들어가고 싶다는 소리를 했고, 그리고, 저렇게 됐어."

지난번과 이번의 차이. 격렬해졌다는 것 이외의 차이는 무엇일까. 미라가 그렇게 차이점을 찾던 중에 라이언이 이렇게 된 원인 중 하나를 말해주었다.

듣자 하니 그날, 그때 신시아와 로즈마리는 아담스가의 모든 이가 이기지 못했던 메이메이와 호각으로 싸우는 미라의 모습을 보고 동경하게 되었다는 듯했다.

그러던 중에 들려온 프리퓨어의 소문. 그것이 두 사람이 전투 스타일을 바꾼 결정적인 계기가 된 것이다.

"허어, 그렇게 된 것이었나……."

그렇다, 위화감의 정체는 무기의 유무였다. 처음 만났을 때는 모두 검을 손에 들고 있었지만, 지금은 두 사람 모두 맨손이었다.

설마 남의 집의 따님을 프리퓨어의 길로 끌어들였을 뿐 아니라 기사 가문의 딸을 권법가로 각성시켜버릴 줄이야.

"저렇게까지 소녀들을 매료하다니 대단하구나, 사랑의 전사 프리퓨어여!"

그 일을 한몫 거들었다는 사실은 애써 무시하며, 미라는 모든 책임을 사랑의 전사 프리퓨어에게 돌렸다.

그런 프리퓨어의 비밀 특훈은 얼마 동안 더 계속될 듯했다.

용건이 있다고는 해도 열심히 훈련에 매진하고 있는 소녀들을 방해할 수는 없는 일이다. 그렇게 생각한 미라는 메이린이 한가해지기를 기다렸다.

하지만 그렇다고 기다리고 있지만은 않았다.

"그대들은 장래에 어찌 되고 싶으냐?"

"나는, 헨리 형님처럼 훌륭한 기사가 되어서, 성에서 일하고 싶어."

파비안은 확실한 전망을 가지고 있는지, 미라가 묻자 곧장 그런 답변이 돌아왔다.

"나는…… 자신의 힘으로 소중한 사람을 지킬 수 있는, 그런 기사가 되고 싶어…… 싶습니다."

라이언은 미라를 똑바로 바라보며 조용히 그렇게 말했다. 넘쳐나는 정열이 담긴 눈빛으로.

"흠, 훌륭한 마음가짐이다."

이쪽은 제대로 기사를 목표로 하고 있는 듯하니 다행이다. 미라는 그렇게 안심하고서 프리퓨어팀의 특훈이 끝날 때까지 두 사람의 자율 연습에 어울려주기로 했다.

뭐, 미라가 한 일이라고는 사범 역할을 할 홀리나이트를 소환한 것뿐이지만.

홀리나이트가 습득한 것은 모든 기사 유파의 시조라 할 수 있는 그란츠로드가의 기술이다.

그것은 기초 중에서도 기초지만 기사의 최종 도달점으로 여겨졌다. 다른 집안의 아이들이라고는 해도 기사 가문이기는 하니 결코 쓸데없는 참견은 아닐 것이다.

그렇게 기술 지도를 할 겸, 홀리나이트들의 모의전을 선보인 참이었다.

정신을 차리고 보니 인원수가 늘어나 있었다. 성에서 돌아온 헨리와 그들의 아버지인 로이드까지 견학하고 있었던 것이다.

특히 로이드는 다소 흥분해서 이렇게까지 그란츠로드의 기술을 완벽하게 다루는 이는 오랜만에 봤다고 말했다.

그 때문에 로이드의 재촉으로 헨리와 홀리나이트의 시합이 이루어지게 되었다.

"――이야, 그만, 항복입니다……!"

헨리는 선전했지만 방어로 정평이 난 홀리나이트의 방어를 뚫지 못했고, 그대로 체력 승부가 되어 백기를 들었다. 끝없는 스테미너를 자랑하는 무구 정령을 상대로 장기전을 치르면 이렇게 된다는 본보기를 보는 듯한 승부였다.

하지만 아버지인 로이드가 그런 아들의 패배를 설욕했다. 개시 직후부터 1분 남짓 동안 거친 파도처럼 공격을 퍼부어 홀리나이트의 방어를 무너뜨린 것이다.

과연 아르마가 기사 칭호를 내린 남자다웠다. 현역에서 물러났다고 들었지만 검술 실력은 아직 녹슬지 않은 모양이다.

하지만 미라는 알고 있었다. 로이드가 헨리를 이용해 홀리나이트의 움직임을 상세히 관찰했다는 사실을.

검술 실력도 상당하지만 제법 교묘한 면도 겸비한 자, 그것이 로이드라는 인물인 듯했다.

그렇게 로이드와 홀리나이트의 시합으로 한껏 분위기가 달아오른 참에, 냄새를 맡고 다가온 메이린이 눈을 빛내며 끼워달라는 소릴 했다.

하지만 그 순간 식사 준비가 되었다는 바네사의 말이 자율 연습 시간의 끝을 알렸다. 정신을 차려보니 아담스가에 온 뒤로 어느덧 네 시간 이상이 지나 있었던 것이다.

오늘은 이왕 온 김에 미라도 오랜만에 아담스가에서 저녁 식사를 함께 하게 되었다.

"자아, 오늘 이곳에 온 이유는 다름이 아니라, 그대에게 할 말이 있기 때문이다."

식후, 바네사가 아이들을 목욕탕으로 데려가고 나서야 메이린에게 용건을 전달할 시간이 생겼다.

메이린에게 할당된 방에서 그렇게 운을 뗀 후, 미라는 그대로 머리 위에 올라타 있던 피스케를 바닥에 내려놓았다.

그러자 또 투기대회 출전과 관련된 일로 온 것으로 착각했는지, 메이린은 "나, 나, 아무한테도 안 들켰다이거?!"라며 변명을 하기 시작했다.

"아니아니, 이번에는 그쪽 이야기가 아니다. 허나, 우선 이쪽부터 시작해볼까."

'이라 무에르테'의 보스를 공략하는 일에 관한 이야기를 할 셈이었지만, 그러기에 앞서 미라는 피스케에게 말을 걸었다.

"오래 기다렸구나. 이제 와도 된다."

그러고서 몇 초 후, 피스케가 번쩍 빛나더니 그대로 카구라와 뒤바뀌었다.

"메이짱! 오랜……만……이야?"

자아, 감동의 재회다. ……라는 생각으로 카구라는 우선 그렇게 말했지만, 그러한 기세는 직후에 순식간에 사라져 버렸다.

원인은 메이린의 차림새였다. 현재는 당시와 너무도 다른 프리큐어 스타일을 하고 있었기 때문이다. 메이린이라는 인물을 잘 아는 카구라라 해도…… 아니, 카구라이기에 인상이 달라도 너무 다르다고 느낀 것이다.

하지만 반대쪽은 아무 문제도 없었다.

"아, 카구라 언니다이거! 엄청 오랜만이다해! 만나서 기쁘다이거~!"

당황한 카구라는 아랑곳 않고 메이린은 환한 미소를 짓더니 그대로 카구라에게 달려들었다.

여러모로 카구라가 돌봐준 덕분인지, 메이린은 카구라를 언니처럼 따랐었다. 그리고 카구라 역시 그 반응과 행동을 통해 이 프리큐어는 메이린이 분명하다는 것을 알아챈 듯했다.

"오랜만이야, 메이짱!"

두 사람은 와락 끌어안고 재회를 기뻐했다. 그리고 미라 역시 그런 두 사람을 보고 잘 되었다며 미소 지었다.

하지만 그런 훈훈한 장면도 잠시뿐.

"근데 메이짱. 왜 그런 차림새를 하고 있는 거야?"

카구라의 그 질문으로 인해 상황이 급변했다.

"할아버님이 시켰다이거. 프리퓨어가 되지 않으면 투기대회에 못 나간다해."

메이린이 말한 이유가 틀린 것은 아니다. 하지만 이런저런 사정이 완전히 누락되어 있었다. 설명이 불충분하다 보니 당연히 엉뚱한 오해를 할 수밖에 없었다.

"할아버지, 어떻게 된 거야?"

예상한 대로. 카구라는 전혀 다른 의미로 알아들은 듯했다. 고개를 돌린 카구라는 길바닥에 널브러진 배설물이라도 보는 듯한 눈을 하고 있었다.

"음, 그러할 테지! 방금 한 말만 들으면 그렇게 생각할 수밖에! 잘 들어라, 우선 그 식부를 내려놓고 이 몸과 제대로 대화를 하자꾸나! 방금 것은 명백하게 오해가 발생하는 흔한 패턴이다!"

이러한 전개는 너무도 흔하니 그대도 대충은 알 것 아니냐. 당장에라도 무력을 행사할 듯한 분위기의 카구라를 그렇게 설득하며 미라는 자신의 결백을 증명하고자 두 손을 들고 메이린이 프리퓨어가 된 경위에 관해 필사적으로 설명했다.

"——그런고로, 오히려 이 몸은 피해자라 해도 과언이 아니다. 진범인은 솔로몬과 라스트라다, 그 둘이다!"

투기대회에서 메이린을 변장시킨 이유. 그리고 무엇보다도 그

의상 디자인을 고안한 라스트라다, 그 디자인을 승인한 솔로몬이야말로 일을 이렇게 만든 원흉이라고 설명한 후, 미라는 자신은 아무것도 모른 채 운반한 것뿐이라고 피해자인 척 말했다.

"……헤에~ 그래서, 이렇게 된, 거라고……?"

일단 오해는 풀렸는지 카구라에게서 뿜어져 나오던 살기는 수그러들었다. 하지만 그 시선은 여전히 싸늘했다. 어떤 이유가 되었건 귀여운 메이린이 바보 같은 어른의 취미에 휘말려 들었다는 것이 카구라의 감상이기 때문이다.

그밖에 다른 것으로도 변장할 수 있었을 텐데. 카구라는 그런 지당한 의견을 입 밖에 냈다.

"뭐어, 그야, 그렇다만……."

분명 프리큐어일 필요는 없었다. 그렇게 동의하며 미라는 시선을 피했다. 아닌 게 아니라 퍼지다이스처럼 가면만 씌웠어도 충분했으리라.

하지만 프리큐어가 되어버린 것은 명백하게 유쾌한 어른들의 의도가 개입한 결과라 할 수 있었다.

"여전히 무슨 생각을 하는 건지 모르겠다니까……."

남자들은 왜 이렇게 극단적인 생각만 하는 걸까, 라면서 카구라는 어이없다는 표정을 지었다.

하지만 당사자는 전혀 신경이 안 쓰이는 눈치였다.

"아, 맞다해. 카구라 언니, 이것 좀 봐라——."

그런 소리를 하는가 싶더니, 메이린은 도장에서 연습했던 프리큐어 포즈를 취하기 시작했다.

"——어떠냐해? 이상하지 않았냐? 나, 프리퓨어처럼 됐나이거?"
한 차례 선보인 후, 메이린은 무구한 미소를 띤 채 카구라에게 물었다.
그렇다, 카구라가 어떻게 생각하건 메이린은 프리퓨어로 변신한 지금을 마음껏 즐기고 있었다.
분명 이전에 들었던 '보다 프리퓨어스러워지면 정체를 숨기기 쉬워질 거다'라는 미라의 조언을 실천에 옮기려는 뜻도 있을 것이다.
하지만 어릴 적에 동경했던 프리퓨어가 되어보고 싶다는 마음도 그에 못지않은 듯했다.
"……하여간, 메이짱도 참."
멍청한 어른들의 취미에 휘말려 들었음에도 순진한 미소를 지어 보이는 메이린.
카구라는 그런 그녀의 모습을 보고 마음이 풀어진 듯했다. 심지어 거기서 그치지 않고 "퓨어 크림슨은 이 자세, 에서…… 이렇게 해야지!"하고 완벽한 포즈를 취해보이기도 했다.
이러니저러니 해도 카구라에게도 프리퓨어를 동경하던 어린이 시절이 있었던 것이다. 게다가 꽤나 푹 빠져 있었는지. 메이린이 물어보면 포즈뿐 아니라 대사까지 완벽하게 재현해 보였다.
"……카구라에게도 그런 귀여운 시기가 있었던 게로군."
분명 지금 눈앞에서 펼쳐지고 있는 광경이 모두 어릴 적의 그것을 재현한 것이라면, 그보다 흐뭇한 광경도 없었을 거다. 그런 망상을 하며 미라는 이미 프리퓨어를 따라 할 나이는 지났을 두 사람이 진지하게 프리퓨어 놀이를 하는 모습을, 할아버지와도 같은 눈빛으로 따뜻하게 지켜보았다.

〈22〉

카구라의 프리퓨어 강좌가 시작되고서 십여 분이 경과했다.

그러던 도중, 이래서는 언제쯤 끝날지 모르겠다고 느낀 미라는 그 상태로 들어달라면서 '이라 무에르테'와의 최종 결전에 참가해 줄 수 있겠느냐고 요청했다.

하지만 메이린의 답은 거의 확정된 것이나 다름없었다.

결전의 땅에는 강력한 마물과 마수가 잔뜩 도사리고 있을 것으로 예상된다. 그런 장소가 있다는 사실을 알게 되었으니 메이린은 오히려 안 된다 해도 억지로 따라올 거다.

게다가 투기대회 출전에 관한 일도 아르마가 조정해주겠다고 약속했다.

"간다해! 꼭 갈거다해! 언제 어디에 모이면 되냐이거?! 거기서 기다린다해!"

그 결과, 당연히 메이린은 온힘을 다해 YES를 외쳤다.

그런 메이린을 달래며 대략적인 설명을 한 참에 문득 노크 소리가 들렸다.

"메이메이 님, 미라 님, 목욕 준비가 끝났습니다."

문을 열자 바네사가 있었다. 그리고 그녀는 입욕 시간이 되었음을 알림과 동시에 날카로운 눈으로 메이린을 조준했다.

목욕을 싫어하는 메이린을 매일 목욕시키는 것도 그녀의 역할인 것이다.

하지만 오늘은 그런 바네사의 눈에 또 한 사람의 모습이 비추었다. 그것은 미라가 아니라 메이린 옆에 있던 카구라다.

"어머, 당신은…… 누구신가요?"

그렇다, 카구라는 피스케와 위치를 바꿔서 온 탓에 이 집안의 사람들과는 얼굴을 마주한 적이 없었던 것이다.

"오오, 그렇지, 멋대로 들여서 미안하구나. 이 자는 이 몸과 메이메이의 벗인데, 우즈메라 한다. 두 사람 다 꽤 오랜만에 만나서 말이다."

미라가 그렇게 소개하자 카구라는 매우 익숙한 동작으로 고개를 숙이며 "밤늦게 갑자기 방문해서 죄송합니다. 우즈메라고 합니다"라고 했다.

"그랬나요. 두 분의 친구분이시라면 언제든 환영이랍니다."

바네사는 미소를 띤 채 그렇게 답한 직후에 "……우즈메……님?"이라고 다시 한번 이름을 곱씹은 후 "혹시, 이스즈 연맹의 총수인 우즈메 님…… 되십니까?"라고 다소 흥분한 투로 말했다.

"네, 잘 아시네요. 그 우즈메예요."

바네사의 분위기에 놀라기는 했지만 카구라는 그 말에 긍정으로 답했다. 그러자 바네사의 얼굴이 더 큰 기쁨으로 물들기 시작했다.

"아아, 어쩜 이럴 수가!"

바네사는 이스즈 연맹 라트나트라야 지부가 운영하는 '에버 포레스트 가든'의 단골손님이었다.

정원을 돌보는 데 필요한 도구, 그리고 심을 씨앗을 비롯한 모든 것을 지부에서 마련하고 있었던 것이다. 그 때문에 모든 점원과 아는 사이인 데다 부점장과도 친구 사이라는 모양이다.

이스즈 연맹 총수인 우즈메에 관해서는 그런 부점장에게서 최근 들었다는 듯했다.

"만나뵈어서 영광이에요, 감격이에요!"

어쨌든 이스즈 연맹에는 이러한 팬도 있는 모양이다. 카구라는 기뻐하는 바네사에게 웃는 얼굴로 "저야말로요"라고 답했다.

따지고 보면 숲에서 알게 된 친구의 복수를 위해 시작한 일이다. 하지만 그랬던 것이 지금은 다른 이들도 좋아하는 일이 되어 있다. 그 사실이 실감되어서인지 카구라의 얼굴에도 기쁨이 가득했다.

"오랜만에 재회하셨다면 쌓인 이야기가 많으시겠죠. 부디 오늘은 묵고 가 주세요. 방을 준비하겠습니다. 아, 그리고 목욕 준비가 끝났으니 부디 함께 하시죠. 성심성의껏 봉사하겠습니다!"

카구라가 이스즈 연맹의 총수라는 사실을 알게 된 바네사는, 변명은 허락지 않겠다는 듯한 박력을 띠고 있었다. 그와 동시에 도망치려 하는 메이린을 단단히 붙잡고 있기까지 하니, 실로 우수하다 하지 않을 수 없었다.

하지만 바네사가 만든 상황 앞에서 쩔쩔매고 있는 이도 있었다.

(이…… 이거 상황이 좋지 못한 쪽으로 흘러가고 있군그래…….)

그렇다, 미라다. 그럼 무엇이 좋지 못한가 하면, 당연히 목욕이다.

당연하게도 바네사는 미라의 정체?를 전혀 모른다.

그리고 메이린은 남녀가 어쩌니저쩌니 하는 것에 그다지 관심이 없다. 오히려 미라가 목욕을 하지 않겠다고 하면 '치사해'라고 할 것이다.

이 두 사람뿐이라면 어떻게든 될 것이다. 구차하기는 해도 변명이 통하기는 했을 거다.

그러나 지금은 카구라가 있다. 그리고 미라의 정체를 아는 그녀는 '같이 목욕하라는데, 어쩔 셈이야?'라고 말하는 듯한 눈으로 미라를 째려보고 있었다.

그리고 미라 본인도 어떻게 하면 좋을지 고민 중이었다. 낯선 여성들만 있는 욕실이라면 좋아라고 돌입할 것이다.

하지만 이번에는 다르다. 교우 관계가 있고, 잘 아는 상대이기에 자제심이 강하게 작용하고 있는 것이다.

"……어이쿠, 그럼 이 몸은 슬슬 성으로 돌아가도록 할까. 아직 저쪽에서 할 일이 남아 있어서 말이다. 둘이서 느긋하게 대화를 나누도록 하거라."

생각한 끝에 미라는 도망칠 길을 찾아냈다.

현 시점에서 이미 '이라 무에르테'의 최고 간부 네 명 중 세 명을 체포했다. 나머지 한 명도 시간문제라 할 수 있다.

무녀인 이리스의 목숨을 노릴 확률은 확 내려간 상황이다. 더불어 샤르위나를 필두로 배치해둔 덕에 내부 경비 상태도 완벽하다.

그러나 무슨 일이 일어날지 모를 일이다. 따라서 임무는 끝나지 않은 셈이니, 미라는 급히 호위를 위해 이리스의 방으로 돌아간다는 선택지를 취하기로 한 것이다.

"아, 치사하다이거. 목욕 안 하고 도망친다해!"

미라의 발언을 통해 자신을 향하고 있는 의식을 미라에게 돌리려는 듯이 메이린이 소리쳤다.

하지만 메이린을 제외하고 미라의 말을 그런 식으로 받아들일 자는 없었다.

그러나 거꾸로 말하면 각자 다른 의미로 받아들였다는 뜻이기도 했다.

카구라는 미라가 타당한 선택을 했다고 판단한 눈치였다. '그래야지, 내 알몸을 보려 했다면 가만 안 뒀을 거야'라고 말하는 듯한 얼굴로 고개를 끄덕였다.

"그러했나요. 부디 미라 님도 묵고 가셨으면 했습니다만, 사정이 그렇다면 어쩔 수 없지요."

바네사는 말 그대로의 의미로 받아들였다. 미라가 여왕의 지명을 받고 모종의 임무를 수행하고 있다는 사실은 아는 눈치다. 그렇기에 그쪽을 우선하는 것은 당연한 일이라 생각하면서도, 눈으로는 정원 쪽을 흘끔거리고 있었다.

아무래도 식물 마스터인 미라(마텔)에게 이런저런 것들을 상담하고 싶었던 모양이다. 하지만 그녀는 그 말을 받아들여 "그럼 마차를 준비할까요"라고 말을 이었다.

"아니, 괜찮다. 페가수스를 타고 돌아갈 테니."

"어머, 페가수스! 너무 멋지네요!"

페가수스를 타면 성까지는 단숨에 갈 수 있다. 소환술사만이

할 수 있는 답변에 바네사는 눈을 빛냈다.

알고 보니 페가수스가 등장하는 유명한 이야기가 있어서 대부분의 처녀들은 페가수스에 대한 동경을 품고 있다는 모양이다.

그렇다면 이리스도 그럴까. 미라는 언젠가 자유롭게 밖으로 나올 수 있게 되면 함께 페가수스를 타고 하늘을 날아줄까, 생각했다.

미라는 아담스가에서 니르바나성으로 돌아와, 메이린은 예상대로 참전하기로 했다고 아르마에게 보고하고서 그대로 이리스의 방으로 향했다.

그럭저럭 오랫동안 체류하고 있기도 하거니와 호위를 맡고 있으면서 자주 밖을 돌아다니다 보니 성에 근무하는 사람 중 얼굴을 알아보는 이들도 꽤 많았다.

"아, 미라 님. 남은 것이기는 하지만 바나나 푸딩 드시겠어요?"

"오오, 먹으마!"

그런 대화를 나누며 몇 분 동안 복도를 나아간 끝에. 역시나 상당히 정이 든 이리스의 방에 도착했다.

"미라 씨, 어서 오세요~!"

정원 구획을 지나 거주 구획에 도착하자 이리스가 뛰쳐나왔다.

"음, 다녀왔다. 그대들도 수고가 많았다."

기쁜 듯 끌어안는 이리스를 받아주며 미라는 이리스를 따라온 샤르위나와 단원 1호에게도 노고를 치하하는 말을 건넸다.

그 둘은 미라가 자리를 비운 동안에도 중요한 호위 임무를 빈틈없이 수행했다며 자랑스러워했다.

하지만 단원 1호의 손에는 카드 뭉치가 쥐어져 있었다. 레전드 오브 아스테리아의 카드다. 여러 가지 덱 구성을 시험해 보고 있었던 모양이다.

그리고 샤르위나 역시 두꺼운 책을 들고 있었다. 이곳의 4층에 위치한 도서관에서 빌린 모양인데, 발할라에서 만났을 때보다 훨씬 표정이 좋았다. 그녀에게 이리스의 방은 그야말로 이상향 그 자체인 듯했다.

단원 1호와 샤르위나는 호위병과 대상자의 틀을 넘어서 이리스의 방에서의 생활을 만끽하고 있는 모양이다.

"그래, 여행 이야기를 하기 전에 우선 목욕부터 해야겠다."

아담스가에서는 사정이 있어서 회피했지만 목욕을 좋아하는 미라는 어째서인지 일상으로 돌아온 듯한 느낌 속에서 욕실을 향해 걸음을 옮겼다.

그러자 이리스가 "저도 같이 씻을래요~!"라면서 따라왔다.

"흐음…… 어쩔 수 없지."

이런 상태의 이리스는 아무도 막을 수 없다. 함께 생활을 하며 그 사실을 통감한 미라는 괜히 저항하지 않고 흔쾌히 승낙했다.

이리스 쪽에서 같이 씻고 싶다고 한 데다, 거부하면 이쪽이 괴로워질 만큼 침울해하기 때문이다. 그런데 어떻게 거절을 하겠는가.

카구라라면 모를까, 이 호위 임무를 의뢰한 아르마와 에스메랄다라면 분명 이해해줄 거다. 그렇게 믿으며 미라는 이리스와 함께 목욕했다.

또한 여차할 때 변명을 하기 위해 단원 1호도 같이 데려갔는데 "그렇다면, 저도"라면서 샤르위나까지 따라와서 남자라면 누구나 부러워할 만한 장면이 연출되었다.

다시 말해서, 미라의 정체를 아는 자가 보면 뭐라 할지 알 수 없는 상황 말이다.

그런 가운데 미라는 여러 가지 패턴의 변명을 생각해내고 있었는데, 다음 순간 그 모든 것이 머릿속에서 날아가 버렸다.

"아…… 여기 있었네."

욕실 문이 열리더니 아르마와 에스메랄다가 나타난 것이다.

순간, 미라는 얼어붙었다. 이리스와 함께 목욕을 하고 있다는 이야기는 아직 두 사람에게 하지 않은 데다, 정당화할 방법도 아직 떠오르지 않았기 때문이다.

좌우간 그럴 궁리를 하기도 전에 발각되고 말았다. 두 사람이 아주 소중히 여기고 있는 이리스와 이렇게 함께 목욕을 하고 있다는 사실이.

"아! 아르마 언니에 에스메랄다 언니예요~!"

북북 머리에 거품을 내어 쏴아~ 하고 씻어내고서 번쩍 고개를 든 이리스는 두 사람의 모습을 발견하고 환한 미소를 지어 보였다.

"어디 있나 했더니만 오늘은 평소보다 이른 시간에 목욕을 하네."

에스메랄다가 그렇게 말하자 이리스는 "미라 씨가 목욕을 한다기에 같이 들어왔어요~!"라고 답했다.

“헤에~ 그렇구나~.”

이리스의 말을 들은 아르마가 미라를 물끄러미 쳐다보았다.

미라는 단원 1호를 방패로 내세워 그 시선을 막으며 슬그머니 두 사람의 눈치를 살폈다. 혼이 나지는 않을까 생각하며.

하지만, 놀랍게도. 아르마와 에스메랄다는 희한하게도 온화한 표정이었다. 심지어 분노가 뒤에 숨어 있는 미소가 아니라 희색만이 담긴 미소를 짓고 있었다.

(혹 이 몸의 공적을 인정하는 의미에서, 어지간한 일은 못 본 척 해 주려는 겐가?!)

미라가 두 사람의 반응을 보고 그런 얄팍한 기대를 품은 순간.

“언니들도 같이 목욕해요~!”

이리스가 그런 소릴 했다.

미라는 알았다. 이걸 거절한다 해도 이리스는 어쩔 수 없다며 웃어넘기리라는 것을.

미라는 알았다. 하지만 그 미소의 뒤에는 슬픔이 숨어 있으리라는 것을.

미라는 알았다. 아르마와 에스메랄다에게 이리스는 아주 소중한 존재라는 것을.

미라는 알았다. 그런 이리스의 부탁을 두 사람이 무시할 수 있을 리가 없다는 것을.

그리고 미라는 알아챘다. 평소 같았으면 흔쾌히 승낙했을 테지만, 자신의 존재가 그걸 방해하고 있다는 사실을.

겉모습은 미소녀지만, 두 사람은 미라의 과거를 잘 아는 탓에 남자 앞에서 맨살을 드러내는 것과 같은 느낌을 받을 수밖에 없는 것이다.

그렇다고 해서 그만 나가겠다는 소리를 할 수는 없다. 분명 이리스가 원하는 것은 다 같이 즐겁게 목욕을 하는 것일 테니. 지금 미라가 나가서는 의미가 없다.

이런 경우에는 어떻게 하는 게 좋을까. 그렇게 고민하던 중, 상황이 예상치 못한 방향으로 움직였다.

"글쎄, 그럼 그렇게 할까?"

"어머어머, 이렇게 떠들썩한 게 얼마만인지 모르겠네."

놀랍게도 아르마와 에스메랄다가 그렇게 말하며 승낙한 것이다.

미라는 그 말을 듣고 놀라 설마, 하고 두 사람을 쳐다보았다.

그러자 아르마는 장난스러운 미소를 지어 보였다. 그리고 에스메랄다는, 다정한 미소로 답할 따름이었다.

미라가 덤블프라는 사실을 아는 자로서의 정상적인 반응은 오히려 카구라의 그것이라고 할 수 있으리라. 겉모습만으로는 판단할 수 없는 떨떠름함이 있기 때문이다.

하지만 옷을 벗으러 탈의실로 돌아가는 두 사람의 태도에서는 그러한 떨떠름함이 전혀 느껴지지 않았다.

(……! 혹, 그것인가! 마음을 허락한 상대에게라면 문제가 없다는 것인가!)

이만큼 공적을 쌓는 동안 그러한 관계가 된 것일지도 모른다. 그런 가능성에 도달한 미라는 이것이 인기 많은 남자의 고충인가, 라고 말하는 듯한 미소를 지은 채 단원 1호를 쓰다듬었다.

하지만 직후, 미라는 등줄기가 오싹해졌다.

머릿속에 문득 떠오른 것이다. 이러한 사실이 마리아나의 귀에 들어간다면 어떻게 될까.

국교 때문이기도 하지만 아르마와 에스메랄다는 솔로몬과도 사이가 좋다. 정무적인 이야기뿐 아니라 잡담도 나누는 관계다.

그러던 중에 다 같이 목욕했다는 이야기를 슬그머니 흘리지는 않을까.

그리고 그걸 들은 솔로몬이 재미 삼아 누군가에게── 예를 들어 루미나리아 등에게 말하지는 않을까.

그리고 루미나리아는 이쪽으로 올 예정이다. 심지어 발견된 아홉 현자들과 함께.

그러다 보면 추억담으로 이야기꽃을 피우는 순간이 찾아올 것이다. 그때 우연히 누군가의 귀에 들어가 버릴 가능성이 있다. 다시 말해서 그만큼 마리아나에게 전달되기 쉬워지는 것이다.

(그것만은, 무슨 수를 써서든 막아야 해……!)

몇 초 동안 그런 최악의 전개를 예상한 미라는 황급히 그것을 회피하기 위한 수단이 필요하다고 생각했다. 생각지 못한 위기를 맞아 무의식중에 힘이 들어간 오른손이 단원 1호의 머리를 우직우직 짓이길 듯 움켜쥐었지만 그 사실도 못 알아챈 채 최선의 방법을 모색했다.

(──좋아, 이렇게 해두면…….)

여러모로 생각을 한 끝에, 미라는 자세를 바로하고 아무도 없는 베란다 쪽으로 몸을 돌렸다.

이리스의 부탁을 들어주기로 한 이상 이곳에서 나갈 수는 없다. 따라서 미라는 아무 것도 안 보고 있습니다, 푸르른 정원을 보고 있었습니다, 라는 뜻을 행동으로 보이기로 한 것이다.

굳이 말하자면 여차할 때를 위해 변명거리를 만든 것이다.

"기다렸지~?"

"잠깐, 일단 물부터 끼얹어야죠."

그러던 중에 드디어 욕실 문이 열리더니 등 뒤에서 아르마와 에스메랄다의 목소리가 들려왔다.

지금의 두 사람은 목욕탕 스타일. 다시 말해서 알몸이리라는 것을 쉽게 상상할 수 있는 상태로, 지금 뒤를 돌아보면 태어날 때 그대로의 모습이 눈에 들어올 것이다.

"역시 녹색 식물을 보고 있으면 눈이 편안해지는구나아."

들으라는 듯이 그런 말을 중얼거리며 미라는 베란다에서 보이는 나무들의 빛깔에 집중했다. 그리고 [항복]이라 적힌 팻말을 들고 축 늘어진 단원 1호를 끌어당기며 "그래, 그대도 그렇게 생각하느냐"하고 전혀 신경 쓰고 있지 않다는 연기를 이어나갔다.

그렇게 미라가 어떻게든 배경의 일부가 되고자 노력하고 있는 가운데, 몸을 씻는 곳이 있는 방향에서는 샤르위나가 주목을 받고 있었다.

"샤르위나 씨의 머리카락은, 엄청 반들반들하고 곱네요."

"피부도 엄청 매끈해요~."

아무래도 에스메랄다와 이리스가 샤르위나의 고운 머리칼과 피부에 관심을 보이고 있는 듯했다.

미용은 여성들의 공통 주제지만 미라에게는 도통 이해할 수 없는 분야였다.

하지만 타고난 여성이자 근면한 성격의 샤르위나는 그야말로 프로와도 같은 지식을 지니고 있었다.

"그게, 여러 문헌을 참고해서, 여러모로 시험해 보고 있어서요……."

샤르위나는 어쩐지 오싹한 분위기를 풍기는 에스메랄다에게서 살짝 거리를 벌리며 답했다.

일곱 자매 중 제일 가는 문과인 그녀는 책을 보고 얻은 미용 지식 등을 구사해서 훈련 후 빠짐없이 피부 관리를 했다. 분명 자매 중 제일 가는 피부 미인이라 해도 과언이 아닐 거다.

그에 반해 에스메랄다는 최근 들어 계속 바쁘기도 해서 머리카락도 피부도 다소 거칠어졌다.

그래서인지 에스메랄다는 샤르위나의 미용 방법에 큰 관심을 보였다. "대체, 어떤 방법을——"이라면서 캐묻는 목소리는 상당히 필사적으로 들렸다.

"그게…… 하나는 겔뤼엔 박사의 약초학 최종 원고에서——."

"최종 원고가, 있었어요~?!"

이번에는 이리스가, 샤르위나가 참고한 문헌에 흥미가 동한 듯했다.

아르마가 4층에 도서관을 만들어주기는 했지만, 모든 서적을 망라하고 있는 것은 아니었다. 저자가 한 권만 낸 책까지 갖출 수는 없었기 때문이다.

뭐 그러한 책들도 어느 정도는 장서로서 구비되어 있기는 하지만, 그런 분야에 있어서는 샤르위나의 장서들도 뒤지지 않을 만큼 훌륭했다.

그 결과, 에스메랄다에 이어 이리스의 관심도 샤르위나에게 집중되었다.

저 상태라면 당분간은 눈에 띄지 않을 수 있다. 미라는 샤르위나의 훌륭한 일처리에 감사했다.

⟨23⟩

샤르위나 일행이 미용에 관한 대화로 뒤쪽에서 이야기꽃을 피우기 시작했을 즈음. 문득 미라가 수면이 흔들리는 것을 느낀 직후, 바로 뒤쪽으로 또 한 사람이 다가오는 기척이 느껴졌다.

이리스와 에스메랄다는 샤르위나의 미용 이야기를 듣느라 정신이 없다. 그렇다면 등 뒤에 있을 사람은 한 사람뿐이다.

"우리 할배는, 왜 계속 바깥쪽을 보고 있는 걸까아?"

미라의 바로 뒤까지 다가온 아르마는 놀리는 투로 그렇게 말하며 탕에 몸을 담갔다. 미라와 등을 맞대는 듯한 모양새로.

"말 안 해도 알지 않으냐. 이 몸을 잘 아는 녀석들의 귀에 요상한 소문이라도 들어가는 날에는 성가셔지니 말이다. 그보다 저쪽 이야기에 끼지 않아도 괜찮은 게냐? 그대는 바쁘니 한두 개의 피부 트러블은 지니고 있을 터인데."

"아~ 너무해~. 근데 이래봬도 여왕이거든? 그런 면도 빈틈없이 관리하고 있어. 뭐, 애초에 **우리**의 경우에는, 최소한의 수준은 유지되니 너무 신경 쓸 필요는 없지만 말이야."

날마다 자는 시간이 바뀌는 아르마의 일상. 그런 불규칙적인 생활은 피부에 좋지 않을 거다. 하지만 아르마의 피부는 그런 사정과는 무관하다는 듯이 매끈했다.

"뭐, 그렇기야 하지. 그렇기는 하다만…… 에메코는 왜 저렇게까지 필사적인 겐지."

애초에 플레이어 출신자들은 세월이 흐른다고 겉모습이 변할 일이 없는, 다소 특수한 상태다. 생활 습관에 따라 다소의 변화는 나타나지만 크게 변하지는 않는 것이다.

그럼에도 에스메랄다는 미용에 남다른 열정을 보이는 듯했다. 대체 무엇이 그녀를 그렇게까지 필사적이게 만드는 것일까. 역시 최소한의 수준으로 유지되는 데 안주하지 않고, 최고를 지향하는 것이 숙녀로서의 참된 자세라는 걸까.

미라는 그렇게 생각했지만 아르마의 말에 따르면, 저건 처세술에 가까운 것이라고 한다.

십이사도라는 입장에 있는 탓에 에스메랄다는 사교의 장에 나갈 기회가 많다. 그리고 그러한 자리에서 반드시 화제에 오르는 것이 미용 관련이라고 한다.

더불어 플레이어 출신자인 에스메랄다는 계속 아름다운 모습을 유지하고 있다. 이는 이래저래 선망의 대상이 되기도 하지만, 때로는 질투를 사기도 한다는 모양이다.

그 때문에 아무것도 안 하는 게 아니라 엄청난 노력을 하고 있다는 식으로 둘러대기 위한 방편으로 정보 수집을 하고 있다는 것이다.

모든 것은 귀족 부인들의 마음을 휘어잡기 위한 일. 나아가 나라의 안녕을 위한 일이라고 아르마는 자기 자랑을 하듯이 말했다.

"——그래서 샤르위나 씨, 그 약초는 어디서 딸 수 있죠?! ——재배?! 재배가 된다고요?! ——네에, 과연…… 햇볕이 닿지 않도록 하고, 그 대신 달빛을……."

에스메랄다의 목소리가, 샤르위나에게 노도와 같은 질문 공세를 퍼붓는 목소리가 들려온다.

"어째, 그 이상의 이유가 있는 듯한 기분이 든다만……."

"그러고 보니 요즘 여드름이 생겼다며 호들갑을 떨었지……."

에스메랄다가 저토록 필사적인 것은 사교계에서 화제로 쓰기 위해서일까, 아니면 다른 이유가 있는 걸까. 진실을 아는 자는 없고, 또 알아서는 안 될지도 모른다 싶어서 미라는 생각하기를 포기했다.

"그나저나 할배, 뭔가 아무렇지도 않게 이리스랑 목욕하고 있던데."

미라는 어떻게든 그 화제가 나오지 않도록 유도하고 있었다. 하지만 미용에 관한 일단락되는 바람에 생겨난 짧은 시간에 가장 피하고 싶었던 그 화제가 투하되고 말았다.

"……그건, 그거다. 이 몸도 그 정도 분별력은 있다. 하지만 말이다, 거절하면 그게, 무척 슬픈 표정을 지어서 말이다. 어쩔 수 없었다고 해야 할지, 부득이하게 그럴 수밖에 없었다 해야 할지——."

이거 좋지 못한 상황으로 몰리기 시작했다. 이 일이 보고되어 마리아나의 귀에 들어가는 날에는 그야말로 모든 게 다 끝이다. 순간적으로 그렇게 판단한 미라는 어디까지나 이리스를 위한 일이고, 양심에 찔릴 만한 속셈은 일절 없었다고 주장했다.

그러자——.

"아하핫. 미안, 할배. 내 말이 좀 짓궂게 들렸던 것 같네. 그게 아니라, 고맙다고 말하려던 거였어."

필사적인 미라의 반응이 재미있었는지 아르마는 웃음을 터뜨리더니, 어찌어찌 웃음을 참으며 그런 소리를 했다.

"흠…… 그런, 게냐?"

아무것도 모르는 이리스와 같이 목욕한 일을 나무라기는커녕 고맙다고 했다.

그 패턴은 예상하지 못했던 탓에 미라는 당황했지만, 얼굴에는 희망의 빛이 감돌기 시작했다. 보호자나 다름없는 아르마의 허락을 받았으니 더는 비난을 받을 걱정도, 이리스를 슬프게 할 일도 없겠다는 생각 때문이다.

"뭐, 저 애가 같이 목욕하고 싶다는 소리를 할 거라고는 예상했으니까. 게다가 할배가 같이 목욕을 해준다는 이야기도 이리스한테 들었고."

등을 맞댄 채 뒤에서 들려오는 아르마의 목소리에는 약간 놀리는 듯한 뉘앙스가 담겨 있기는 했지만, 동시에 안도감 같은 감정도 섞여 있었다.

아무래도 미라가 지나치게 걱정을 했을 뿐, 아르마는 그렇게까지 신경을 쓰지 않는 듯했다.

"아무튼 아까 여기 왔을 때 이리스의 미소를 보고 생각했어. 저렇게 기쁜 듯이 웃는 이리스를 보는 게 얼마만일까, 하고."

아르마는 그렇게 말을 잇더니 미라의 등에 그대로 등을 기대었다. 마치 지금까지, 그리고 앞으로도 신뢰할 것임을 나타내듯이.

"저 애는 말야, 늘 방긋방긋 웃고 있잖아? 우리가 걱정하지 않도록. 그렇지만──."

아르마는 나라를 위해, 세계적인 악의 조직을 괴멸시키기 위해 노력해왔다.

그리고 그 과정에서 가장 큰 공헌을 한 것이 이리스의 능력이었는데, 그것은 동시에 이리스의 자유를 빼앗는 결과로 이어졌다. 상대에게 미치는 영향과 중요성은 막대했고, 그렇기에 선뜻 외출을 하지 못하게 되고 말았다.

지금의 이리스의 세계는 이 방 안뿐인 것이다.

아르마가 이래저래 준비해준 덕분에 방 치고는 파격적으로 넓고 설비도 충실하지만, 그럼에도 갇힌 공간이다. 바깥에 비하면 그야말로 일시적인 위안밖에 되지 않는다 해도 과언이 아닐 정도다.

심지어 집무 중 짬을 내서 아르마가 얼굴을 비추기는 했지만, 기본적으로 혼자 생활해야 한다. 이리스는 분명 상상못할 쓸쓸함을 느끼고 있을 것이다.

하지만 아르마가 얼마나 노력하고 있는지를 아는 탓인지. 이리스는 그런 쓸쓸함을 가슴속에 묻어두고 언제나 미소 지었다.

하지만 오랫동안 여왕으로 지내다 보니 그러한 감정을 민감하게 느낄 수 있게 되었다고 한다. 그 때문에 아르마는 이리스가 쓸쓸함을 감추고 있다는 걸 알고 있었다.

"——아까 본 미소는 완전히 달랐어. 할배랑 함께 있는 게, 진심으로 기쁘다는 듯이 웃고 있었어."

거기까지 말한 후, 아르마는 잠시 쉬었다가 희미하게 떨리는 목소리로 "고마워, 할배"라고 말을 이었다.

아직 일주일도 되지 않았지만 미라와 보낸 나날들. 그리고 단원 1호, 샤르위나와 함께 하는 지금이라는 시간이 아리스의 쓸쓸함을 날려버린 것 같다면서.

"그래, 도움이 되었다니 다행이구나."

아르마가 몸을 떨고 있다는 것을 등을 진 채 느끼며 미라는 별일 아니라고 답했다. 그리고 마음속으로 조금만 더 참으라고 중얼거리고서 결전에 대한 결의를 새로이 했다.

"그 크림 제품, 엄청 잘 팔릴 것 같아!"

어쩐지 분위기가 숙연해졌지만 그건 그거다. 하고 싶은 말을 다 했는지 아르마는 벌떡 일어나더니 그대로 샤르위나 일행의 대화에 끼었다.

샤르위나가 독자적으로 개발한 미용 크림. 그것은 세상의 모든 여자들이 없어서 못 사는 히트 상품이 될지 모른다고 아르마는 생각한 모양이다.

(나 원, 이랬다가 저랬다가 바쁜 아이로구먼.)

조금 전의 이야기와는 성격이 완전히 다른 장사 이야기가 시작되었다. 그 너무도 빠른 태세 전환 속도가 미라는 어이가 없기도 하고, 씩씩하다는 생각도 들어서 쓴웃음을 지었다.

목욕을 마친 후, 미라는 그대로 침대로 뛰어들었다.

하렘 상태나 다름없는 입욕 시간이기는 했지만, 이래저래 그런 눈으로 봐서는 안 될 자들이 많았다.

여러 가지 이유로 쓸데없이 정신적으로 피곤해진 미라는 자세한 이야기는 내일 하기로 하고 잠에 들었다.

그리고 다음 날 아침, 누가 깨우러 오기 전에 자연스럽게 잠에서 깬 미라는 정신을 차릴 겸 혼자 아침 목욕을 즐기기로 했다.

(역시 눈치 보지 않고 하는 목욕이 편하고 좋구나.)

목욕을 즐기는 법은 다양하다. 귀여운 아이가 있는 여탕도 근사하지만, 커다란 목욕탕을 혼자 즐기는 것도 실로 기분 좋았다.

조용한 아침의 한때. 미라는 가만히 시답잖은 생각을 하며 앞으로의 예정에 관해 생각했다.

(트루리 공작과 갈로바, 그리고 유그스트. 이걸로 네 명의 간부 녀석 중 세 명이 이쪽의 수중에 들어왔군. 남은 건 이그나츠 한 명뿐. 녀석이 이끄는 힐베란즈 도적단은 상당히 규모가 크다고 들었지만, 아틀란티스의 장군들이 열 명이나 온다고 하니. 뭐, 이 몸이 나설 일은 없을 테지.)

아크 대륙 중앙의 패자(霸者)라 불리는 힐베란즈 도적단. 그들의 전력은 어지간한 군국조차 능가할 정도라고 한다.

하지만 그 악행도 여기서 끝이다. 지금부터 도적단이 상대하게 될 것은 국가조차도 쉽게 기울어지게 할 수 있는 열 명의 장군이니.

아틀란티스가 자랑하는 '이름 없는 사십팔장군'. 솔로몬에게 들은 이야기에 따르면 그들 중 대부분이 이미 이 세계에 와 있다고 한다. 그리고 국방을 위해 착실하게 힘을 쓰고 있다고 아주 부럽다는 듯이 말하기도 했다.

실력은 아홉 현자에 필적하는 그들을 열 명이나 파견하니, 아홉 현자를 능가하는 전력이 될 것이다.

(……새삼스럽지만 그만한 전력을 움직인 게 용하군.)

규모가 크기는 하지만 고작 도적 퇴치를 위해 국가 최강급의 전력을 열 명이나 투입하는 것은 다소 과한 감이 있었다. 그렇지만 필승의 전력이라 할 만한 그들이 투입되었기에 소극적이었던 주변국들도 움직여 병사를 내놓기로 한 것이다. 움직일 수밖에 없게 되었다고 볼 수도 있겠지만.

대체 에스메랄다는 어떻게 그들을 설득한 것일까. 뭐라 형용하기 어려운 공포가 느껴져서 미라는 자세히 생각하지 않기로 했다.

"어라? 할배가 벌써 일어났어?!"

아침 목욕 덕분에 완전히 정신이 든 미라는 이리스를 깨우러 온 아르마와 복도에서 딱 마주쳤다. 동시에 진심으로 놀랐는지 아르마의 눈이 휘둥그레졌다.

미라는 이리스의 호위를 맡고서부터 매일 이리스와 함께 누가 깨우기 전까지 일어나지 않았다. 하지만 오늘은 달랐다. 벌써 일어나 있을 뿐 아니라 아침 목욕까지 하여 멀끔한 모습이다.

그 모습을 본 아르마는 미라가 일찍 일어난 걸 믿을 수가 없는지 놀라움을 감추지 못하며 "혹시 그렇게 보이는 새로운 소환술이야?"라는 소리를 했다.

"의심할 여지없는 진짜다. 이 몸도 마음만 먹으면 이 정도쯤 일도 아니란 말이다."

대체 아르마는 자신을 어떻게 생각하고 있는 걸까, 싶어서 쓴웃음을 지으면서도 미라는 보란 듯이 가슴을 펴고서 말했다.

그러자 아르마는 감탄한 듯이 "그렇구나~" 하고 중얼거리더니 빙긋 웃는 얼굴로 말을 이었다.

"그럼 앞으로도 그렇게 해줄래?"

"……."

미라는 그 자리에서 고개를 끄덕이지 못하고 슬그머니 시선을 돌렸다.

우연히 일찍 일어난 것뿐. 아르마가 오늘 아침의 일을 두고 그렇게 단정했지만, 아니라고 단언할 자신도 없어서 먼저 부엌으로 자리를 옮겼다. 그리고 아침 식사 준비를 시작했다.

이리스의 호위가 되고서 일주일 정도가 지나 이곳에서의 생활에도 적응이 되었다.

그리고 얼마 후, 이리스가 자신을 깨운 아르마와 함께 나타났다.

"미라 씨, 좋은 아침이에요!"

이리스는 이른 아침부터 기운이 넘쳤다. 아닌 게 아니라 보고 있자면 절로 미소가 지어질 정도로 발랄했다.

"좋은 아침입니다, 주인님."

"오늘도 근사한 아침입니다냥!"

이리스에 이어 샤르위나와 단원 1호도 나타났다. 단원 1호는 이리스가 안는 베개처럼 안고 잔 탓에 아침마다 털이 폭발한 듯 뻗쳐 있었다.

그리고 샤르위나는 또 밤늦게까지 깨어 있었는지 눈 아래에 다크 서클이 생겨나 있었다. 일단 호위 임무를 맡기기는 했지만 불침번을 서라는 명령까지 내린 적은 없다. 그러한 임무는 모두 곳곳에 배치한 무구 정령이 24시간 체제로 수행 중이기 때문이다.
하지만 샤르위나는 오히려 기회라는 듯이 그 역할을 자청했다고 한다. 당당하게 밤늦게까지 책을 읽을 수 있다면서.
몇 권의 책을 옆구리에 끼고 있는 그녀는 실로 만족스러운 얼굴이었다.
"음, 좋은 아침이다."
이리스의 방 4층에 자리한 도서관. 그곳에 있는 책을 마음껏 읽을 수 있다고 하면 기뻐할 거라는 생각에 샤르위나를 소환한 것이었지만, 건강적인 측면에서 보면 오히려 역효과였던 것 같다.
미라는 그런 걱정을 하며 그릇을 늘어놓았다.
"——그런고로, 그 디저트 전문점의 지점이 이쪽에도 들어온대. 다음에 가져…… 아니, 다음에 같이 가자!"
"네, 가고 싶어요!"
아침 식사 시간은 언제나 시끌벅적하다. 대부분은 아르마가 내 말 좀 들어보라면서 일방적으로 말을 쏟아냈지만, 이리스는 그런 이야기를 듣는 것도 즐거운 듯했다. 늘 방긋방긋 기쁜 듯이 웃고 있다.
또한 오늘 아침의 첫 번째 화제는 대륙 전토에 이름을 떨치고 있는 유명 디저트 숍이 이곳, 라트나트라야에 지점을 내기로 했다는 것이었다.
어지간히도 기대가 되는지, 아르마는 한껏 들뜬 투로 여왕의 권한을 써서 메뉴 리스트를 미리 입수할 수 있으니 어느 것부터 제패해 나갈지 다음에 정해보자는 소리를 했다.

아무래도 모든 메뉴를 제패할 계획인가 보다. 그리고 이리스 역시 그 이야기를 듣고 의욕을 불살랐다. 지금 당장 체중 조정을 시작해야 하나, 하고 진지하게 고민하는 표정이었다.

떠들썩한 아침 식사가 끝나자 마치 타이밍을 재고 있었다는 듯이 에스메랄다가 찾아왔다.

그녀의 목적은 하나뿐. 이대로 이리스의 방에 눌러 붙을 것 같은 아르마를, 산더미처럼 쌓인 정무가 기다리는 전장으로 연행하는 것이다.

"이제 위험 요소는 거의 없을 것 같지만, 일단 이그나츠를 잡을 때까지는 지금처럼 부탁할게~!"

저항한 보람도 없이 붙잡혀버린 아르마는 그런 말을 남기고 질질 끌려갔다.

"뭐라고 해야 할지, 수고가 많군그래……."

손을 흔들며 답해주면서도 미라는 아르마가 아주 조금 불쌍하게 느껴졌다. 현재 개최 중인 투기대회에 뒤에서 진행 중인 '이라무에르테'와 관련된 여러 가지 일들로 그녀의 업무량이 터무니없이 늘어났기 때문이다.

본래는 이리스의 방에서 아침 식사를 할 상황이 아니었다. 그럼에도 그녀는 찾아왔다. 그러지 않으면 일이 잘 안 된다면서.

그것은 그녀 나름대로 이리스를 챙겨주기 위해 시작한 일이었다. 하지만 지금은 아르마도 이리스에게서 기운을 얻어가고 있는 듯했다.

그렇기에 임무는 완벽하게 수행하겠다고 생각하며 미라는 몸을 돌렸다.

그곳에는 오늘 대회 이벤트가 기대된다며 들뜬 이리스와 그에 진심으로 찬동하는 단원 1호, 샤르위나가 있었다.

유그스트를 체포한 지금, 행동이 크게 제한되어 있던 이리스가 위험에 빠질 가능성은 크게 낮아졌다 해도 될 것이다. 다름이 아니라 카구라가 행사한 자백술로 인해 그가 지닌 '이라 무에르테'에 관한 정보가 모두 밝혀졌기 때문이다.

심지어 그 내용에는 그가 비장의 카드로 계속 숨기고 있던 것들도 포함되어 있었다. 이제 와서 이리스를 어떻게 해보려 한들 이미 늦은 것이다.

하지만 그건 그거고, 단순히 보복을 위해 습격해올 위험성은 남아 있었다. 따라서 이 일이 마무리될 그 날까지 미라의 호위는 계속될 것이다.

(이제 조금만 버티면 되겠구나. 얼마 후면 이리스가 마음 놓고 너른 하늘 아래에서 뛰놀 날이…….)

생명의 위협을 받고 있다는 게 믿기지 않을 만큼 밝고 천진난만한 이리스. 그런 그녀를 바라보며 미라는 반드시 끝까지 지켜내겠다고 맹세했다.

당사자인 이리스는 미라의 시선을 느끼고는 기쁜 듯이 빙긋 미소를 지었다. 미라는 호위병이지만 그녀에게는 친구이기도 하기 때문이다.

일반인의 눈에는 평범한 일상으로 보일 거다. 하지만 이리스에게는 친구와 함께 하는 귀중하고도 즐거운 시간이다.

그런 하루가 오늘도 시작된다. 들뜬 듯한 이리스의 모습을 바라보며 미라 역시 기쁜 듯한 표정을 지었다.

EX 운명의 인도 전편

“어디 보자, 이제 이쪽은 괜찮을 것 같네.”

어느 날 이른 아침. 도시와 도시를 잇는 기나긴 도로 중간에 오도카니 자리한 커다란 저택. 그곳에서 한껏 기지개를 켜며 나온 것은 아홉 현자의 일원인 카구라였다.

“별일 없이 끝나서 다행이에요.”

그런 카구라의 옆에는 금발 머리를 단발로 자른 소녀. 천사 티리엘이 있었다.

두 사람은 안도한 표정이었지만 얼굴에는 다소 피곤함이 묻어나 있었다. 왜냐하면 약간 큰일을 마친 참이기 때문이다.

이전에 알카이트 왕국 근처에 있던 봉귀의 관이 공작급 악마에 의해 해방된 일이 있었다.

그때는 솔로몬과 루미나리아, 미라, 발렌틴이 힘을 합쳐 쓰러뜨려, 무사히 사태가 수습되었지만 그 후에 문제가 발생했다.

봉귀의 관을 열 수 있는 신기가 이미 유출된 상태라는 것도 문제였지만 공작급 악마가 그것을 건넨 상대가 악마 숭배 조직이었기 때문이다.

그 때문에 카구라는 발렌틴 일행에게 협력하여 그들을 추적, 조사하고 탈환하는 임무를 맡았다.

그리고 이번에 드디어 일련의 사건에 종지부를 찍은 것이다. 또한 악마 숭배 조직은 개종이 매우 어려울 듯한 집단이었다. 그야말로 말이 통하지 않을 만큼 지리멸렬한 말만 쏟아냈다.
그러나 그 자들의 입을 다물게 할 수 있는 자가 있었다. 발렌틴의 동료인 바르바토스다.
애초에 그들에게 신기를 건넨 것이 다름이 아니라 흑악마 시기의 바르바토스였기 때문이다. 성질과 외모는 크게 바뀌었지만, 바르바토스는 당시 나누었던 대화 등을 재현해 보여서 그들의 신뢰를 얻는 데 성공했다.
그 결과, 분명 악마가 맞기는 한 바르바토스가 그 자들을 이끄는 역할을 맡게 되었다.
그 이후의 일은 발렌틴 일행이 책임지기로 했다. 그렇게 큰일 한 건이 끝났음을 확인한 카구라는 앞으로 변해갈 악마 숭배 조직의 거점…… 아침부터 떠들썩한 커다란 저택을 돌아보며 "그나저나, 피곤하네……"라면서 한숨을 내쉬었다.

"이곳을 기준으로 하면 동쪽에서 출발해 서쪽으로 가야 하려나."
"순서대로 돌려면 그러는 게 좋겠네요."
가장 가까운 마을에서 다소 늦은 아침 식사를 하며 카구라와 티리엘은 지도를 확인했다.
두 사람이 확인하고 있는 것은 대륙에 존재하는 봉귀의 관의 위치였다. 발렌틴 일행을 돕는 일을 마쳤으니, 이번에는 봉귀의 관의 점검 작업에 나선 것이다.
상황이 상황이라 그밖에도 흑악마가 관계하고 있을지도 모르니, 우선은 모두 다 조사하는 동시에 대응 조치를 해둘 필요가 있었다.

봉귀의 관은 전부 합쳐서 일곱 개. 그중 하나는 로즈라인 공국 지하에 있었다. 키메라 클로젠이 이용했던 장소로, 이는 이미 미라가 정화한 상태다.

그리고 알카이트 왕국 근처에 있던 것도 정화가 완료되었으니 점검이 필요한 장소는 다섯 곳이 남았다.

그 중 멀리 떨어진 두 곳은 발렌틴 일행이 맡아주기로 했다. 따라서 카구라 일행은 나머지 셋—— 대륙 북쪽에 있는 그것들을 확인하기 위해 움직이기 시작한 것이다.

그림다트에서 동쪽 먼 곳에 자리한 숲속 나라에서 다시 동쪽에 위치한 곳이다. 일면이 숲으로 뒤덮인 깊고 넓은 삼림지대 안. 거대한 암벽과 높다란 언덕에 둘러싸인 숲속 오지. 카구라 일행은 그곳의 땅에 뻥 뚫린 균열을 통해 그 밑바닥에 내려섰다.

그런 장소에서 봉귀의 관의 점검 작업을 행했지만, 그것 자체는 그다지 어렵지 않았다.

우선 주변 상황을 확인한다. 봉귀의 관에 못된 짓을 한 듯한 흔적, 혹은 상태를 살피려 한 흔적 등이 남아있는 지를 확인한다.

그 과정에서는 카구라의 식신이 활약했다. 엄청난 실력의 탐정——이라고 할 수준은 못 되더라도 식신들은 여러 가지 능력을 지니고 있어서 모종의 이변을 발견하기에는 충분했다.

"응, 딱히 문제는 없는 것 같네. 그쪽은 어때?"

누군가가 이 땅을 찾은 듯한 흔적은 보이지 않는다. 얼핏 문제가 없어 보이기는 하지만 방심할 수는 없다는 생각에 카구라는 티리엘에게 확인을 구했다.

겉으로 보기에는 아무 일도 없어 보이지만, 이미 내부를 헤집어놓았을 가능성도 있기 때문이다.

이번에는 티리엘이 나설 차례였다. 봉귀의 관의 내부에는 그녀의 분신이 존재해서, 그것을 통해 상황을 상세히 조사할 수 있는 것이다.

"네, 괜찮은 것 같아요. 안정되어 있어요. 뭔가가 간섭한 듯한 흔적도 없고요."

그렇게 답한 후, 티리엘은 한숨을 내쉬고서 봉귀의 관의 옆에 특수한 마법을 걸었다.

은밀성을 강화한 그것은 봉귀의 관에 접근하는 자가 있으면 티리엘에게 알리는 마법이었다. 지금은 무사하더라도 나중에 어떻게 될지는 모른다. 그렇기에 감시용 마법을 건 것이다.

그렇게 첫 번째 봉귀의 관의 조사를 마친 카구라 일행은 이어서 두 번째 봉귀의 관으로 향했다.

많은 사람이 사는 도시. 그리고 작은 마을. 그런 장소를 여럿 지나며 카구라와 티리엘은 조사를 위한 여행을 이어갔다. 거기에는 현 시대에 관심이 많은 티리엘이 지금의 세계를 만끽했으면 하는 의도도 들어있었다.

느긋하게 시간을 들여 이동하여 두 번째 봉귀의 관을 조사한 결과, 이쪽도 문제가 없었다. 빈틈없이 감시용 마법을 걸어두면 임무는 완료된다.

지금까지는 무척 순조로웠다. 그런 탓인지 이날 카구라는 근처에 있던 온천가에서 하룻밤을 묵기로 했다. 티리엘 역시 그 말에 기뻐하며 동의했다.

그렇게 둘이서 찾은 곳은 어딘가 '쿠사츠(草津 : 도쿄 북서부 군마현에 위치한 온천가.)'를 연상케 하는 번듯한 온천가였다.

"그럼 잠깐 구경 좀 해볼까?"

"그러죠!"

명백하게 일본인 플레이어 출신자가 관여한 듯한 장소였고, 그렇기에 기대도 되었다.

온천을 즐기는 방법을 알려주겠다고 하며 카구라는 자신만만하게 티리엘을 안내했다.

온천을 실컷 만끽한 후, 다음 날 아침부터 카구라 일행은 마지막 봉귀의 관이 있는 곳으로 출발했다.

"만주 맛있어요."

"달콤한 건 들어가는 배가 따로 있다니깐."

카구라와 티리엘은 식신인 쿠마자에몬의 등에 올라탄 채로 도로를 거닐었다. 두 사람은 온천가에서 구입한 온천 만주를 베어 물며 빙긋 미소를 나누었다.

그렇게 지금이라는 시간을 즐기며 며칠을 더 이동하여. 태고의 유적 최하층보다 아래에 자리한 곳. 자연 발생한 균열을 통해 안으로 들어간 카구라 일행은 그곳에서 더욱 오래된 유적에 발을 들였다.

돌인지 금속인지 불분명한, 신비로운 재질의 벽으로 둘러싸인 장소다. 티리엘의 힘으로 입구를 열고 들어선 그곳은, 머나먼 옛날에 신들이 휴식을 취하기 위해 사용한 별장 같은 것이라고 한다.

하지만 그런 은신처는 현재 가장 큰 봉귀의 관을 감추기 위한 장소로 사용되고 있었다.

"자아, 그럼 시작해볼까?"

"네!"

빨리 용건을 마치고자 카구라와 티리엘은 기합을 넣었다. 이번에 특히 기합이 들어간 이유는 이 숲을 지난 곳에 자리한 항구 도시에서 대어제(大漁祭)라는 이벤트가 개최 중이기 때문이다.

끝내주는 바다의 진미를 마음껏 즐길 수 있다는 이야기를 중간에 들른 마을에서 들은 이후부터 두 사람의 관심은 그곳에 집중되어 있었다.

광대한 신들의 별장을 카구라의 식신들이 구석구석 뛰어다니며 조사했다. 장소가 장소인 탓에 여기까지 들어올 수 있는 자는 그리 흔치 않았다. 적어도 탐험가나 모험가와 같은, 흔히 말하는 평범한 사람들에게는 불가능한 일이다.

들어올 수 있는 이를 꼽자면 티리엘과 같은 천사나 악마, 시조 정령급 정도일 것이다.

"뭐야…… 이거?"

그런 장소에서 카구라는 그것을 발견했다.

별장 중앙 근처. 얼핏 보면 평범한 벽 같았지만 그곳은 봉귀의 관의 정면에 해당하는 장소였다. 그 안쪽에 무엇이 있는지를 아는지, 그곳에는 누군가가 마법을 사용한 흔적이 희미하게 남아 있었다.

"――이 느낌은…… 술식이 아니야. 하지만, 정령마법도 아니야……. 아무튼 상당한 실력자인 건 분명해. 깔끔하게 흔적을 흩뜨려놔서 그 이상은 읽어낼 수가 없을 것 같아."

은의 연탑에서는 인간이 다루는 술법뿐 아니라 대륙 전체에 퍼져 있는 여러 마법 또한 연구 대상으로 삼았다. 따라서 카구라는 음양술 이외의 분야에 관해서도 넓고 깊은 지식을 가지고 있었지만, 그것들을 동원해도 그 흔적을 통해 해석할 수 있는 정보는 매우 적었다.

"현재로서는 악의 같은 것이 느껴지지 않아요. 하지만 신경 쓰이는 점은 저나 악마님들이 사용하는 마법과 비슷한 기척이 느껴진다는 거예요. 하지만 천사 중 누군가나 악마님 중 누군가였다면, 이렇게 흔적이 흩어져 있어도 어느 쪽인지 확실하게 알 수 있을 텐데……."

카구라는 이어서 티리엘에게도 그 흔적을 보여주었다. 그리고 그렇게 해서 얻어진 결과가 그것이었다.

천사나 악마가 사용하는 마법과 비슷하다. 하지만 양쪽 모두 아니다. 다시 말해서 의문점이 더 늘어난 셈이다.

"어쨌든 뭔가 이상한 일이 일어나지 않았는지 자세히 조사해 보자."

"그렇게 해요!"

대체 누가 마법을 사용한 것일까. 그 마법은 어떠한 의도로 사용되었을까. 알 수 없는 일투성이라 카구라 일행은 평소보다 더 주의를 기울여서 봉귀의 관을 점검해 나갔다.

"아무것도 없었네요."

"우으~ 괜히 더 신경 쓰이잖아~!"

봉귀의 관의 주변부터 내부에 이르기까지 차분히 시간을 들여 조사한 결과, 아주 작은 이상조차 발견되지 않았다. 아닌 게 아니라 마법의 흔적이 있었던 곳 이외에는 아무 것도 없었던 것이다.

이번에 카구라는 이전보다 더 많은 힘을 쏟아 흔적을 중심으로 조사했다.

늑대 식신인 '시바토노히코'를 초래(招來)하여 냄새라는 요소를 추가해서 조사하고 돌아다녔다. 하지만 카구라의 식신은 쿠 시인 멍슨 만큼의 전문성은 없어서 그것을 통해 추적할 수는 없었다.

흔적을 남기고서 며칠이 경과한 모양이라, 이곳에는 추적할 만큼의 냄새는 남아있지 않았던 것이다.

"이건 누구의 흔적일까? 뭘 했던 걸까? 어떤 마법을 사용하면 이렇게 되는 거지?"

차례로 떠오르는 의문을 거듭 입 밖에 내며 카구라는 흔적을 계속 노려보았다.

이 마법을 사용한 자는 분명 이곳에 봉귀의 관이 있다는 사실을 안다. 그런 존재가 이런 장소에서 사용한 의문의 마법. 하지만 자세히 조사해 보니 봉귀의 관에는 특별한 이상이 없다. 뭔가 장난질을 해두었다면 티리엘이 적지 않은 변화가 일어났다고 느꼈을 테지만, 이렇다 할 변화는 없다는 모양이었다.

"신경 쓰이네에…… 신경 쓰여 죽겠어. 하다못해 구축만이라도…… 음~."

해명할 수 없는 마법을 사용하는 의문의 존재. 뭐라 형용할 수 없을 만큼 수상쩍기는 하지만 상황상 봉귀의 관을 어떻게 해보려는 듯한 의지는, 현 시점에는 느껴지지 않았다.

그래서라고 해야 할지. 카구라의 관심은 점차 의문의 인물의 목적에서 사용된 마법 쪽으로 옮겨가기 시작했다.

"그러게요, 신경 쓰여요."

그리고 최근 그런 카구라에게 물이 든 것인지, 티리엘도 호기심이 담긴 눈으로 마법의 흔적을 쳐다보고 있었다. 그녀는 천사나 악마의 마법과 비슷하지만 다르다는 점이 특히 신경 쓰이는 것이리라.

하지만 이곳저곳을 조사한 결과, 단서가 전혀 없어서 어떻게 해볼 수가 없는 상황이었다.

"……아, 이런 건 어떨까?!"

어떻게 할까. 그렇게 생각하던 참에 한 가지 가능성에 다다른 카구라는 그 방법에 관해 말했다.

그녀가 말하기를, 상대는 그밖에도 봉귀의 관이 있는 장소를 알지도 모른다. 그러니 봉귀의 관 자체가 목적이라면 다른 장소도 찾을지 모른다.

다시 말해서 아직 의문이 방문하지 않은 장소에서 감시하고 있으면 상대 쪽에서 와줄 것이다. ……라는 것이 카구라가 떠올린 방법이었다.

"우리가 확인했을 때, 이전의 두 개에는 이런 흔적이 없었으니까요. 어쩌면 정체를 알 수 있을지도 몰라요!"

아직 의문의 존재의 정체를 밝혀낼 기회는 남아 있다. 티리엘 역시 그렇게 판단한 모양인지. "아직까지 누군가가 온 듯한 낌새는 없는 것 같아요"라고 이전에 설치하고 온 감시용 마법의 감시 상황에 관해 말했다.

다만, 눈앞에 있는 마법의 흔적을 바라보며 "하지만 100퍼센트 그렇다고 단언할 수는 없어요"라는 말도 덧붙였다.

의문의 존재가 터무니없는 마법의 고수라는 것은 충분히 알 수 있었다. 그렇기에 티리엘은 감시 마법을 속일 수 있을지도 모른다고 말했다.

"응…… 듣고 보니 그러네."

카구라가 보아도 상대의 힘은 헤아릴 수가 없었다. 만약 다른 장소에 나타난다 해도 더욱 은밀성을 높이고 주의를 기울여 경계하며 감시하지 않으면 들통 나고 말 것이다.

그렇게 판단한 두 사람은 이전보다 더욱 신중하게 감시 마법을 걸었다.

"좋아, 이럴 때를 위한 거니까……."

게다가 거기서 끝이 아니었다. 카구라는 매우 귀중한 식부를 사용하기로 각오를 굳혔다.

의문의 존재가 다시 돌아올 가능성도 고려하여 그 특별 제작된 식부를 보이지 않게끔 설치했다. 그것은 한 달 정도 동안 반식신화 상태로 대기시켜 둘 수 있는 특수한 식부였다.

카구라가 사용하는 '의식 동조'나 바꿔치기 술식 등과 최고로 상성이 좋은 식부다. 하지만 매우 값이 비싸다는 것이 단점인 물건이기도 했다.

봉귀의 관을 뒤로 한 카구라 일행은 곧장 예정했던 대로 대어제가 절찬 개최 중인 항구 도시에 와 있었다.

하지만 지금은 그 축제를 즐길 때가 아니었다.

"그러면 다녀올게. 재미있어 보인다고 놀러 가지는 말고. 축제 중이라 사람이 특히 많은 데다 나쁜 사람이 섞여 있을 수도 있어."

"나 참, 알았다니까요~. 얌전히 기다릴게요~."

카구라는 잠깐 떨어져 있는 동안 티리엘이 이상한 일에 휘말려 들지 않을까 걱정했고, 티리엘은 그렇게 걱정하지 않아도 된다는 말을 반복했다.

그 모습은 과보호를 하는 언니와 독립하고 싶어 하는 여동생을 보는 듯했다. 뭐, 실제 연령으로 따지면 완전히 정반대였지만 이러한 관계가 된 데에는 이유가 있다.

그것은 이전에 티리엘이 혼자서 도시에 갔다가 나쁜 어른들에게 홀랑 속아 납치를 당할 뻔했기 때문이다. 인간 사회에 아직 어두운 탓에 티리엘은 혼자 두면 금방 모종의 문제에 휘말려들고는 했다.

그래서 과보호를 하게 된 것이고, 티리엘 역시 자신이 모르는 게 많다는 걸 알게 된 것인지 분부한 바를 잘 지키게 되었다.

또한 티리엘을 납치하려 했던 자들은 아주 혼쭐이 난 상태로 경비소 앞에 내동댕이쳐졌다고 한다.

티리엘에게 카메키치를 맡긴 후, 카구라는 지금까지 조사해온 봉귀의 관의 감시 체제를 강화하기 위해 움직였다.

우선 두 번째로 조사했던 장소부터 시작했다. 항구 도시로 향하기 전에 미리 피스케를 날려둔 덕에 신속하게 이동할 수 있었다. 피스케와 위치를 바꾸면 눈 깜짝할 새에 현장에 도착할 수 있기 때문이다.

대지가 갈라진 듯 이어진 대계곡. 에워싸듯 좌우에 우뚝 선 절벽의 중턱에 위치한 동굴이 입구였다.

카구라는 일단 피스케를 초래 해제한 후, 근처에 다시 초래했다. 그리고 그대로 처음에 조사한 봉귀의 관이 있는 곳으로 보냈다.

"자아, 이곳에도 올지 어떨지……."

지금 이러고 있는 것도 전부 예상에 따른 행동에 불과하다. 하지만 의문의 존재의 정체를 확인하기 위해 그 예상에 무게를 두기로 한 카구라는 동굴 안에 들어가 아래로 아래로 내려갔다.

이윽고 얼핏 보면 아무것도 없는 벽에 도착했다. 하지만 아무것도 없는 것은 아니었다. 눈 앞에 펼쳐진 벽이 바로 봉귀의 관의 측면이기 때문이다.

땅속에 묻힌 봉귀의 관에 접촉할 수 있는 유일한 부분이 이곳이다. 따라서 이 사실을 아는 자라면 분명 이곳으로 올 것이다. 그렇게 확신하며 카구라는 특별한 식부를 준비했다.

그렇게 여기다 싶은 곳에 그 식부를 설치한 후, 만약을 위해 주변을 확인하던 중에——.

"어…… 이미 왔던 거야?!"

처음에 왔을 때는 없었다. 하지만 다시 와 보니 그것이 분명 그곳에 있었다.

그렇다, 마법의 흔적이다. 이렇게 감시 체제를 강화하는 요인이 된 흔적이 벌써 그곳에 남아 있었던 것이다.

다시 말해서 카구라 일행이 한 번 방문한 후, 다시 올 때까지의 시간 동안 의문의 존재가 왔다는 증거인 것이다.

"음~ 아무래도 한발 늦은 것 같네. 하지만 이로써 가능성은 높아졌어!"

정확히 언제 왔는지는 알 수 없다. 이곳에서 잠복하다가 정체를 밝혀낸다는 작전도 이미 상대가 다녀간 뒤라 실패로 확정되었다.

하지만 그 흔적을 발견한 덕에 추측이 확신으로 바뀌기도 했다.

역시 의문의 존재는 다른 봉귀의 관에 관해서도 알고 있다. 그리고 지금, 이렇게 마법의 흔적을 남기며 순서대로 돌아다니는 중이라는 사실도 알게 되었다.

따라서 다음 장소에도 나타날 가능성이 높은 것이다.

"게다가 상당한 실력의 상대라는 것도 이걸로 확정됐네."

운이 좋으면 어디선가 만날 수 있을 거다. 하지만 상대의 의도를 모르겠는 데다 터무니없는 실력의 소유자로 예상되기도 했다.

왜냐하면 이곳에 왔음에도 감시용 마법에 걸리지 않았기 때문이다.

『저기, 티리엘. 물어보고 싶은 게 있는데——.』

만약을 위해 카구라는 저쪽에 남기고 온 카메키치를 통해 확인을 했다.

우선 티리엘의 마법은 문제없이 발동하고 있으며 현재는 카구라를 또렷하게 포착하고 있다는 듯했다.

그리고 이번에도 카구라 이전에는 누구의 반응도 감지되지 않았다고 한다. 다시 말해서 피스케와 위치를 바꿔 티리엘과 떨어지게 된 수십 분 사이에 길이 엇갈린 것은 아니라는 뜻이다.

티리엘의 마법은 상당히 교묘하게 숨겨져 있다. 그리고 효과도 확실해서 천사가 걸어둔 그것을 그저 그런 수준의 술사가 어떻게 하는 것은 불가능하다.

이것을 알아챈 것도 모자라 티리엘에게 발각되지 않도록 속일 수 있는 자는 많지 않다. 가능한 자가 있다면 말 그대로 천사인 티리엘의 실력을 능가하는 마법의 사용자일 것이다.

이번에도 지난번과 마찬가지로 마법의 흔적은 말끔하게 흩뜨려져 있어서 그것을 통해 알아낼 수 있는 정보는 거의 없었다.

하지만 냄새는 아직 남아 있을지도 모른다. 그렇게 생각한 카구라는 시바토노히코를 초래하여 그 냄새를 찾게 했다.

결과는, 빙고였다. 시바토노히코는 냄새를 찾았다며 꼬리를 흔들며 고개를 돌리더니 "멍멍!" 짖으며 씩씩하게 달려나갔다.

"좋아, 나이스야!"

다음 장소에서 잠복하기 전에 찾아낼 수 있을지도 모른다. 카구라는 그대로 뒤를── 쫓으려다가 멈춰서 '의식동조'로 전환했다.

시바토노히코만 보내는 편이 눈에 띄지 않을 테고, 무엇보다도 상대에 관해 아는 바가 없기 때문이다.

가능하다면 우선 상대를 관찰하고 싶다. 신중하게 그렇게 생각한 카구라는 시바토노히코의 시야와 청각만을 공유하여 냄새를 추적하는 모습을 지켜보았다.

"으~음…… 아무 것도 없는 것 같네. 찾았다고 생각했는데."

시바토노히코가 추적하여 도착한 곳. 그곳은 약간의 오차가 있기는 했지만 그 방향으로 계속 가면 다음 봉귀의 관── 카구라 일행이 처음 확인한 장소에 다다를 수 있을 것으로 보이는 장소였다.

하지만 냄새를 쫓아서 간 곳에는 생각지 못한 광경이 펼쳐져 있었다.

그것은, 불탄 흔적이었다. 멀리까지 이어진 초원 한복판에 소규모의 불탄 흔적이 남아 있었다.

"규칙은, 잘 지키는 타입 같네. 나쁜 사람은…… 아닐지도?"

시바토노히코와 위치를 바꾼 카구라는 그 불탄 흔적을 자세히 조사했다. 그러자 그럭저럭 큰 마물의 뼈 같은 것이 무수히 널려 있었다.

그것은 모험가뿐 아니라 이 대지에서 사는 자들의 상식이라 할 수 있는 행동의 흔적이었다.

한두 마리라면 별 문제가 되지 않는다. 하지만 열 마리를 넘는 마물의 무리 등을 쓰러뜨렸을 때는 그대로 두지 않고 불태워 처리해야 한다. 많은 마물들의 시체가 부패하여 죽음의 공기가 퍼져 나가면 좋지 않은 일이 일어나기 쉬워지기 때문이다.

"그나저나 여기까진가."

마물을 불태운 냄새가 강한 탓에 의문의 존재의 냄새가 지워진 듯했다. 다시 한 번 시바토노히코에게 찾게 해 보았지만 그 이상의 냄새는 찾아내지 못했다.

게다가 어느 정도 현장에서 벗어나 예상되는 진행 방향의 냄새를 맡게 해보았지만, 아무래도 어디선가 방향을 튼 것인지 냄새를 찾지 못했다.

하지만 이번에는 추적의 가능성이 사라졌을 뿐이다. 예정대로 잠복하고 있으면 그만이다.

카구라는 일단 티리엘이 있는 숙소로 돌아가, 상황을 설명하며 피스케가 다음 현장에 도착하기를 기다렸다.

"좋아좋아, 아주 좋아. 아무래도 내가 먼저 도착한 것 같네!"

처음에 조사했던 봉귀의 관 앞. 그 주변을 구석구석 조사한 카구라는 어디에도 마법의 흔적이 없음을 확인하자마자 의기양양한 미소를 지었다.

이전의 두 곳에도 남아있던 마법의 흔적에 중간까지 쫓았던 진행 방향으로 미루어 의문의 존재가 다음으로 나타날 가능성이 가장 높은 것이 이 장소였다.

다시 말해서 이곳에 마법의 흔적이 없다는 것은 아직 오지 않았다는 증거다. 따라서 카구라는 이 장소에서 상대의 정체를 밝혀내고 말겠다고 단단히 벼르며 준비를 시작했다.

"이 근처면…… 될까."

상대의 실력, 그리고 통찰력 등을 고려해 식부를 설치한다. 들키지 않으면서 상대를 확인할 수 있는 아슬아슬한 위치다.

그런 다음에도 티리엘의 마법이 반응하지 않을 경우를 상정하여 감시용 식부도 다른 장소에 설치했다. 좌우간 움직이는 무언가를 감지하면 알려주는, 상당히 감지 범위가 넓은 타입이다.

그렇게 할 수 있는 일을 모두 마친 카구라는 위치를 바꾼 자리에 식부가 남을 것도 고려해, 일단 그 자리를 벗어난 뒤에 카메키치와 위치를 바꿔 티리엘이 기다리는 숙소로 돌아갔다.

봉귀의 관에 특제 식부와 감시용 식부를 설치하고서 닷새 정도가 경과했다.

그 사이 몇 번인가 카구라의 감시용 식부가 반응했지만, 길을 잃고 들어온 작은 동물이나 벌레, 바람에 날려온 잎사귀 등이었다.

표적인 의문의 존재는 현재까지 한 번도 나타나지 않았다.

또한 만약을 위해 카구라의 감시용 식부까지 통과할 상황을 상정하여 매일 늦은 밤에 마법의 흔적이 없는지를 확인하기도 했다.

그 결과, 현 시점에서는 마법의 흔적이 발견되지 않았으니 아직 오지 않았을 터다.

"오늘은, 씨푸드 피자가 좋을 것 같아요!"

"피자라~. 괜찮네, 그렇게 하자!"

대어제로 북적거리는 항구 도시. 카구라와 티리엘은 의문의 존재가 나타나기를 기다리며 닷새 동안 이 도시에서 지내고 있었다.

언제 반응이 오더라도 움직일 수 있도록, 언제든지 티리엘을 안전하게 대기시킬 수 있도록 숙소를 정해둘 필요가 있었기 때문이다.

그리고 오늘도 두 사람은 반응이 오기를 기다리며 대어제를 즐기고 있었다. 그리고 오후 2시가 지났을 즈음, 느지막한 점심 식사를 하기 위해 숙소 앞에 자리한 레스토랑 거리를 찾았는데——.

"아, 잠깐. 뭐가 움직인 것 같아. 확인 좀 해볼게."

카구라는 그렇게 말하며 멈춰 선 후, 그대로 길 가장자리로 이동해서 '의식동조'를 개시했다. 또한, 그 사이에 카구라를 지키는 것은 티리엘의 역할이었다. 티리엘은 레스토랑 앞에 자리한 판매대를 흘끔거리면서도 늠름한 눈으로 주변을 경계했다.

그리고 몇 초 후, 카구라는 눈을 번쩍 뜨고 허둥지둥 티리엘에게로 고개를 돌렸다.

"왔다왔다왔어! 동물도 벌레도 이파리도 아니고, 완전히 사람 같았어! 빨리 돌아가자!"

카구라는 말 떨어지기 무섭게 티리엘의 손을 잡고 서둘러 숙소로 돌아갔다.

그리고 방에 도착하자마자 가장 편한 자세—— 침대에 드러누운 자세로 카구라는 그대로 다시 '의식동조'를 시행해 특제 식부를 통해 현장의 상황을 확인했다.

(아직 있어!)

시야에 봉귀의 관의 주변이 비쳤다. 조금 전에 발견한 인물이 무언가를 하고 있는 모습이 보인다.

봉귀의 관은 기본적으로 간단히 도달할 수 없는 장소에 있는 데다, 알아보지 못하도록 주변 사물과 비슷한 무언가로 위장되어 있다. 하지만 그 장소에 나타난 인물은 그게 무엇인지 확실히 아는 것인지. 평범한 바위로만 보이는 상태인 봉귀의 관 앞에서 몸을 웅크리고 모종의 마법을 발동했다.

(역시 틀림없어. 이 녀석이 범인이야!)

지금까지 확인된 마법의 흔적은 저기 있는 자가 남긴 것이다. 그렇게 확신한 카구라는 일단 '의식동조'를 해제하고 카메키치를 초래하여 티리엘에게 맡겼다.

그리고 "잠깐 확인하고 올게"라는 말을 남기고 특별 식부를 이용해 바꿔치기 술식을 발동. 현장에 내려섬과 동시에 여러 개의 식부를 준비하여 대상에게 다가갔다.

"거기 당신, 뭐야? 이곳이 어떤 장소인지 아는 것 같은데."

카구라는 일정 거리까지 다가가 경계하며 말을 붙였다. 아무리 수상하다고는 해도 상대의 정체도 모르는 상태로 공격할 수는 없는 일이다.

그러자 상대는 그대로 천천히 일어나 뒤로 돌았다.

그 인물은 얼핏 보기에 흔한 여행자 같은 차림새를 하고 있었다. 하지만 그럼에도 옷가지의 질은 좋아보였다. 특히 검은 망토는 무광 처리가 되어 있어 밤의 어둠에 숨기에는 제격일 듯했다.

게다가 챙 넓은 모자를 써서 얼굴도 잘 보이지 않았다.

“그렇게 말하는 걸 보니, 그쪽도 이곳이 어떤 장소인지 아는 것 같네.”

상대는 카구라의 질문에 그렇게 답하더니 마치 확인이라도 하는 듯한 눈빛을 보내왔다. 그 행위에서는 올 줄 알고 있다는 뜻을 내비침과 동시에 카구라를 떠보려는 의도가 느껴졌다.

그 결과, 서로 눈싸움을 벌이게 되어 긴박한 분위기가 감돌았다.

정체를 파악하기가 매우 어려운 상대지만 얼굴선과 목소리로 미루어 여자일 것으로 예상되었다.

“궁금해서 그러는데, 거기서 무슨 마법을 쓴 거야? 그리고 다른 장소에서 처음 보는 마법의 흔적이 두 개 정도 발견했는데, 그것도 당신 짓이지?”

조금이라도 정보를 캐내기 위해 카구라는 질문을 이어갔다. 눈앞에 있는 상대가 자신이 정말 쫓고 있던 인물이 맞는지를 확인하기 위해서.

“헤에, 그걸 알아챘구나. 완벽하게 지웠다고 생각했는데, 굉장하네. 게다가…… 희미하게 느껴지던 기운이 갑자기 변화하더니 네가 나타났어. 보통내기는 아닌 것 같네.”

여성은 감탄한 듯 답하더니 문득 한 곳으로 시선을 보내며 대담한 미소를 지었다.

그곳은 카구라가 특제 식부를 은밀하게 설치한 장소였다. 다시 말해서 그녀도 처음부터 식부의 존재를 알고 있었던 것이다.

“당신도, 보통내기가 아니네.”

식부는 그냥 숨겨둔 것이 아니다. 신중을 기울이고자 봉인을 해두었다. 게다가 반식신화 상태인 탓에 평범한 식신보다 훨씬 감지하기 어려울 텐데, 상대는 그럼에도 간파한 모양이다.

평범한 술사는 물론이고 일류 술사라 해도 카구라의 그것은 간파해내지 못할 것이다. 그녀의 능력을 더더욱 가늠하기가 어려워졌다.

"다시 말해서 당신은, 뭔가가 설치되어 있다는 걸 알면서 그렇게 아무렇지도 않게 마법을 사용했다는 거지? 이쪽을 먼저 어떻게 해야겠다는 생각은 안 들었어?"

뭔가 속셈이 있다면, 비밀리에 움직이고 있었다면 우선 감지된 불안요소를 없애야 할 것이다.

하지만 상대가 그렇게 하지 않은 것이 카구라는 의아했다. 그에 대한 그녀의 답은――.

"간단한 이유 때문이야. 나도 말이야, 그걸 설치한 존재가 누구일지 궁금했거든."

그러했다. 특정한 존재만 아는 장소에 있던 무언가의 기운. 누가 남긴 것인지 궁금한 것은 그녀도 마찬가지였던 모양이다.

그렇기에 일부러 그대로 두고 그것을 설치한 자가 이렇게 달려오기를 기다렸던 것이다.

의문의 존재는 대비를 한 채 기다렸고, 카구라는 그 정체를 밝히기 위해 달려왔다.

순간, 양측이 동시에 경계심을 끌어올리며 자세를 잡았다.

"이것저것, 자세히 말해줬으면 하는데."

"그래, 그럼 우선 당신부터 모조리 다 털어놔줄래?"

견제를 하듯 말을 주고받으며 두 사람은 물러서지 않겠다는 듯이 눈싸움을 벌였다. 그리고 일촉즉발의 상태에서 싸움의 막이 오르자 누가 먼저랄 것 없이 움직여 치열한 포박전을 벌이기 시작했다.

승리 조건은 상대의 목적을 알아내는 것이기에 카구라는 공격보다는 제압에 무게를 두고 술식을 사용했다.

그리고 상대 역시 카구라에게서 정보를 캐낼 속셈인지. 견제를 위한 공격 사이에 행동을 방해하는 타입의 마법을 섞었다.

(이 마법…… 역시 전혀 모르겠어! 전부 다 처음 보는 데다 마나의 흐름을 파악하기가 힘들어. 장기전이 되면 어디서 공격해올지, 예측하기 어렵겠어.)

상대 역시 마법에 의한 원거리전이 특기인 모양이었지만, 그것과는 별개로 카구라가 아는 지금까지의 전투와는 결정적인 차이가 있었다.

그것은 상대가 다루는 마법이 미지의 것이라는 점이다.

카구라 역시 그럭저럭 많은 대인 전투를 경험했다. 그리고 상대 중에는 마찬가지로 원거리 전투가 장기인 술사도 많았지만, 마법과 술식에 관한 지식에 있어서 아홉 현자를 당해낼 자는 없었다.

그리고 그러한 지식들을 토대로 술식을 구축하고 마나의 흐름 등을 간파해 선수를 치고는 했다.

하지만 이번 상대가 다루는 마법은 카구라가 축적해온 지식 어디에도 존재하지 않았다. 따라서 다음에 어떤 마법이 날아올지는 실제로 보고 판단하는 것밖에 대처법이 없는 상황이었다.

"그러면, 예정대로 시험해보도록 할까!"

하지만 상대가 미지의 마법을 다룬다는 사실은 처음 흔적을 조사했을 때부터 알고 있었다. 그래서 카구라도 지금, 비장의 술식 하나를 발동시켰다.

『자아내라, 자아내, 하늘로 땅으로. 하룻밤과 한 해 마음을 다해 짜내면, 이곳에 희망이 꽃필 지니!』

【식신 초래 : 천묘(天猫 / 에루엘)】

카구라가 구축한 술식으로 초래한 것은, 지금까지 부렸던 식신과는 조금 달랐다. 그 식신의 일부에는 티리엘이 사용하는 천사의 마법이 내포되어 있었던 것이다.

카구라가 비장의 술식이라면서 초래한 것은, 티리엘과 힘을 합쳐 만들어낸 새로운 식신으로. 카구라뿐 아니라 천사 티리엘의 힘도 지닌 매우 신성한 고양이였다.

막대한 마나와 신성함이 넘치는 빛을 두른 최신 식신, 에루엘. 그 모습은 사자보다도 컸으며 빛나는 털은 페르시안 고양이처럼 풍성했다.

게다가 언뜻 보면 강해 보이지 않지만, 그 전투력은 카구라가 다음 비장의 카드 후보로 점찍어 뒀을 정도로 뛰어났다.

"자아, 단번에 끝내자!"

미지의 마법이건 뭐건 이거라면 충분히 통할 거다. 수차례의 공방으로 그런 답을 도출해낸 카구라는 빈틈을 발견해 선수를 쳐서 승부를 내려 했다.

그러자 그것을 본 순간, 상대의 태도가 바뀌었다.

"스톱! 잠~깐 스톱!"

바야흐로 에루엘의 천사포를 발사하기 직전. 좀 전까지 빈틈없는 자세를 취하고 있던 그 여자가 두 손을 힘껏 들고 그렇게 외친 것이다.

"뭐야, 겁먹었어? 하지만 안 멈출 거야!"

항복 선언일까, 아니면 그러는 척 빈틈을 찌를 꿍꿍이속일까. 속셈이 뭔지 판단할 방도는 없었다. 하지만 상대의 의도를 모르는 이상, 아직 방심할 수는 없다는 생각에 천사포 발사 준비를 계속하던 중에——.

"아니아니아니, 우리는 싸울 필요가 없다는 걸 알아채서 그래~!"

상대는 매우 당황한 듯 손을 내젓기 시작하더니 싸울 뜻이 없다는 뜻을 표명하듯, 그리고 더는 싸울 생각이 없다고 말하듯이 주변에 전개했던 무수히 많은 마법을 해제해 나갔다.

"이건……."

그녀의 말대로 주변에 퍼져 있던 마법의 기운이 차례로 소실되었다. 게다가 개중에는 카구라조차 모르게 설치되어 있던 마법도 있었다.

속일 생각이었다면 그것들은 남겨뒀을 거다. 더불어 상대는 에루엘을 보고 "내 이야기를 듣는 동안, 그건 그대로 둬도 좋아. 그러니 일단 이야기만이라도 들어주지 않을래?"라고 말을 이었다.

(으~음, 거짓말……을 하는 것 같지는 낳네.)

허둥대는 모습이 오히려 본심을 말하고 있는 것으로만 보였다. 지금의 모습이 그녀의 본모습이리라. 조금 전까지 풍기던 의문스러운 느낌이 옅어진 상태로 "잠깐이면 된다니깐~?!"이라고 소리치는 그 모습에서는 눈곱만큼의 악의도 느껴지지 않았다.

"그래, 알았어."

이야기 정도는 들어봐도 될 것 같다. 그렇게 판단한 카구라는 경계를 완전히 풀지는 않았지만 창부리는 거두고서 대화를 하는데 동의했다.

"사정이 그렇다면 미리 말을 하라고. 그랬으면 나도 그렇게까지 경계하지 않았을 것 아냐."

"아니아니, 꽤 처음부터 붙어볼 생각으로 가득했잖아……. 뭐, 천사의 마법의 기운에 뭐가 하나 더 붙어 있기에 분명 신경이 쓰이기는 했지만."

카구라와 의문의 여성은 봉귀의 관 앞에서 조우했다. 챙 넓은 모자를 벗고 드러난 상대의 맨얼굴은 정교한 인형처럼 아름다웠다. 흘러내리는 듯한 하얗고 긴 머리는 이 어두운 장소에서도 빛이 나는 듯 보였다.

그런 상대와 어찌어찌 대화의 장을 마련해서 자기소개를 한 후, 빈틈없이 정보를 교환하고 나자 양측 모두 여러모로 오해를 하고 있었다는 사실이 판명되었다.

아닌 게 아니라 두 사람은 거의 같은 목적을 가지고 있었던 것이다.

카구라는 키메라 클로젠 소동으로 인해 문제가 된 봉귀의 관 중 나머지가 괜찮은지 확인하기 위해 움직이고 있었다.

또한 그를 설명하면서 자신을 이스즈 연맹의 우즈메라고 소개하여 키메라 클로젠 괴멸을 계획한 책임자라는 사실을 밝힌 상황이다.

그리고 의문의 여성── 자신을 에타카리나라고 소개한 그녀 역시 그때의 소동으로 인해 다른 영향이 나타나지는 않았는지, 마법을 사용해 내부를 직접 확인하고 있었다고 한다.

"그나저나 잘 만든 술식이네. 깔끔하고 안정적이야."

"그렇지?! 꽤 많이 공을 들였거든!"

에타카리나가 식신을 빤히 쳐다보며 감상을 입에 담자 카구라는 기쁜 듯이 가슴을 편 채 답했다.

양측 모두 안전 점검이라는 비슷한 목적을 가지고 있음에도 조금 전에는 전투까지 벌어졌었다. 이를 대화로 해결하는 상황으로 이끈 것은 다름이 아니라 카구라의 식신 에루엘이었다.

놀랍게도 에타카리나는 거기에 진짜 천사의 힘이 담겨 있다는 사실을 알아챈 것이다.

천사의 힘은 어지간한 수준의 술사가 쉽게 다룰 수 있는 것이 아니다. 더불어 천사의 협력이 반드시 필요한데, 강제에 의해 힘을 빌려준 듯한 낌새는 없었다.

요컨대 그녀는 그 사실을 통해 카구라가 천사와 협력 관계에 있는 인물일 것이라고 추측한 것이다.

천사와 우호적인 관계에 있는 인간이라면 일단 악인은 아닐 거다. 그리고 에타카리나는 그렇게 판단을 내리자마자 대화를 요청한 것이다.

"그나저나 관이 두 개 정도 열렸다고 들었는데——."

이래저래 오해가 풀리고 나자 에타카리나가 더욱 핵심에 가까운 내용에 관해 언급했다.

아무래도 그녀는 이 건에 상당히 빠삭한 모양이다. 봉귀의 관이 있는 위치뿐 아니라 거기에 오니를 봉인하기 위해 쐐기가 된 천사에 관한 것이나 키메라 클로젠이 그걸 이용했다는 것, 그리고 원흉인 공작급 악마의 소행 등에 관해서도 알고 있었다.

그런 그녀가 특히 궁금하다는 투로 질문한 내용. 그것은 '쐐기가 된 천사는 지금 어디서 무얼 하고 있느냐'는 것이었다.

알고 보니 에타카리나는 어느 지인에게 이번 봉귀의 관과 관련된 사건의 전말을 간단하게 들었다는 듯했다.

그리고 그때, 쐐기가 된 천사는 믿을 수 있는 동료의 친구가 보호하고 있다고 들었다는 모양이다.

"——그래서 당신의 식신을 보고 직감했어. 분명 당신이 그 친구겠구나, 하고. 그리고 그렇게 생각하면 여기서 이렇게 만난 것도 납득이 가고."

에타카리나는 말했다. 에루엘에 담긴 천사의 힘은 매우 따스하다고.

그래서 천사가 적극적으로 협력하고 있다는 것을 알 수 있었고, 카구라와의 관련성도 어느 정도 예상할 수 있었던 것이라고.

"무엇보다도 좀 전의 술식을 보면 알 수 있어. 당신은, 아주 다정한 사람이라는 걸.”

그 말에는 진심이 담겨 있었는지. 그렇게 말한 에타카리나의 미소에서는 더 이상 어떠한 경계심도 찾아볼 수 없었다.

“뭐, 뭐어 그렇지.”

대놓고 그런 칭찬을 들은 일이 별로 없었던 탓에 카구라는 갑자기 튀어나온 올곧은 말에 당황하여 매우 쑥스러워했다.

“그나저나 천사의 힘을 판별할 수 있다니…… 에타카리나 씨는 정체가 뭐야?”

이런저런 오해가 풀리고 서로의 사정 등을 여러모로 알게 된 참에 카구라는 도중에 떠오른 의문을 그대로 입밖에 냈다.

너무도 자연스럽게 대화를 나누고 있었지만 정보를 정리하다가 문득 알아챈 것이다.

에타카리나는 봉귀의 관과 그 안에 쐐기 역할을 하는 천사가 있었다는 사실까지 알고 있다. 그러다 보니 그녀 본인도 그렇지만 어느 지인이라는 인물의 정체도 궁금해졌다. 하지만 그보다 먼저 카구라가 의문을 품은 것은 천사의 힘에 관한 부분이었다.

“정체가 뭐냐고 한들…… 그런 건 보면 누구든 알 수 있지 않아?”

그런 카구라의 의문에 에타카리나 역시 의문형으로 답을 했다. 말 그대로 에루엘이 내뿜는 그것을 보면 일목요연하지 않느냐고 말하는 듯한 태도로.

하지만 그렇게 말하고서 카구라의 반응을 확인한 그녀는 서서히 초조해 하기 시작했고, ‘어라, 혹시 뭔가 실수했나?’라고 말하는 듯한 표정을 지었다.

(아는 게 당연하다니, 대체 뭐 하는 사람이기에?)

카구라의 머리에 또다시 의문이 떠올랐다. 실제로 에타카리나가 말했듯, 천사의 힘이라는 것은 특수하다. 술사 등을 필두로 마나의 차이 등을 느낄 수 있는 자라면 그것을 쉽게 구분해낼 것이다.

에루엘을 보면 거기에 천사의 힘이 담겨 있다는 것을 알아챌 수 있다는 말은 분명 사실이다.

하지만 그러려면 한 가지 중요한 전제 조건이 필요하다. 그것은 애초에 천사의 힘이라는 게 어떠한 것인지를 알아야 한다는 것이다.

우선 그것을 알아야 에루엘을 특이한 존재로 느낄 수 있으리라.

하지만 에타카리나는 그것이 천사의 힘이라는 걸 한눈에 꿰뚫어보았다. 다시 말해서 그녀는 애초에 천사를 알고 있었다는 뜻이다.

지금 카구라의 곁에는 티리엘이라는 천사가 있다. 하지만 애초에 천사라는 존재는 그리 흔한 것이 아니다. 그런 천사를 아는 그녀는 대체 정체가 무엇일까.

우연히 천사를 알고 있던 걸까. 혹시 같은 천사는 아닐까.

(아니면, 혹시——.)

또 하나의 가능성이 카구라의 머릿속에 떠올랐다.

얼마 전까지 발렌틴 일행의 팀에 협력했던 덕분에 악마에 관한 새로운 정보를 얻을 기회가 있었다.

그 중 하나가 천사와 악마는 가까운 존재였다는 것이다.

그리고 여성 악마는 아닌 게 아니라 사람과 비슷한 모습으로 사회에 숨어 있다는 사실을 발렌틴 일행에게 들었다.

그러한 정보를 통해 도출된 하나의 답. 그것은 에타카리나는 혹시 흑악마가 아닐까, 하는 것이었다.

그 생각에 도달한 카구라는 의심 어린 눈빛을 날렸다.

"어…… 어라? 왜 또 의심하는 거야? 내가 뭐 잘못했어?"

그러자 에타카리나는 다시 의심의 시선을 받자 당황한 눈치였다.

"저기, 그건——."

하지만 의심이 되기는 해도 지금의 그녀에서는 애초에 흑악마와 같이 불온한 기운은 전혀 느껴지지 않았다.

그러한 이유에서 카구라는 방금 떠오른 의문을 모두 감추지 않고 그녀에게 털어놓았다.

"아~…… 그렇구나아. 그러고 보니 지금의 시대에는 그런 문제가 있었지……."

카구라가 이런저런 생각들. 그리고 그에 따른 이미지와 현재 그녀의 인상. 혹시 악마는 아닐까 의심했다는 것.

그러한 내용을 충분히 전해들은 에타카리나는 납득함과 동시에 풀이 죽었다. 하지만 그것은 악마에 관한 이야기나 의심을 산 것과는 무관한 듯했다.

"지금의 시대라고 했어? 설마 당신은, 악마가 지금처럼 되기 전의 시대를 아는 거야?"

카구라는 그런 에타카리나의 태도와 말을 듣고 떠오른 질문을 반사적으로 던졌다. 발렌틴 일행에게서 악마가 지금의 흑악마가 되고서 수천 년이라는 세월이 흘렀다는 이야기를 들었기 때문이다.

그래서 마치 당시의 일을 아는 게 당연하다는 반응을 보인 에타카리나의 말에 강하게 반응한 것이다.

"아! 음~……. 뭐 상관없으려나――."

카구라의 물음을 들은 순간, 에타카리나는 '또 사고쳤네'라고 말하는 듯한 반응을 보였다. 그러더니 잠시 생각을 한 후, 결심을 굳힌 듯이 답했다.

그 말이 맞다. 과거의 악마와 지금의 악마에 관한 사정은 알고 있다고.

"――그래서 말이야, 지금까지 오랫동안 마을에서 떨어져 살고 있었어. 하지만 요즘 들어 여러 가지 일들이 일어나 난리도 아니었다고 친구―― 아까 말했던 지인인데, 그 애가 연락을 해서 말해줬어. 그 중에서도 봉귀의 관에 관해서는 나도 잘 알아서 이렇게 점검 일을 맡아서 하고 있었다고나 할까."

그런 말을 하는 에타카리나는 오랜만에 나온 탓에 많은 곳들이 상당히 바뀌어 있어서 놀랐다며 웃었다. 그리고 기억에 있는 환경 등과도 달라서 꽤나 애를 먹었다는 말도 덧붙였다.

게다가 듣자하니 중간에 마물의 무리와 조우하여 이를 섬멸했다고 한다. 하지만 그게 일부라는 사실을 알게 되었고 나머지도 내버려둘 수 없어서 물리치러 갔었던 것이라는 듯했다.

그 결과, 더욱 길을 헤매서 봉귀의 관이 있는 장소를 특정하는

데 시간이 걸렸다고 에타카리나는 쓴웃음을 지은 채 말했다.
하지만 그녀의 이야기는 거기서 끝이 아니었다.
"아마 당신이 맞을 거야. 그 애가 말했던 믿을 수 있는 동료의 친구라는 게. 그 신의 힘은, 티리엘의 것이지? 난 그 애하고도 친구야."
"뭐?"
에타카리나는 지나가는 이야기를 하듯이 말했다. 하지만 카구라는 거기서 튀어나온 티리엘의 친구라는 말에 노골적으로 놀랄 수밖에 없었다.
티리엘에게 들은 이야기에 따르면, 그녀가 쐐기로서 관에 들어간 것은 일만 년도 전의 일이다. 다시 말해서 그런 그녀의 친구라면 일만 년 전부터 알고 지낸 사이라는 뜻이다.
"잠깐 기다려 봐!"
너무도 갑작스러운 내용에 카구라는 당황스러웠지만 간신히 냉정함을 유지했다. 하지만 그런 가운데도 허둥지둥 '의식동조'를 사용해 피스케에게 연결했다.
『저기, 갑자기 미안한테 에타카리나라는 이름의 친구가 있어?』
연결하자마자 카구라는 티리엘에게 물었다. 그러자 티리엘은 몰래 간식── 과일이 잔뜩 든 젤리를 먹고 있었는지. 갑자기 피스케에게서 목소리가 들려오자 꽤나 놀랐다.
하지만 그 말의 내용은 그녀를 더더욱 놀라게 하기에 충분한 것이었나 보다.
『엑?! 에타카리나 씨요?! 저한테 엄청 잘해줬던 친구예요! ……

어라? 그런데, 그 이름은 어떻게?』

간식을 손에 든 채 티리엘은 기쁜 듯이 답했다. 그리고 동시에 왜 그 이름이 갑자기 튀어나온 것이냐면서 고개를 갸웃했다.

그 반응을 통해 알 수 있었다. 에타카리나가 말한 대로, 그녀는 아무래도 정말 티리엘의 친구인 듯했다. 다시 말해서 에타카리나 역시 그만한 시간을 보내온 존재라는 것이 증명된 것이다.

『사실은 지금, 네 친구를 자칭하는 사람이 눈앞에 있어. 자세한 이야기는 나중에 할게. ——……그리고 충분히 차가워지면 같이 먹자고 약속했으면서, 왜 그걸 들고 있는 걸까?』

『엑?! 아! 이건 그게…… 잘 식었는지 확인하던 참이었어요!』

피스케가 카구라의 목소리로 말하며 슬금슬금 다가오자, 티리엘은 손에 들고 있던 그것을 뺨에 대고서『차가워졌어요!』라고 답하자마자 슬그머니 테이블 위에 놓인 상자에 돌려놓았다.

『잠시 후에 돌아갈 것 같으니까 기다려.』

요즘 티리엘은 먹을 것—— 특히 달콤한 것만 보면 어린애처럼 행동하는 경향이 있었다. 타이밍이 좀 안 좋았나, 하고 쓴웃음을 지으며 동조를 해제한 카구라는 에타카리나를 보고 "확인했어요"라고 말했다.

"오오, 뭘 하고 있는 건가 했더니, 혹시 멀리 떨어져 있어도 이야기가 가능한 술식이야? 굉장하네."

에타카리나라는 이름의 친구가 정말 있다는 사실을 티리엘에게 확인했다. 카구라가 그렇게 전달하자 에타카리나는 매우 감탄하는 동시에 놀라움을 감추지 못했다. 오랫동안 마을에서 떨어진 곳에 있었던 탓에 요즘 시대의 발전 상황에 관해서는 모르는 게 너무도 많다는 모양이었다.

"그러면 확인이 됐으니 티리엘을 만나게 해줄래? 가능하면 내 눈으로 무사하단 걸 확인하고 싶거든."

그렇게 놀란 것도 잠시뿐. 에타카리나는 말투를 바꾸어 그런 말을 입밖에 냈다. 그 태도와 표정은 그녀가 얼마나 티리엘을 걱정하고 있는지를 알 수 있을 만큼 매우 진지했다.

"다녀왔어~."

바다 내음이 가득한 항구 도시. 바깥이 대어제의 활기로 북적거리는 가운데, 카구라는 바꿔치기 술식을 사용해 조용한 숙소의 어느 방으로 돌아왔다.

"다녀오셨어요!"

잠시 후에 돌아갈 거라고 말한 탓인지 티리엘은 바른 자세로 의자에 앉아 대기하고 있었다. 양심에 찔릴 만한 짓은 안 했어요, 몰래 집어먹으려 한 적도 없어요, 라고 주장하는 듯이 보이는 태도였다.

하지만 갑자기 오랜 친구의 이름이 나온 탓에, 조금 전에 나눈 대화가 신경 쓰이는지 의아하다는 얼굴로 "그래서, 에타카리나 씨가 왜요?"라고 물어왔다.

"그에 관해서는 아마 곧 알게 될 거야."

카구라는 그렇게 답하고서 손에 들고 있던 금속 막대를 근처에 있던 바닥에 내려놓았다.

"아, 그건!"

그러자 그것을 본 티리엘이 곧장 반응했다. 아무래도 그것이 어떠한 물건인지 잘 아는 눈치였다. 곧바로 일어나더니 이번에는 기대에 찬 표정을 지었다.

그러고서 몇 초가 지나자 금속 막대가 옅은 빛을 띠기 시작했다. 그리고 몇 번인가 깜박거린 직후, 에타카리나가 그 위치로 전이해 왔다.

그렇다, 카구라가 가지고 돌아온 금속 막대는 발렌틴 일행이 사용하는 것과 같은 전이 위치의 표식이었다. 이렇게 바꿔치기와 전이를 병용한 덕분에 에타카리나도 곧바로 티리엘이 있는 숙소로 올 수 있었던 것이다.

"아……! 에타카리나 씨! 정말로 에타카리나 씨예요!"

이름뿐 아니라 모든 요소가 티리엘이 아는 그녀와 같은 모양인지. 그녀의 모습을 보자마자 티리엘은 환한 미소를 띤 채 기뻐했다.

"아아, 티리엘!!"

하지만 에타카리나는 그녀보다 훨씬 기뻐했다. 미소를 띤 티리엘을 보자마자 눈물을 흘리며 매우 감동한 얼굴로 티리엘을 끌어안았다. 눈으로 좇기도 어려운 속도로.

"몸은 어때? 괜찮아? 이상한 데는 없어? 조금이라도 몸이 안 좋으면 바로 말해."

친구라고 말하기는 했지만 보통 친한 사이가 아닌 모양인지. 에타카리나는 티리엘의 머리끝부터 발끝까지를 확인하더니 이전과 달라진 듯한 데는 없는지, 조금이라도 이상한 점은 없는지 끊

임없이, 호들갑스럽게 물었다.

"네, 괜찮아요. 아주 건강해요!"

티리엘은 자신의 몸을 주무르게 둔 채 발랄한 미소로 답했다. 척 보아도 무사하다는 것을, 나아가 매우 행복하다는 것을 알 수 있는, 그런 미소였다.

"고마워, 우즈메 씨. 티리엘의 친구로서 진심으로 감사 인사를 할게."

에타카리나가 얼마나 티리엘을 걱정하고 있었는지가 그 태도와 표정을 통해 여실히 전해져 왔다.

동시에 티리엘에게도 그녀는 소중한 친구인지. 재회를 기뻐하는 그녀의 얼굴에는 감개무량하다는 빛이 담겨 있었다.

"당연한 일을 한 것뿐이에요."

그런 두 사람의 행복해 보이는 모습 앞에서 카구라 역시 기쁜 듯이 답했다.

오랜 시간을 뛰어넘어 재회한 탓인지 티리엘과 에타카리나는 시간 가는 줄 모르고 대화를 나누었다.

그 중에서도 특히 에타카리나가 기억하는 시대에 비해 온갖 것들이 달라졌다는 말을 하자, 티리엘이 의기양양한 얼굴로 대꾸를 했다.

티리엘 역시 얼마 전까지는 혼자 시간의 흐름에서 낙오된 듯한 상황이었지만 최근에는 그렇지 않았다. 카구라와 함께 대륙 이곳저곳을 돌아다니며 현재의 여러 문화들을 접해왔기 때문이다.

"——공중목욕탕에서는 우선 몸을 따뜻한 물로 씻고서 탕에 들어가야 해요."

"그렇구나. 공부 열심히 했네. 많은 참고가 됐어~."

그래서인지 티리엘은 지금의 시대는 이러저러 하다는 소릴 하며 선배 노릇을 하려고 들었다.

(처음에 온천에 갔을 때, 커다란 목욕탕이라면서 물도 안 끼얹고 곧장 탕에 뛰어들었던 그 티리엘이, 저런 소릴 할 만큼 성장하다니.)

티리엘의 이야기들은 대부분 그녀 본인의 실패담에서 비롯된 것들이었다. 카구라는 그런 티리엘의 여러 가지 첫 경험을 떠올리며 사이좋은 두 사람을 따스한 눈빛으로 지켜보았다.

"……그런데 에타카리나 씨는 정말 정체가 뭐예요?"

그런 두 사람을 보고 있자니 카구라의 머릿속에서 그러한 의문이 더욱 부풀어 올랐다.

그녀는 천사 티리엘의 친구지만 천사는 아니고, 그렇다고 악마도 아니라고 한다. 그럼에도 만 년도 전부터 존재했다. 이래저래 정신이 없어서 아직 그 부분에 관한 자세한 설명을 듣지 못했다는 사실이 떠올라 카구라는 단도직입적으로 물었다.

"아~…… 뭐어, 당연히 궁금하겠지~."

에타카리나는 결국 그 질문이 나왔구나~ 라고 말하는 듯한, 어쩐지 겸연쩍은 듯한 쓴웃음을 지어 보였다.

"어라? 아직 말씀 안 드렸어요?"

티리엘도 그 부분에 관해 아직 이야기하지 않았느냐면서 놀랐다. 그런 대화로 미루어 에타카리나의 정체는 다소 특수한 것인 듯했다.

"일단 상황이 안정되고서, 정말로 믿을 수 있는 사람인지 시험해본 뒤에 이야기할 생각이었는데 말이지——."

에타카리나는 그렇게 답하더니 그대로 티리엘을 흘끔 쳐다보았다. 그리고 웃으며 "이 애가 이렇게까지 믿는 걸 보면, 시험해 볼 필요는 없을 것 같네"라고 말을 이었다.

다음 순간. 에타카리나가 어떤 마법을 행사했다.

"이건……?!"

역시나 처음 보는 마나의 구축과 기동식이었다. 그것만으로 그녀가 얼마나 특수한 존재인지를 알 수 있었다.

그녀가 다루는 마법은 그야말로 미지의 존재였다. 하지만 구축된 술식 속에는 조금이나마 해석이 가능한 부분도 있었다.

대체 에타카리나는 무슨 마법을 사용한 것일까. 카구라는 긴장한 표정을 지었지만 그 해석이 가능한 부분을 통해 해를 입히는 부류의 것은 아니라는 사실을 알아냈다.

하지만 직후. 그 마법의 효과가 나타난 순간, 놀란 나머지 카구라는 두 눈을 동그랗게 떴다.

에타카리나가 사용한 마법. 그것은 마법을 해제하기 위한 마법이었다. 그렇다, 그녀는 해제한 것이다. 에타카리나 본인에게 걸려 있던 환영을.

그러자 놀랍게도. 지금까지 아무 것도 없었던 에타카리나의 머리에 악마 같은 뿔이 나타났다.

"굉장해……."

놀랍게도 그녀는 마법을 사용해서 계속 그 뿔을 숨기고 있었던 것이다. 또한 그것이 너무 완벽하다는 점이 무엇보다도 카구라를 놀라게 했다.

술식이 되었건 마법이 되었건 환영이라면 카구라의 눈이 그것을 놓칠 리가 없다. 카구라는 경험상, 입장상, 그리고 취미와 실익을 겸해 술식과 마법에 관한 연구를 해왔다. 따라서 지식뿐 아니라 이를 꿰뚫어보는 안목도 상당했다.

능력도 뛰어난 데다 대책을 몇 가지나 가지고 있는 카구라를 속이는 것은 같은 아홉 현자라 해도 불가능할 정도다.

그러나 그런 카구라의 눈으로도 에타카리나의 환영은 꿰뚫어 볼 수가 없었다. 카구라에게는 위험하다고까지 할 수 있는 상대인 것이다.

하지만――.

"방금 전 건 대체 어떤 마법이에요?! 완전히 감쪽같던데! 마나의 안정성이 다르다고 해야 하나? 아니, 그보다 반향 영역의 집속 정도가 완전 다른 차원이었어요! 뭘 어떻게 하면 그런 안정성을 유지할 수 있는 거죠?!"

그래서 더더욱, 이라고 해야 할지. 카구라는 환영으로 인해 숨겨져 있던 것이 아니라 그 환영 자체에 관심을 보였다.

대체 무얼 어떻게 하면 그렇게까지 완벽한 환영을 만들어낼 수 있는 것인지. 어떠한 술식을 구축하면 그토록 조용한 상태를 유지할 수 있는지. 카구라의 머릿속에는 쉴 새 없이 의문이 떠올랐고, 그 즉시 질문 공세를 퍼붓기 시작했다.

"아니아니아니, 어? 그게 우선이라고? 잠깐잠간, 여기, 여기 뿔! 봐, 뿔이 있잖아? 보통은 이런 뿔이 없잖아. 저기, 잠깐, 대체 어떻게 된 거야~?!"

에타카리나 본인은 자신의 정체를 사람들이 어떻게 생각할지 잘 알고 있었다. 따라서 앞으로 나올 반응이나 그런 다음에는 어떤 전개가 벌어질지를 여러 패턴으로 예상해두었고, 각오도 하고 있었다.

더불어 그러한 상황들을 전제로 한 설명까지 준비해 두었는데, 카구라의 반응이 예상한 바와는 너무도 달라서 에타카리나는 몹시 당황했다.

"티리엘~! 얘 대체 뭐야~?!"

그래서 결국 티리엘에게 도움을 구했다.

그 결과, 에타카리나가 긴장한 채 실행한 충격적인 정체 발표는 카구라라는 특이한 존재에 의해 엉망진창이 되어 버렸다.

"——그런고로, 나는 천마족의 생존자야."

마법에 관해서는 나중에 설명하겠다고 말해 설득하여 카구라를 간신히 진정시킨 에타카리나는 일단 이야기를 본론으로 되돌리는데 성공했다.

그렇게 해서 겨우 밝혀진 에타카리나의 정체. 그것은 자신이 천마족이라는 것이었다.

"아~ 그거 분명, 천사랑 악마의 시조라고 했었죠——?"

세계의 비밀 중 하나로 헤아려지는 사실이지만, 카구라는 놀라거나 동요하거나 의아해하지 않고 그저 납득했다.

왜냐하면 이전에도 들은 적이 있었기 때문이다.

그것은 발렌틴의 조직에 협력하기에 앞서, 여러 가지 정보를 공유하던 때에 들은 비밀이기도 했다.

그 정보 자체는 상당히 중요한 것이었지만 카구라에게는 말해도 되겠다고 판단한 것인지. 발렌틴이 그 부분에 관해 자세히 알려주었더랬다.

신화의 시대보다 훨씬 오래 전에 존재했다는 천마족에 관해서.

어떤 역할을 마친 후, 천마족은 전생문을 사용해 천사와 악마가 되었다. 하지만 그때 세계의 감시자로서, 또한 관리자로서 열 명의 천마족만은 전생하지 않고 이 대지에 남았다.

"——라고 들었는데, 설마 이런 식으로 만나게 될 줄은 몰랐어요. 그 중 한 명이랑 아는 사이라고 했으니, 뭐 어딘가에 있겠거니 하고 말았는데. 역시 굉장하네요, 천마족은. 그런 마법은 본 적이 없어요."

외형적인 특징 등에 관해서도 듣기는 했던 탓에 마음의 준비는 되어 있었다. 그렇게 답한 후, 카구라는 그렇다고 해서 놀라지 않은 것은 아니라는 말과 그보다는 마법이 굉장했다는 말을 하며 다시 눈을 빛내기 시작했다.

"어~음, 응. 뭐, 요즘에는 분명 구축 기반 자체가 다를 테니, 이제 쓸 수 있는 건 우리 정도뿐이겠지. 근데, 정말 궁금한 게 그게 다야?!"

천마족은 역사서에조차 실려 있지 않은 존재다.

뭐야, 그게, 처음 듣는데, 따위의 반응을 보이는 이들이 태반이다. 설사 안다 해도 보통은 말도 안 되는 일이라며 놀라기 일쑤다.

친구에게 그렇게 전해 들었던 에타카리나는 설마 천마족이라는 사실을 밝혀도 이런 반응이 돌아올 줄은 몰랐다며 쓴웃음을 지었다. 게다가 마법 쪽에 더 관심을 보일 거라고는 생각도 못 했다면서 당황했다.

"아, 그래, 맞아. 현재 상황에 관한 이야기로 돌아와서. 가능하면 다른 봉귀의 관도 확인해두고 싶은데, 두 사람은 얼마나 확인했어?!"

마법에 대한 호기심을 불사르는 카구라를 상대하기가 귀찮다기보다는, 그것에만 관심을 보이는 카구라의 태도가 다소 불만인지.

에타카리나는 원래 목적에 관한 이야기를 끄집어내어 마법에서 화제를 돌리는 작전에 나섰다.

"그거라면——."

그 말을 들은 카구라는 걱정할 것 없다고 설명했다. 확인은 대충 끝났다고.

열려 버린 두 개에 대한 대응은 끝났고, 카구라 일행이 맡은 대륙 북부 위치한 세 개도 얼마 전에 확인을 마쳤다.

그리고 남쪽에 위치한 두 개는 악마와 행동을 함께 하고 있는 동료가 대응하고 있으니 걱정할 것 없다고 말했다.

"아하, 그렇구나~……."

이야기가 눈 깜짝할 새에 끝나고 말았다. 그 결과, 그다지 관심이 식지 않아서 카구라가 "그래서——"라고 하며 마법에 관한 이야기로 돌아가려고 한 순간. 때는 지금이라는 듯이 에타카리나의 눈이 반짝 빛났다.

"다 합쳐서 일곱 개……. 응, 그래서 나한테 연락을 한 거구나."

대체 무엇을 알아챈 것인지. 에타카리나는 의미심장하게 그렇게 중얼거렸다.

"왜요……? 뭐 문제라도 있어요?"

에타카리나는 뭔가를 아는 듯한 표정이다. 명백하게 카구라가 모르는 것을 알고 있다고 말하는 듯한 얼굴이었다.

너무도 알기 쉬운 도발이라고도 할 수 있겠지만, 그렇기에 카구라의 관심은 그쪽으로 쏠렸다.

"상황상 모를 만도 하지. 이건 극히 일부의 사람들만 아는 거니까——."

충분히 카구라의 관심을 끌었다는 것을 확인한 에타카리나는 뜸을 들인 끝에 그 비밀을 입밖에 냈다.

"——사실, 봉귀의 관은 다 합쳐서 여덟 개야."

"네에?!"

"그랬나요?!"

카구라뿐 아니라 티리엘도 그 말에 놀라서 소리쳤다.

"대체 어떻게 된 거예요?!"

봉귀의 관을 봉인하기 위해 티리엘은 쐐기가 되었다. 그렇기에 더 큰 충격을 받은 것인지, 놀라움과 당혹스러움이 가득한 얼굴로 에타카리나에게 바짝 다가섰다.

"사실은, 그날 네가 쐐기가 되고 얼마쯤 지나서, 한 번 더 소동이 일어났어——."

여덟 번째 봉귀의 관이 있었다. 하지만 티리이 걱정할 필요는 없다. 에타카리나는 그렇게 운을 떼고서 과거에 있었던 일을 이야기했다.

정령들뿐 아니라 천사와 악마의 활약으로 오니들의 시신은 하나도 남김없이 봉귀의 관에 봉인되었다.

하지만 그로부터 몇 세기가 지났을 무렵, 엄청난 숫자의 오니들이 흩어진 대지의 지저(地底)에서 이변이 일어났다고 한다.

나중에 조사해 보니 그 이변의 원인이 된 것은 대지에 스며든 대량의 오니의 피라는 사실이 판명되었다는 모양이다. 대지에 스며든 오니의 피가 오랜 시간에 걸쳐 지저에 자리한 동굴에 고이는 바람에 저주로 가득한 이형(異形)의 존재가 태어나고 말았다는 것이다.

하지만 그것이 못된 짓을 하기 전에 에타카리나가 그 이변을 알아챘다. 그리고 그것이 완전히 자라기 전에—— 성가신 짓을 벌이기 전에 무찔렀다는 것이다.

"——하지만 저주를 완전히 씻어내지는 못했어. 대체 왜 그렇게 끈질겼던 걸까. 아무튼 그래서 봉귀의 관과 비슷한 걸 준비해서 봉인했어. 일단 만약을 위해서 이형의 존재의 시신과 저주를 따로따로 분리해서. 그러니 정확히 말하자면 두 개의 관이 더 있는 셈이지."

거기까지 설명한 후, 에타카리나는 이 사실과 봉인한 장소를 아는 것은 자신을 포함해서 극소수뿐이라고 말을 이었다.

"그런 일이, 있었나요……."

쐐기가 되어 잠든 후, 오니와 관련된 문제가 또 일어났을 줄이야. 티리엘은 그런 생각 때문에 분한 눈치였다. 하지만 에타카리나는 그렇게까지 신경 쓸 필요는 없다며 웃더니 "그랬는데, 또 이렇게 만나게 될 줄이야"라고 말했다.

"여덟 번째…… 그것도 신경 쓰이네."

오니가 관련된 일인 탓인지 카구라의 관심은 그쪽으로 쏠려 있었다.

그 사실을 확인한 에타카리나는 이 자리를 뜰 대의명분을 얻었음을 확신하며 "그럼, 마지막으로 그것만 확인하면 끝이겠네"라고 말하더니 어쩐지 도망이라도 치듯이 자리에서 일어났다.

하지만 아니나 다를까. 카구라는 마법에 관한 궁금증을 잊지 않고 놓치지 않겠다는 듯이 눈을 번뜩였다.

하지만 그런 카구라보다 먼저 티리엘이 말했다.

"저도, 그 장소를 확인해두고 싶어요!"

티리엘은 얼마 전에 일곱 개의 봉인의 관을 봉인하는 작업을 마쳤다. 그렇기에 누락된 존재인 여덟 번째가 신경 쓰이는 것이리라.

그녀는 굳은 의지가 담긴 눈으로 에타카리나를 바라보았다.

"……하아, 알겠어. 조금 멀지만 같이 가자."

결심을 굳힌 상태의 티리엘은 무척 고집이 세다. 에타카리나도 그 사실을 아는지, 어쩔 수 없다며 체념한 듯했다. 그녀는 한숨 섞인 목소리로 답하고는 앞으로 어떻게 움직일지에 관해 이야기하기 시작했다.

놀랍게도 에타카리나는 두 명까지 한꺼번에 함께 전이할 수 있는 마법을 쓸 수 있다는 듯했다.

그리고 지금부터 갈 여덟 번째 봉귀의 관이 있는 장소는 카구라와 만난 지점에서 가는 게 가장 가깝다고 한다. 그래서 전이용 표식을 하나 더 그곳에 남겨두었다는 모양이었다.

다시 말해서 전이로 왕복해 이동하면 그곳에서 출발할 수 있는 것이다.

"——우선은 그쪽으로 전이해서 여덟 번째가 있는 장소까지 꼬박 하루를 걸어가야 해……. 서두르면 그 절반 정도면 되려나. 음~ 아마 날짜가 바뀌기 조금 전 정도에는 도착할 수 있을 거야."

그렇게 설명하며 에타카리나는 전이 준비를 시작했다.

그때, 카구라가 제안했다. 행선지를 알려주면 주작인 피스케를 먼저 보내겠다고.

여덟 번째 봉귀의 관이 있는 장소까지 피스케를 날려 보낸 후, 카구라가 전이의 표식을 가지고 위치를 바꾼다. 그 후, 티리엘과 에타카리나가 카구라가 있는 곳으로 전이하면 육로를 쓰는 것보다 훨씬 빨리 도착할 수 있다고.

"아하, 듣고 보니 그게 제일 빠를 것 같네. 그럼 그렇게 할까?"

카구라의 제안을 채용하기로 한 에타카리나는 지도를 펼치더니 여덟 번째 봉귀의 관이 있는 지점을 가리켰다. 하지만 너무도 오래된 일인 탓인지 다소 애매한 투로 "이 근처……였던가?"라고 중얼거렸다.

아무리 그래도 오니의 피가 스며든 장소에 봉인할 수는 없었던 데다 그럭저럭 떨어진 장소를 서둘러 고른 탓에 기억이 애매하다는 듯했다.

"지도로 보면 작지만 꽤 넓은 곳이네……. 게다가 에타카리나 씨의 걸음으로 하루면 거리가 얼마나 되려나……. 생각했던 것보다 멀 것 같은데."

그녀가 가리킨 지점은 넓은 초원 지대였다. 표식을 숨겨두었다고는 해도 이만한 범위를 뒤지려면 고생 깨나 할 듯했다.

더불어 거리적으로도 상당히 멀었다. 가장 가까운 전이 위치에서 피스케를 날린다 해도 두세 시간은 걸릴 거다. 그곳에서 표식을 찾으려면 또 몇 시간이 걸릴지 모른다. 자칫 잘못하면 날짜가 바뀌고 나서야 여덟 번째 봉귀의 관이 있는 장소의 입구에 도착하게 될 수도 있다.

"시간적으로 볼 때, 문제가 있을 것 같아요."

그러한 계산을 마친 카구라는 복잡한 표정으로 그렇게 말했다.

"문제?"

"네. 내일 아침에 출발하는 게 좋겠어요. 그러니 오늘은 이대로 마법에 관해서 이것저것 가르쳐줬으면 하는데요!"

근심 어린 표정을 하고 있던 그녀는 다음 순간, 눈을 빛내며 달려들었다. 그러자 에타카리나는 분명 늦은 밤에 도착할지도 모르지만 그게 무슨 문제인가 싶어서 주변을 둘러보았다.

카구라, 티리엘, 그리고 에타카리나. 이만한 전력이 있으면 밤에 도착해도 전혀 문제될 게 없을 텐데.

하지만 에타카리나가 그에 관해 말하자 카구라가 가장 결정적인 이유를 밝혔다.

"그게, 밤이 되면 티리엘이 잠들어버리거든요."

그렇다, 티리엘은 일찍 자고 일찍 일어나는 바른 생활 인간이었던 것이다.

"아~ 그러고 보니 늘 일찍 잠자리에 들었지. 그리고 지금도 그때 그대로고……."

에타카리나는 쓴웃음을 지은 채 놀리는 투로 말했다. 티리엘은 부루퉁한 얼굴로 "지금 출발해도 괜찮아요!"라고 항의라도 하듯 소리쳤다.

하지만 "정말로? 진짜 괜찮겠어?"라고 묻자 티리엘은 말문이 막히는지 "윽"하고 신음하더니 시선을 이리저리 돌리기 시작했다.

"그러면, 어쩔 수 없네."

티리엘은 정곡을 찔렸다는 반응이다. 그리고 그렇게 티리엘에 관해 잘 아는 카구라를 흘끔 쳐다보며 에타카리나는 그녀를 믿어도 되겠다는 생각을 다시금 굳혔다.

그래서 어떻게든 배우고 싶어하는 카구라 쪽으로 몸을 돌리고 "알았어. 당신이 이겼어. 가르쳐줄게"라고 답했다.

카구라는 그 말을 듣고 기뻐했다. 하지만 그때, 에타카리나는 대담한 미소를 지은 채 한 마디를 덧붙였다.

“그 대신 당신의 진짜 이름을 알려주면.”

아무래도 그녀는 우즈메라는 이름이 가명이라는 걸 알아챈 모양이었다. 그렇게 한 데에는 매우 큰 이유가 있다는 사실을 꿰뚫어보고 교환 조건으로 제시한 것이다.

“윽…….”

예상치 못했던 조건을 들이밀자 카구라는 순간적으로 말문이 막혔다. 카구라라는 이름은 그 상황과 입장 때문에 선뜻 밝힐수 있는 것이 아니기 때문이다.

하지만 어떻게 할까 생각하던 카구라는 그런 조건을 제시해온 에타카리나를 흘끔 쳐다보며 돌이켜보았다.

카구라는 분명 아홉 현자로서 여러모로 복잡한 입장에 있다. 하지만 눈앞에 있는 에타카리나는 어떨까. 태고의 시대부터 존재했지만 역사에조차 남지 않았을 정도로 까마득한 존재인 데다 지금은 열 명 밖에 없다는 천마족이다.

생각해 보니 훨씬 터무니없는 상황과 입장에 놓여 있는 것은 그녀였다.

그런 그녀가 스스로 이름을 밝힌 데다 천사 티리엘이 그 진위 여부도 확인해주었다.

“나는 카구라. 이스즈 연맹이라는 조직의 총수 우즈메인 동시에 알카이트 왕국의 장군급인 아홉 현자라는 지위에 있어요.”

그녀에 비하면 아홉 현자니 뭐니 하는 것은 그리 큰 비밀이 아니다. 또한 무엇보다도 천마족인 그녀가 마법을 가르쳐준다고 하지 않는가. 카구라가 지키려 했던 비밀은 그 이점에 비하면 솜털처럼 가벼운 것이었다.

"일국의 장군님이라……. 꽤 높은 지위에 있었네. 그런 사람이 이리저리 돌아다니고 있다는 게 알려지면 뭐, 분명 일이 복잡해질 테니까."

카구라가 이름을 숨겼던 이유를 듣고 납득한 에타카리나는 생각했던 것보다 크게 갈등하지 않고 솔직하게 털어놓은 카구라의 마법 지식에 대한 욕심을 새삼 느끼고 쓴웃음을 지었다.

"참고로 말하자면, 가르쳐줘도 되겠다 싶은 부분만이야. 그 이상은 기대하지 마. 알겠지?"

"당연하죠, 그거면 충분해요!"

가르쳐주겠다고는 했지만 안전한 범위의 것만 가르쳐주겠다. 그렇게 에타카리나가 못을 박자 카구라는 즉답했다.

미지의 마법을 배울 수 있게 된 것이다. 기초뿐이라 해도 아는 것과 모르는 것은 그야말로 천지 차이다.

"이거 긴 밤이 될 것 같네요!"

매우 연구하는 보람이 있을 것 같은 테마라며 의욕을 불사르던 카구라는 문득 "아, 접수처에 가서 말해둬야지"라고 중얼거렸다.

지금은 숙소의 방으로 에타카리나를 직접 전이시킨 상태였다. 이대로 그녀도 이곳에 묵으려면 접수처에도 똑바로 말을 해두어야만 한다.

그것은 그만큼 시간이 걸릴 것을 전제로 한 판단이었고, 모든 것을 다 배울 때까지 놓아주지 않겠다는 의사 표명이기도 했다.

"그러면 잠깐 접수처에 다녀올 테니까…… 꼼짝 말고 기다리세요!"

카구라는 그렇게 말하고서 티리엘에게도 절대로 놓치지 말라고 당부를 한 후, 방에서 뛰쳐나갔다.

티리엘은 "맡겨만 주세요!"라고 답하고는 기쁜 듯이 에타카리나를 쳐다보았다.

그리고 에타카리나는 그런 티리엘을 보며 못 말리겠다는 듯이 어깨를 으쓱하며 미소 지었다.

(아, 이야기 소리가 들려. 다행이야, 안 도망치고 기다려준 것 같네.)

접수처에 추가 요금을 치르고서 돌아와 문을 살짝 열자 티리엘과 에타카리나의 이야기 소리가 들려와서 카구라는 안심했다.

옛날부터 정말 사이가 좋았는지. 티리엘의 목소리가 매우 밝았다.

"접수 처리를 했으니까 이제 언제까지고 이야기해도 괜찮아요!"

그 목소리를 듣고 덩달아 기뻐하며 카구라가 방에 들어서자――.

"카구라…… 고생이 많았구나……."

조금 전과는 분위기가 달라져 있었다. 대체 두 사람은 무슨 이야기를 했던 것일까. 뒤를 돌아본 에타카리나는 침통한 표정으로 그런 말을 던졌다.

"어? ……네?"

갑작스러운 변화에 카구라는 당황스러웠다. 무슨 이야기를 했기에 자신에게 창부리가 날아든 것인지, 조심스럽게 티리엘에게 설명을 요구했다.

티리엘은 말했다. 듣자하니 마을에서 떨어져 사는 동안 에타카리나는 그리 많은 정보를 얻을 수가 없었다고 한다. 그래서 최근 있었던 사건을 비롯해 이런저런 이야기를 해주었다는 모양이다.

"당신에 관한 이야기도, 이것저것 들었어……."

그 중에서도 특히 이스즈 연맹과 키메라 클로젠에 관한 이야기를 중점적으로 들었다고 한다. 에타카리나는 다정한 표정을 짓고 있었지만 동정의 빛이 묻어나 있었다.

티리엘은 키메라 클로젠의 악행과 그로 인한 피해에 관해서. 그에 맞선 용사들에 관해서. 그리고 이스즈 연맹의 오랜 시간에 걸친 활동과 싸움의 결말. 봉귀의 관의 상태와 조치. 그리고 끝으로 이스즈 연맹이 창설된 이유── 바람의 정령 리샤에 관해서도 언급했다는 모양이다.

"이야기해준 적이 없는데, 그걸 어디서……."

특히 리샤에 관해서는 티리엘에게도 말한 적이 없었다. 하지만 그걸 티리엘이 왜 알고 있는지를 묻자 "아리오트 씨가 알려줬어요!"라는 답이 돌아왔다.

아무래도 티리엘은 이스즈 연맹의 간부들과도 여러모로 교류를 했던 모양이다. 특히 그 중 한 명인 아리오트는 초기 멤버인 탓에 카구라의 푸념을 들어준 적도 많았다. 때문에 그러한 사정 등도 파악하고 있었고, 그것이 티리엘에게 전해진 듯했다.

"그 녀석…… 또 그런 얘기를 구구절절하게……."

카구라는 들어서 기분 좋을 이야기는 아닐 텐데, 라는 생각에 쓴웃음을 지었다. 하지만 티리엘은 그런 카구라의 활동과 경력을 매우 존중하고 있는지. 마치 자기 자랑을 하듯 에타카리나에게 꼭 알려주고 싶었다고 말했다.

"나 참……."

자랑스럽게 카구라에 관해 이야기하는 티리엘. 이런저런 비밀 이야기가 새어나가자 부끄러워하는 카구라.

그런 티리엘의 마음이 전해진 것인지, 에타카리나는 그런 카구라의 인간성에 상당히 호감이 생긴 듯했다.

"자아, 시작해 볼까? 알고 싶다고 했지? 지금은 사라진 신대(神代)의 마법을."

조금 전에는 마지못해 알려주려는 듯 보였지만, 지금은 달랐다. 그녀는 말과 표정을 통해 적극적으로 가르쳐주고 싶다는 뜻을 나타내기 시작했다.

"알고 싶어요!"

에타카리나의 말의 효과는 엄청났다. 카구라는 즉답하더니 바람과도 같은 속도로 그 앞에 꿇어앉아 기대에 찬 눈빛으로 그녀를 바라보았다.

"……어흠. 그게, 우리가 사용하는 마법이란 건, 굳이 말하자면 원점 같은 것인데. 오랜 세월에 걸쳐 세분화되어 티리엘네가 쓰는 마법과 지금 당신들이 사용하는 술법 등으로 세분화된 거야——."

솔직한 태도와 올곧은 호기심은 티리엘에게 전해들은 카구라의 특징과 같았다. 하지만 거기에 다소 섞여 있는 탐욕스러움과 열의를 보고 있자니 가르칠 내용을 조금 선별하는 게 좋을 것 같다는 생각이 절로 들었다.

따라서 에타카리나는 그렇게 운을 뗀 후 "카구라 씨에게는 그 시조에 해당되는 마법 중 하나를 가르쳐줄게"라고 말을 이었다.

후기

구입해주셔서 감사합니다!

18권입니다. 이렇게 구입해 주신 여러분 덕분에 여기까지 올 수 있었습니다.

많은 분들의 도움으로 이곳에 있음을 실감하는 나날입니다.

이렇게 책을 내고 있는 덕에, 감사하게도 이런저런 생각을 하며 밥을 먹을 수 있게 되었습니다.

알바를 하던 시절에는 밥, 통조림, 낫토만 먹고 지냈거든요. 지금 돌이켜보니 그렇게 불균형적인 식단으로 버틴 게 용하다는 생각이 듭니다.

하지만 그럼에도 괜찮았던 것은 아마, 분명 낫토가 있었던 덕분일 겁니다.

불균형적인 식사를 하면서도 거르지 않고 먹었던 낫토. 건강식을 논할 때 빠지지 않고 거론되는 이유를 뼈저리게 느낄 수 있었습니다.

그런 낫토 말씀입니다만, 종류가 엄청나게 풍부하다는 걸 아시는 분들도 많을 겁니다. 콩의 종류뿐 아니라 낫토균도 그만큼 다양하다고 합니다.

그 이야기를 듣고 생각했습니다. 이번에는 그런 낫토를 이것저것 시험해보자고!

지금이라면 다소 비싼 낫토도 살 수 있으니까요. 거듭거듭 정말로 감사하다는 말씀을 드리고 싶습니다!

다음 권이 나올 즈음에는 낫토의 힘으로 지금보다 건강해져 있을지도 모르겠네요!

현자의 제자를 자칭하는 현자 18

2023년 10월 15일 1판 1쇄 발행

저　　자 류센 히로츠구
일러스트 후지 초코
옮 긴 이 정대식
발 행 인 유재옥
담당편집자 정영길
편집 1팀 김준균 김혜연
편집 2팀 정영길 조찬희 박치우 정지원
편 집 3팀 오준영 이해빈 이소의
미　　술 김보라 박민솔
라 이 츠 김정미 맹미영 이윤서
디 지 털 박상섭 김지연 윤희진
발 행 처 ㈜소미미디어
등　　록 제2015-000008호
주　　소 서울시 마포구 토정로222, 403호 (신수동, 한국출판콘텐츠센터)
판　　매 ㈜소미미디어
마 케 팅 최정연 박종욱 최원석 박수진
전　　화 편집부 (070)4164-3962, 3963 기획실 (02)567-3388
판매및마케팅 (070)4165-6888 Fax (02)322-7665

ISBN 979-11-384-2179-9 04830
ISBN 979-11-5710-460-4 (세트)